대형 설서린

대형 설어린 4
설봉 新무협 판타지 소설

초판 1쇄 찍은 날 § 2003년 8월 5일
초판 1쇄 펴낸 날 § 2003년 8월 15일

지은이 § 설봉
펴낸이 § 서경석

편집장 § 문혜영
편집 § 장상수 · 유경화
마케팅 § 정필 · 강양원 · 이선구 · 김규진 · 홍현경

펴낸곳 § 도서출판 청어람
등록번호 § 제1081-1-89호
등록일자 § 1999. 5. 31
어람번호 § 제2-0239호

주소 § 경기도 부천시 원미구 심곡1동 350-1 남성B/D 3F (우) 420-011
전화 § 032-656-4452 팩스 § 032-656-4453
http://www.chungeoram.com
E-mail § eoram99@chollian.net

값 7,500원

ISBN 89-5505-773-3 04810
ISBN 89-5505-684-2 (SET)

대협 설서린

설봉 新무협 판타지 소설

대협 설서린

④

기연편(奇緣篇)

도서출판
청어람

목
차

4 기연편(奇緣篇)

第二十二章

재회(再會)

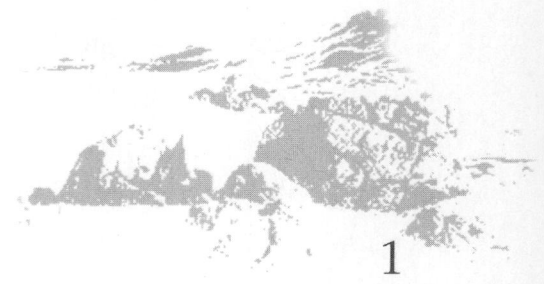

1

재회(再會)

    우중충하던 하늘이 기어이 빗방울을 떨궜다. 나뭇잎에 부딪쳐 후드득 떨어지는 빗방울 소리가 귓전을 간질인다.

    토굴은 제법 넓어졌다.

    처음에는 그저 몸 하나 들어갈 공간에 불과했는데, 그가 출행하는 사이 골인들이 조금씩 파 들어갔고, 안에 돌까지 붙여놔서 제법 그럴듯한 집이 되었다.

    독사는 호피(虎皮)에 앉아 비를 맞으며 걸어오는 사내를 보았다.

    호피 역시 골인들이 출행에서 가져온 선물이다.

    그는 멸혼촌 골인들에게 없어서는 안 될 존재로 부각되었다. 골인들 자신의 생명 보존을 위해서.

    토굴에 들어선 사내는 주위를 힐끔 돌아보았을 뿐 별다른 표정을 짓지 않았다.

사내를 본 독사는 조금 실망했다.

'영은촌의 독사'를 찾는다는 말에 불곰이 아닌가 싶었다. 그것도 아니라면 사형들이 아닌지. 그들도 아니라면… 멸혼촌에 틀어박힌 자신을 찾을 만한 사람들이 없다. 하기는 그들이라고 자신이 백비를 통해 멸혼촌에 들어온 사실을 알 리가 없겠지만. 도대체 이자는 멸혼촌에 '독사'라는 사람이 있다는 것을 어떻게 알았을까.

사내가 말했다.

"내 이름은 기송(崎松). 무림인들은 신검서생이라고 부르지."

사내의 눈은 독사에게서 떨어지지 않았다. 내공이 소진되었지만 다른 사람들처럼 초췌해 보이지도 않았다. 그는 생기가 가득 실린 눈빛으로 독사의 전신을 훑어보았다.

"날 찾았다고 들었는데? 날 아나?"

복합적인 질문이다. 바깥사람들은 멸혼촌이 존재한다는 사실조차도 모른다. 그런데 정확하게 별호까지 짚으면서 찾았으니 의아한 심정이 되는 것은 당연하다. 만무타배와 연결을 지어보아도 말이 되지 않는다. 만무타배라면 굳이 백비를 통해 몽환소에 중독시키면서까지 자신을 찾을 이유가 없다.

"조금 알지. 아냐, 많이 알지. 아닌가? 조금밖에 모르는 건가? 어쨌든 좋아. 알긴 아니까."

독사는 버릇처럼 신검서생의 기운을 읽었다.

이제는 습관이 되어 누구를 만나 이야기를 나눌 때면 본능적으로 기운이 읽혀진다.

신검서생은 상당한 무력감을 느끼고 있을 게다.

진기라는 것을 몰랐던 사람도 몽환소에 당하면 기운이 쭉 빠진다.

자신도 모르던 진기가 빠져나간 결과다. 하물며 진기 수련을 생명으로 삼고 있는 무인의 경우에는 상대적으로 박탈감이 심하다.

그런데도 신검서생은 웃고 있다.

나이는 자신과 비슷하거나 조금 더 많은 것 같은데, 상당히 대범한 자다.

'괜찮은 자야.'

"어떻게 알고 있는지 듣고 싶군."

독사는 말을 하면서 손으로 앞 자리를 권했다.

신검서생이 터벅터벅 걸어와 털썩 주저앉았다.

"출행인가 뭔가를 다녀오는 동안 여기 죽지도 살지도 못하는 사람들한테 대충 이야기를 들었지. 완전히 신이더구만. 몽환소인지 뭔지 하는 것에서도 풀려났고, 출행인가 뭔가를 나가면 한 명도 죽이지 않고 고스란히 데려오고."

독사는 꿀물을 타서 권했다.

신검서생은 사양 한마디 없이 냉큼 받아 들이켰다.

"캬아! 시원하다. 한 잔 더 줄 수 없나?"

독사는 피식 웃으며 한 잔을 더 타줬다.

마음속에서는 궁금증이 불같이 치밀었지만 애써 참았다. 조금만 참으면 신검서생이 스스로 말해 줄 것을 미리 마음을 드러내 가며 물을 필요는 없다.

이번에도 신검서생은 단숨에 벌컥벌컥 들이켰다.

"맛있네. 꿀물이 이렇게 맛있는 줄은 몰랐네. 쩝! 진작 알았으면 백비를 찾을 때 서너 항아리쯤 구해오는 건데."

신검서생은 동문서답만 계속 늘어놓았다.

"내공이 꽤 심후한 것 같은데…… 어떻게 파락호에서 고수로 둔갑했지? 무공을 익힌 기간이래야 겨우 삼사 년이라고 들었는데."

"몰랐나 보군. 세상에는 기인이사가 많은 법인데." ·

"하! 살아생전에 자기 스스로 기인이사라고 말하는 사람은 처음 보았군."

"그럼 천신(天神)이라고 해두지."

"…점점."

"그것도 싫으면 그냥 괴짜라고 해두고."

"하하하!"

신검서생은 실컷 웃었다.

독사는 신검서생의 웃음 속에서 아련한 아픔을 느꼈다.

이 신검서생은 누구인가. 왜 이런 웃음을 터뜨리는가.

"섭섭하고 허전하네. 섭섭하고 허전해. 이거야 원…… 엽수낭랑 소저에게 독사가 살아만 있어도 포기한다고 말했지."

신검서생의 입에서 '엽수낭랑'이라는 말이 튀어나오는 순간 모든 궁금증이 일시간에 풀렸다. 신검서생은 만무타배와는 전혀 관계없는 사람이다.

"하지만 내심은 그렇지 않았어. 나보다 못하다고 생각되면 절대 포기할 생각이 없었지. 좋아, 좋아. 인정해. 난 진기를 몽땅 털렸는데, 아직 팔팔하게 살아 있다는 것만으로도 나보다는 뛰어나지. 좋아. 깨끗이 포기하겠어."

독사는 신검서생의 횡설수설을 듣기만 했다.

신검서생이 '포기' 운운한 것으로 보아서 엽수낭랑을 마음속에 담아둔 것 같다. 하기는 엽수낭랑과 교분을 쌓은 사내라면 그녀를 멀리

하기는 힘들 게다. 그렇다면 신검서생은 틀림없이 엽수낭랑의 부탁을 받고 백비에 들어섰을 게다.

'무지몽매한…… 소저…… 미련한 짓을.'

신검서생이 말했다.

"하지만 독사, 이것 하나만 알아둬. 그대와 엽수낭랑 소저가 혼인을 해도 난 소저 곁에 머물 거야. 그러고 싶거든. 아! 긴장하지 마. 난 단지 친구로 머물 뿐이니까. 소저에게 청혼한 사내로서 그 정도는 요구할 만하지?"

독사는 옅은 웃음을 지었다. 그리고 말했다.

"그럴 필요 없어. 엽수낭랑은 좋은 여자지. 놓치면 후회할 거야. 기회 있을 때 잡아."

"뭐, 뭣!"

신검서생이 놀라서 입을 쩍 벌렸다.

세상에 엽수낭랑을 거절할 사내가 있으리라고는 생각지 못했다는 표정이었다.

독사는 신검서생과 더 이야기할 필요를 느끼지 못했다.

그가 엽수낭랑의 부탁을 받고 들어왔든 다른 이유로 들어왔든 멸혼촌에 들어온 이상 골인이 되어야 한다. 멸혼촌에서 죽지 못해 살고 있는 많은 골인들처럼.

저주에서 벗어날 방법은 찾아냈다. 그리고 수련하고 있다.

지금은 쓸데없는 데 신경을 소진할 여유가 없다. 오로지 일심으로 유화신공에 몰두해도 모자랄 때다. 유화신공을 완성하면 아마도 최대의 수혜자는 신검서생이 되리라. 사지육신이 멀쩡한 상태에서 몽환소의 저주를 벗어날 테니까.

독사는 목검을 들고 일어섰다.

이목을 고려하여 지천도에게 들렀다가 당진도를 찾을 생각이다.

그 순간 신검서생의 말이 걸음을 우뚝 멈춰 세웠다.

"재미있군. 하하! 그러니까 뭐야, 소저가 홀로 연모했다는 말인가? 천하의 엽수낭랑 소저가? 하하하! 이봐, 독사. 그 바보 같은 소저가 그대를 찾아서 이곳에 와 있어."

"뭐라고!"

전신에 찬 서리가 얹히는 듯했다. 한겨울에 냉수를 뒤집어쓴 것처럼 몸과 마음이 꽁꽁 얼어버렸다.

"풋! 놀라는 걸 보니 일방적인 짝사랑은 아니었군."

"지금 방금 뭐라고 그랬나!"

"뭐라고 그랬냐고? 하하! 엽수낭랑 소저가 그대를 찾아 이곳에 왔다고 말했지."

독사의 머리 속에 생기 잃은 여자들이 스쳐 갔다.

멸혼촌에 들어온 지 얼마 되지 않았을 때, 돌도끼로 나무를 패다가 봤다. 뼈만 남은 여인들이 알몸으로 힘없이 걸어가는 모습을.

"확실한가!"

"백비에서 같이 몽환소에 중독됐지. 더 확실한 건 목조에 틀어박혀 진흙 덤터기를 쓴 채 같이 왔다는 거야. 난 이곳에 내렸고, 소저는 다른 곳으로 갔는데 어딘지는 모르겠고."

이것저것 볼 것 없다.

독사는 신법을 최대한으로 펼쳐 당진도에게 달려갔다. 그의 등 뒤에서 신검서생이 눈빛을 빛내고 있는 것도 모른 채.

'괜찮은 자야. 벗으로 삼고 싶군. 일개 파락호에게 엽수낭랑 같은 소저가 마음을 주었다는 게 믿기지 않았는데…… 후후! 신검서생도 실연당할 때가 있군. 그나저나 독사가 무공을 회복했다면 나도 회복할 수 있을 텐데…… 세상에 이런 독이 있을 줄이야.'

당진도는 당문에 엽수낭랑이라는 여인이 존재한다는 사실조차도 몰랐다. 그가 당문을 떠나온 것이 언제인가. 하지만 현 당문주의 딸이 백비를 움직였고, 진흙 더미에 파묻혀 끌려왔다는 사실은 심각하게 받아들였다. 반면에 보릿고개를 겪은 사람처럼 앙상하게 마른 당문삼기는 털썩 주저앉아 일어서지 못했다.

"여자 골인들이 있는 곳을 아십니까?"

"찾아갈 생각인가?"

"찾아가야죠. 당 소저를 골인으로 만들 수야 없지 않습니까."

당진도는 고개를 살래살래 흔들었다.

"여자 골인들이 있다는 것만 알지 그들이 어디 있는지는 아무도 모르네. 만무타배라면 알지도……."

"지천도도 모를까요?"

"내가 모르는데 지천도가 알 리가 없지. 몇몇 사람이 여자 골인들을 뒤쫓은 적이 있지. 결과는 죽음이었네. 모두 죽었지."

"……."

질식할 듯한 침묵이 흘렀다.

만무타배에게는 물어볼 수 없다.

감시자와 포로. 서로의 입장이 너무도 뚜렷하게 다른데 만무타배가 알려줄 리 있는가? 여자 골인들의 뒤를 쫓았다는 이유만으로 살수를 펼칠 정도라면 절대 알려줄 리 없다.

"골인들에게 부탁해서 주위를 수색해 보아야겠습니다."

당진도는 이번에도 고개를 가로저었다.

"소용없네. 여기서 산 지가 얼만데…… 주변에 있는 것이라면 돌부리조차 알고 있네. 여자 골인들은 없네."

"여자 골인들이 벌목장 앞을 걸어갔으니 멀리 떨어져 있지는 않을 겁니다. 사내들이야 출행이라도 한다지만 도대체 여자 골인들은 뭘 하는 겁니까?"

"그것도 모르네. 여자 골인들에 대해서는 아는 게 하나도 없네. 벌목장 앞을 지나가는 것도 일 년에 한두 번뿐인데, 언제 또 지나갈지 모르지."

답답해서 가슴이 터질 것 같다. 출행을 하기 때문에 주변 산세에 대해서는 거의 소상히 아는 편인데도 많은 여인들이 모여 사는 곳을 본 적이 없다. 찾기는 찾아야겠는데 발자국조차도 찾을 수 없다.

"……."

독사는 아무것도 묻지 못했다. 아무 말도 하지 못했다. 운명이 그녀를 비켜가기만 기다려야 하는가.

"진전은 어떻습니까?"

"부지런히 연공은 하고 있네만 아직은 아무런 징후가 없네. 자네가 느꼈다는 상단전의 진기도 느낄 수 없고. 꾸준히 해보겠지만 큰 기대는 하지 않는 게 좋을 듯싶으이."

당진도가 고개를 가로저으며 말했다. 그는 정말 오늘은 아무 도움도 되지 못했다.

독사는 폭포를 지나 굽이진 비탈길을 내려갔다.

멸혼촌 골인들에게 비탈길은 생사(生死)의 경계다.

골인들이 경계를 넘을 수 있을 때는 새로운 자가 도착했을 때, 딱 한 번뿐이다. 그 외에는 어떠한 경우에도 경계를 넘어서는 안 된다. 경계를 넘는 즉시 무인들의 협공을 받게 되고, 그들을 물리친 후에는 만무타배를 꺾어야 한다. 그를 꺾은 후에도 강으로 내려갈 수 있는지는 미지수다. 지금까지는 만무타배를 꺾은 사람조차 없었기 때문에.

독사는 수시로 경계를 넘을 수 있으니 특전을 누린다고나 할까?

스스스슥……!

움직임이 감지되었다.

빙굴에서 자연기를 받아들일 때만 해도 미미하게 느끼는 정도에 불과했는데 이제는 확연히 감지할 수 있다. 어디에 누가 숨어 있는지 정도는 진기를 끌어올릴 필요도 없다. 느낌으로 알 수 있고 소리로 들을 수 있다.

독사는 만무타배와 늘 만나던 공지에 이르러 멈춰 섰다.

그를 따라오던 움직임도 멈췄다.

독사는 진득하게 기다렸다.

만무타배가 스스로 나타나지 않으면 만날 도리가 없다. 하지만 지금 그가 할 수 있는 행동은 만무타배를 만나는 일뿐이다.

반 각쯤 흐른 뒤 숲 저쪽에서 풀잎을 밟는 소리가 들려왔다.

'만무타배…….'

발자국 소리까지 듣고도 상대를 알아보지 못할 미련퉁이는 아니다.

독사에게 만무타배의 발자국 소리는 무심히 흘릴 수 없는 중요한 소리였다.

"헐헐! 출행도 없는데 웬일인고? 웬만하면 날이나 밝거든 찾아올 것이지. 쯧!"

만무타배는 신발을 탁탁 털며 주저앉았다.

"늙은이는 초저녁 잠이 많은 법이지. 할 말 있으면 빨리해."

단도직입적으로 용건부터 물었다.

"여자 골인들이 있는 곳을 가르쳐 주시오."

"허! 이제는 여자 생각까지 나나? 아무리 그래도 그렇지 뼈만 남은 여자와 그걸 하고 싶어? 웬만하면 그냥 손으로 하지 그래. 헐헐! 늙은 일 희롱해도 유만분수지. 그거 해본 지가 언젠지 모르겠네."

독사는 목검을 만지작거렸다.

'만무타배…… 아는 사람이 당신뿐이라면 당신에게 알아야겠지.'

싸워봤자 만무타배의 상대가 되지 못한다는 것은 알지만 그가 선택할 수 있는 행동은 싸움밖에 없다.

독사의 의중을 읽은 만무타배가 혀를 끌끌 찼다.

"쯧쯧! 또또……. 어떻게 된 놈이 툭하면 싸움질이나 하려고 들어. 정말 따끔한 맛을 봐야 정신을 차리려나. 어? 너 지금 뭐 하는 짓이야?"

태연하기만 하던 만무타배의 얼굴이 곤혹스럽게 일그러졌다.

목검을 잡은 것까지는 이해할 수 있는데 하는 행동이 이해되지 않는다.

독사는 목검을 잡아 자신의 머리를 툭툭 두들겼다.

처음에는 그저 가볍게 두들기는 정도에 지나지 않았다. 머리를 두들기는 소리도 울려나지 않았다.

같은 행동이 두세 번 반복된 후에는 탁탁! 하고 제법 목검 소리가 울리기 시작했고, 대여섯 번을 지난 후에는 따악! 하고 듣기에도 심히 아플 것 같은 소리가 터져 나왔다.

소리는 점점 더 커졌다.

따악! 따아악!

이윽고 머리가 깨져 피가 흘러내렸다.

독사는 자해를 멈추지 않았다. 두 눈은 얼음처럼 차게 굳어 만무타배를 쳐다보며 점점 목검 쥔 손에 힘을 가했다.

따아악! 퍽!

독사의 신형이 비틀거렸다.

그는 잠시 정신을 차리지 못하겠는지 무너진 상반신을 쉽게 고정시키지 못했다. 하지만 다시 정상적으로 몸을 세우자 목검을 고쳐 잡고 머리 위로 치켜올렸다.

"잠깐! 잠깐만!"

만무타배가 다급하게 행동을 저지했다.

"여자… 골인들이 있는 곳을 알려주시오."

"우직한 놈인 줄 알았더니 머리도 있는 놈이군."

"여자 골인들이……."

"알았어! 알았다니까! 대신 조건이 있어."

독사가 비로소 목검 쥔 손에서 힘을 풀었다.

만무타배가 입을 열었다.

"몽환소에서 빠져나올 수 있었던 무공 구결을 읊어줘야겠어."

독사는 별로 놀라지 않았다.

만무타배의 흥정은 새삼스러울 것이 없다.

몽환소의 저주에 걸려들지 않는 무공은 세상 천지에 오직 하나, 유화신공.

유화신공을 익힌 자는 처음부터 몽환소에 중독되지 않는다.

독사 자신은 유화신공을 익혔으되 다른 자들과 상태가 달랐다. 그는 중독되었으나 빠져나왔다. 처음부터 중독되지 않은 것과는 완연히 다르다.

어째서일까?

이유는 간단하다. 익힌 무공이 다르기 때문이다.

사문의 내공심법은 유화신공이나 어찌 된 영문인지 사부님은 유화신공을 전수해 주지 않고 암혼사를 전수했다.

몽환소의 저주에서 멀쩡하게 벗어났으면서도 유화신공을 익히지 않은 독사.

만무타배에게, 혹은 그를 조종하고 있는 배후의 인물에게는 흥밋거리일 수밖에 없으리라.

언젠가는 이런 날이 오리라 생각했다. 무공 구결이 어떻게 되느냐고 물어오는 날이 있으리라고. 구결을 알아낼 요량이라면 만무타배는 아주 적절한 시기를 선택했다.

당안령을 포기하느냐, 무공 구결을 일러주느냐.

생각할 필요도 없다. 무공 구결을 말해 주어야 한다. 얼마 안 되는 짧은 인생밖에 살아오지 않았지만, 지인(知人)이라 생각하는 사람들이 곤경에 처한 모습을 보고 그냥 지나친 적은 없다.

……있다.

요빙이 곤궁에 처했을 때 두 손 놓고 멀거니 지켜보아야만 했다. 세상에서 처음 느껴본 사랑인데…… 사랑하는 여인인데.

'그런 일은 두 번 다시 일어나지 않을 거야.'

독사의 눈빛이 차디차게 굳어졌다.

"여자 골인들이 있는 곳부터 말해 주시오."

"당안령 때문인가? 하지만 늦었어. 그 여자는 이미 사활근맥단의 진기가 투입된 상태야. 쯧! 몽환소조차 풀지 못하는 문파가 천하제일독문(天下第一毒門)이라고 불리고 있으니……."

"여자 골인들이……."

"알았어! 알았다니까! 유심동(留心洞). 됐지? 자, 이젠 무공 구결을 읊어봐."

"유심동이 어디 있소?"

"클! 그걸 내가 어떻게 아나. 냄새나는 홀아비들만 지켜본 게 얼마인데. 그건 네가 알아내야지."

"수미실서(首尾失序), 신적변화(身跡變化)……."

독사는 암혼사의 구결을 줄줄 읊었다.

"잠깐! 잠깐! 외울 시간을 줘야지!"

"만변정기(萬變定基), 주유음양(走有陰陽)……."

독사는 숨도 고르지 않고 최대한 빨리 읊어 나갔다.

만무타배가 기억하고 기억하지 못하고는 그와는 상관없다. 구결을 읊어달라고 했으니 말해 주면 그만이다. 그러나 마음속으로는 다른 생각을 했다.

'모르고 있어! 천하의 만무타배가 암혼사를 몰라. 만무타배… 당신도 모르는 무공이 있었군.'

만무타배가 신발을 신으며 말했다.

"흐흐흐! 그만 해라. 어차피 기억도 못할 건데 더 들어서 뭐 하나. 유화신공이 아니란 것만 알아도 큰 수확이지. 네놈은 희한한 놈이군. 무공을 보면 변변치 않은 것 같은데 아는 건 많아."

만무타배는 더 들을 생각도 하지 않았다.

독사가 눈빛을 반짝이며 만무타배를 쏘아보았다. 만무타배도 속을 알 수 없는 기이한 눈빛을 띤 채 독사를 쏘아보았다.

잠시 후 독사는 몸을 일으켜 만무타배에게는 일별도 던지지 않은 채 휘적휘적 걸어갔다.

독사가 사라진 후 텅 빈 공간에 혼자 앉아 있던 만무타배가 생각에서 깨어나 혼잣말처럼 중얼거렸다.

"유심동에 연락해서 독사의 발길을 막지 말라고 해."

허공에서 대답 소리가 들렸다.

"넷!"

"독사가 당안령을 원하면 내주라고 하고."

"넷!"

"무림인에게 보호해야 할 자가 생겼다는 건 큰 약점이지. 요빙의 전낭만이 그를 얽을 수 있다고 생각했는데 또 있었군. 당안령이라……."

"……."

"가봐, 충돌이 생기기 전에."

"존명(尊命)!"

멸혼촌을 감시하던 다섯 사내 중 한 명이 어둠 속을 질주해 사라졌다.

만무타배는 다시 혼잣말을 늘어놓았다.

"좋은 구경거리가 생겼군. 좋은 구경거리가……."

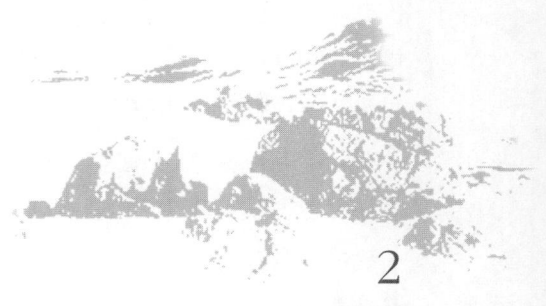

2

재회(再會)

강의 너비는 십 장 정도, 깊이는 한 길이다. 강이라고 할 수도 없는 작은 개천이다.

독사는 강을 건넜다.

멸혼촌에 들어선 지는 꽤 되지만 강을 건넌 것은 이번이 처음이다. 멸혼촌 골인들 중에도 강을 건넌 자는 없다. 강이 금계(禁界) 밖에 있기 때문이다.

골인들이 금계를 벗어날 때는 출행 때뿐인데, 그나마도 다른 곳은 둘러볼 엄두가 나지 않을 만큼 일정이 빠듯하다.

목검에 맞아 깨진 머리가 욱신거렸지만 신경 쓸 겨를도 없었다.

강을 건너자 손가락 굵기만한 모기 떼들이 기다렸다는 듯이 달려들었다. 그것 역시 무덤덤하게 넘겨 버렸다. 멸혼촌에서 살면서 한 가지 혜택 본 것이 있다면 웬만한 모기에게 물려서는 가려움도 느끼지 못한다는 것이다.

몸을 움직일 때마다 끈끈한 거미줄이 달라붙었다.

사람이 다니지 않는 길일수록 거미란 놈은 기승을 부린다. 동물도 다니지 않는 곳이라면 거미줄은 더욱 굵어진다.

날이 저물기 시작했다. 늘 그렇듯이 산속에서 맞이하는 저녁은 생각 보다 빨리 찾아왔다.

밤이 되자 모기는 더욱 기승을 부렸다. 마치 어두워지기를 기다렸다 는 듯이 새카맣게 달려들어 피를 빨아먹었다.

'이미 늦었을지도……'

독사의 마음은 까만 숯이 되었다.

사활근맥단이 몽환소의 효능을 무시하고 단전에 진기를 쌓기 시작 하는 것은 다섯 알째부터. 사흘에 한 알씩 복용하니 보름이란 시간적 인 여유는 있다. 그녀와 신검서생이 같은 상태이니 아직 늦지는 않았 다.

하지만…… 유화신공이 그녀에게도 통할 것이라고는 장담하지 못한 다. 당진도의 경우가 그렇지 않은가. 부단히 수련하고 있는 데도 조금 의 진척조차 없다.

가장 확실한 방법, 암혼사를 전수하면 되겠지만 사부님의 허락을 얻 어야 한다. 하다못해 사숙조의 허락이라도 받아야 한다.

어쨌든 사활근맥단은 더 이상 복용하면 안 된다.

밤이 무척 지루하게 흘러갔다.

하늘에 떠 있는 달은 좀처럼 움직일 생각을 하지 않고 중천에 못 박 혀 있다.

그때 독사는 낯선 기척을 감지해 냈다.

'또…….'

별로 놀랄 만한 일은 아니다.

언제부터인가 그의 뒤에는 그림자가 따라붙었다. 출행을 서너 번쯤 한 뒤부터 종적을 잡아내기 시작했는데, 뒤를 밟은 것은 훨씬 이전부터 라고 생각된다.

무공이 조금씩 발전하면서 뒤를 밟는 사람이 있다는 것을 알게 되었 으니까.

지금은 확실히 잡아낼 수 있다. 무림에 나가면 몰라도 멸혼촌을 중 심으로 살아가는 무림인들 가운데는 그의 이목을 속일 사람이 없다. 골인들과 멸혼촌을 감시하는 무인들의 기척은 몽환소의 저주에서 벗어 나는 날부터 잡아챘다.

지금 뒤를 밟고 있는 자는 그들에 비하면 한 수 위다. 만무타배보다 는 아래일 것으로 추측되지만, 멸혼촌을 감시하는 무인들보다는 뛰어 난 자다.

독사는 모른 척하고 내버려 두었다. 만무타배가 붙여놓은 사람일 것 같다는 직감이 들었기 때문이다.

만무타배가 왜 이런 자를 뒤에 붙였는지는 쉽게 짐작된다.

"몽환소에서 빠져나올 수 있었던 무공 구결을 읊어줘야겠어."

그것보다 더 확실한 설명이 또 어디 있겠는가.

그동안 만무타배는 묻는 대신 이자를 붙여놓은 것이다. 그리고 암암 리에 일거수일투족을 감시해 왔다.

'유심동이라… 유심동…….'

감시자에 대한 생각은 머리 속에서 떨쳐 버리고 생각을 하나로 집중했다. 지금은 여자 골인들이 모여 산다는 유심동을 찾아야 한다.

모래사장에 떨어진 바늘 찾기.

인적이 완전히 끊긴 산속에서 '마음이 빼앗길 아름다운 경관' 을 찾는다는 것은 여간 어렵지 않다.

독사는 자신이 어디로 향하고 있는지 알지 못했다. 그가 알고 있는 것은 이름도 기억나지 않는 골인이 한 말뿐이다.

몽환초의 독기에서 벗어났을 무렵이다. 골인들에게는 관심도 없고, 멸혼촌을 빨리 벗어나야겠다는 생각만이 간절할 때였다. 혹시나 하는 기대에 골인이 말을 붙여왔다.

"여긴 여자 골인들도 있어."

그는 말을 하면서 자신의 눈치를 살폈다. 사내라면 당연히 여자에게 관심이 있을 터인데 너는 어떠냐고 묻는 표정이었다.

"무림에서는 무공이 꽤나 강하다고 설쳐 댔겠지? 사내들을 발가락에 낀 때만큼도 여기지 않았을 도도한 계집애도 있었을 테고. 크크! 모두 뼈만 남은 골인이 됐지만 말야."

"……."

그자는 독사의 무응답을 관심으로 받아들였는지 니글거리는 웃음을 흘리며 계속 말을 붙였다.

"뼈다귀만 남은 계집들은 관심없겠지만 개중에는 쓸 만한 계집도 많다구. 이제 갓 들어온 계집애는 살도 토실토실해. 이놈의 양물만 멀쩡하다면 벌써 건드려도 여럿 건드렸지."

독사도 여자 골인들에게는 관심이 있었다.

그녀들이 여자라서가 아니라 그녀들이 이곳에서 하는 일이 무엇인지가 궁금했다.

"그년들이 어디 있는지 알아? 강을 건너가면 아주 경관이 빼어난 곳이 있대. 한 번 보기만 하면 마음이 빼앗겨 발길을 돌리지 못한다는 경관이라나?"

그 골인은 다음 출행에서 죽었다.

그자가 한 말도 단지 뜬소문에 불과했다. 남자 골인들과 여자 골인들과의 접촉은 원천적으로 차단되었기에 수작을 부릴 만한 짬이 없었다. 하지만 지금 독사가 의지할 수 있는 것은 그자의 말이다.

날이 밝고도 해가 중천에 뜰 때까지 주변을 이 잡듯 뒤졌지만 마음을 빼앗길 만한 경관은 찾지 못했다. 그런 경관이 없는 것은 아니지만 여자 골인들은 없었다.

'이렇게 해서는 시간만 허비할 뿐이야. 방법을 바꿔야 해.'

생각을 정리한 독사는 가부좌를 틀고 앉았다.

마음을 가라앉혀 의식을 단전에 집중하고 주변의 자연기를 폐부 깊숙이 끌어들였다.

달걀처럼 생긴 내단이 꿈틀거렸다.

암혼사의 진기가 흐름으로 유화신공도 따라서 흐른다.

진기란 눈으로 볼 수 없는, 오직 의식으로 내관하여 느낌으로만 확인할 수 있는 기운이다. 그런 진기를 나뭇가지처럼 눈으로 볼 수 있다고 가정해 보면 암혼사의 진기는 확실히 보인다. 그러나 유화신공의 진기는 그런 가정 하에서도 보이지 않는다. 나뭇가지에 투명한 보호막이 겹씌워져 있다고 느낄 뿐이다.

진기를 청력에 모아 주변에서 들리는 모든 소리를 엿들었다.

바람 소리, 풀잎이 흔들리는 소리, 강이 흐르는 소리……

인간이 흘리는 소리라고 짐작되는 것은 암암리에 뒤를 쫓는 사내의 기척밖에 들리지 않았다.

독사는 삼십여 장을 간격으로 같은 행동을 반복했다.

경관을 찾을 것이 아니라 사람들이 흘리는 기척을 잡아내려는 의도다. 그러던 어느 한순간, 독사의 눈이 번쩍 뜨였다.

"음……!"

가는 신음도 새어 나왔다.

기척은 잡힌다. 하지만 골인들이 흘리는 기척은 아니다. 무공을 익힌, 멸혼촌을 감시하는 무인들 수준쯤으로 짐작되는 무인들이 요소요소에 붙박여 있다.

'하나, 둘…… 다섯.'

잡아낸 기척은 다섯이다.

'찾았어!'

다섯 명이라면 멸혼촌을 감시하는 무인들의 숫자와 같다.

여자 골인들이 사는 곳 역시 멸혼촌과 같은 체제로 운영되고 있는 듯하다. 만무타배는 '냄새나는 홀아비'만 지켜봤다고 했으니…… 그렇다면 유심동에도 만무타배와 같은 고수가 버티고 있을까?

자신의 현재 무공으로 만무타배의 발걸음 소리를 잡아낼 수 있는 거리는 오 장이다.

진기를 양손 노궁혈에 운집해 언제라도 내공일초를 전개할 만반의 준비를 갖춘 후 기척이 흘러나오는 곳으로 걸어갔다.

만무타배와 같은 고인이 있다면 이들에게서 멀지 않은 곳에 있을 게다.

"……!"

의아함이 치밀었다.

만무타배와 같은 고수의 기척은 없었다. 뿐만 아니라 자신이 잡아낸 다섯 명도 요지부동으로 움직이지 않는다. 몸만 움직이지 않는 것이 아니라 진기도 운집하지 않는다.

'부딪칠 의사가 없다는 뜻인데… 굳이 싸울 필요는 없지.'

그들 한가운데로 발길을 옮겼다.

방위나이로 볼 때 자신은 사문으로 들어섰고 생문과 휴문, 경문을 활짝 열어준 셈이다. 상대의 눈에는 온통 허점투성이로 보일 게다.

공격은 없었다.

"아!"

탄성이 절로 새어 나왔다.

일견(一見)하면 마음을 빼앗긴다는 소문은 뜬소문이 아니었다.

생김은 대화산 무생곡과 비슷한 호로병 모양이지만 성질은 완전히 다르다.

둥근 원을 그리며 서 있는 기암절벽은 하나같이 현묘한 도(道)를 설파하고 있는 듯하다. 기암절벽을 따라 흐르는 자그마한 폭포도 십여 개나 된다. 마치 폭포들이 둥근 원을 그리며 모여든 것 같다.

유심동은 온갖 꽃들이 만발한 화원(花園)이다.

호로곡에 하나 가득 들어차 있는 꽃들이 아름다운 자태와 향기를 풍겨낸다.

꽃에는 별로 관심이 없던 독사였지만 자신도 모르게 화향(花香)에

도취할 정도다.

"아름답다!"

발걸음이 꽃밭 사이를 헤치고 들어갔다. 손으로는 꽃잎들을 쓸어보았다. 십여 개의 작은 폭포에서 떨어지는 물소리가 귓전을 간질이고, 따사로운 햇볕과 물에서 부서진 포말이 어우러져 만들어진 칠채영롱한 무지개가 눈을 현혹한다.

독사는 한순간이나마 아름다운 경관에 도취되었다.

한순간이다. 정말 한순간이다. 아름답다는 느낌이 들고 넋을 빼앗긴 것은 찰나에 불과했고, 독사의 전신은 팽팽한 긴장으로 가득 얼룩졌다.

양손 노궁혈에 금방이라도 폭발을 일으킬 듯 진기가 팽팽하게 운집되었다.

사사사삭……!

꽃잎이 바람에 흔들렸다. 바람이 아니다. 인위적인 움직임에 꽃잎이 바르르 떨고 있다. 지극히 미미한 움직임은 뱀이 풀밭 사이를 헤치고 나아가는 것처럼 부드러우면서도 빠르다.

'여자 골인들…… 옳게 찾아왔군.'

생각했던 대로 멸혼촌 골인들처럼 여자 골인들도 무공을 어느 정도 되찾았다. 무림에 나가면 삼류무인 수준밖에 되지 않는 무공이지만 그래도 범인들은 맞설 엄두가 나지 않는 무공이다.

엄격히 말하면 골인들의 무공은 별로 높지 않다.

지천도나 섭혼살호 등 극히 소수의 몇몇 골인들을 제외하고는 오히려 대화산 무인들보다도 낮은 수준이다.

깨달음을 얻어 무공이 한층 높아진 독사는 골인들과 싸울 의욕조차 일어나지 않았다.

사사사삭……!

꽃잎이 또다시 움직였다.

이번에는 약간 다른 느낌을 받았다.

여자 골인들은 멸혼촌 골인들보다도 무공이 못해 보였다. 직감이 그렇고 피부로 전해지는 느낌이 그러니 틀림없이 맞을 게다. 하지만 급습을 하는 능력은 멸혼촌 골인들보다 한결 뛰어나다.

'꽃밭을 이용하고 있어. 음……! 꽃밭 사이로 물길이 있는 모양이군. 물속에 들어가면 소리를 죽이기가 더 힘든 법인데…… 아주 작은 움직임으로 소리를 죽이고 있어.'

무공이 낮다고 무시해서는 안 된다는 경종이 울렸다.

파앗!

풀잎이 좌우로 쫙 벌어지며 시커먼 덩어리가 불쑥 솟아올랐다.

독사는 내공을 절반쯤 거둔 후 몸을 왼쪽으로 굽히며 쏘아져 오는 인형의 옆구리를 가격했다. 좌장(左掌)에는 내공일초가 담겨 있었다.

여자 골인은 강맹한 기운을 느꼈으면서도 예리한 살기를 멈추지 않았다. 선공을 가해온 골인은 동귀어진을 하는 한이 있더라도 꼭 일격을 가하고야 말겠다는 심산인 듯 매섭게 검세를 몰아쳐 왔다.

노리는 부위는 목.

독사는 왼발을 살짝 굽힌 다음 활짝 폈다. 그러자 그의 신형이 좌측으로 미끄러지듯 밀려 나갔다.

일단은 부딪침을 피했다.

여자 골인의 검세가 목을 치기 전에 옆구리를 가격할 자신이 있었지만 피할 수밖에 없었다. 여자 골인이 상할까 봐 걱정해서는 아니다. 공격해 오는 여인을 치는 순간 사방에서 십여 개의 병기가 맹렬하게 몰아치리라는 걸 감지했기 때문이다.

왼쪽에도 여자 골인이 있다. 그가 감지해 낸 기척은 적어도 이십여 명이 훨씬 넘는다.

많은 골인들이 그를 에워싸고 있는 것이다.

쑤욱! 파아앗!

왼쪽에 숨어 있던 여인들 중 한 명이 몸을 드러냈다.

먼저 여인과 마찬가지로 살갗이 검게 변색되고 머리칼이 모두 빠져 검은 밀랍 인형처럼 보이는 여인이다.

여인을 쳐다보고 있을 정신은 없었다. 그녀가 전개해 낸 검초가 곧장 심장을 찔러왔다. 그녀 역시 자신의 생사는 안중에도 두지 않았다.

'이 여자들!'

독사는 자신이 진법에 휩쓸렸다는 것을 자각했다.

여자 골인들은 낮은 무공을 진법으로 보충하는 데 성공했다.

목표와 가장 가까이에 있는 여인이 공격을 하면 바로 곁에 있는 두 명이 엄호로 붙는다.

공격을 물리치려면 동시에 세 명을 쳐내야 한다.

그것으로 끝난 게 아니다. 세 명의 여인을 치기 위해 초식을 전개하는 순간, 사방에서 호시탐탐 기회를 엿보고 있는 병기들이 우후죽순(雨後竹筍)처럼 솟구친다.

결국 세 명의 여인을 가격함과 동시에 신형을 비틀어 한 바퀴 원을 그리며 몇 개가 될지도 모르는 병기를 한순간에 쳐내야 한다.

독사는 목검을 쳐들고 방위나이를 펼쳐 우측으로 물러섰다.

일순간 공격해 오던 여인의 전면에 사문이 형성되었다.

여인은 독을 품은 독사처럼 맹렬하게 고개를 쳐드는 목검을 보게 된다. 계속 공격을 가한다면 필히 목숨을 잃고 말 것이라는 두려움을 느끼게 될 게다.

사문을 형성시킨 이상 공격은 한숨 돌렸다고 봐도 좋다.

그러나 이번에는 독사의 생각이 틀렸다. 여자 골인은 목검의 위협적인 기세에도 불구하고 계속 짓쳐왔다. 정말 목숨을 내던지기로 작정한 여인 같았다.

따악! 따악따악!

독사의 목검과 여인의 검이 부딪치며 청량한 울음을 토해냈다. 앞선 여인을 엄호하고자 달려들던 두 명의 여인도 숨 쉴 틈을 주지 않고 검을 쳐냈다.

삼재진(三才陣).

삼각 형태를 띤 여인들의 합공은 신축성 좋은 고무줄처럼 일시에 몰려왔다가 일시에 물러났다.

딱딱! 딱딱딱!

검명이 연속적으로 터져 나왔다.

결과는 즉시 판명났다.

여인들의 검이 주인의 손을 떠나 허공에 붕 떠워졌다.

독사의 가벼운 승리. 하지만 싸움은 아직 끝나지 않았다. 여인들의 검이 허공에 날려지는 순간 사방에 숨어 있던 여자 골인들이 일제히 검을 쳐왔다. 공격하는 부위도 상중하, 전후좌우… 몸을 빙 돌리며 검초를 전개하지 않는 한 모두 막을 수 없는 치밀한 합격술(合擊術)이다.

독사는 목검을 던져 버리고 목창을 들어 올리며 빙글 원을 그렸다.

그가 전개한 창법은 마해추룡의 월사창법.

창로(槍路)는 하나, 창끝도 하나, 점(點)도 하나.

쉿…… 쉭쉭쉭쉭!

허공을 쪼개기 시작한 창끝은 정확히 여자 골인들의 이마 한복판을 찍어 나갔다.

신형은 춤추듯 자유롭게 뛰어놀았다.

여자 골인들이 보기에는 가장 단순하면서도 빠른 신법 정도로 보일 것이다. 그러나 독사는 매 창을 뻗어낼 때마다 손을, 발을, 혹은 몸을 비틀어 방위를 조절했다. 그리고 찰나의 허점이 발견되면 여지없이 창을 내질렀다.

따악! 퍼억……!

둔탁한 소리가 울릴 때마다 여자 골인들이 추풍낙엽(秋風落葉)처럼 나가떨어졌다.

그녀들이 펼치는 것은 진법이다. 독사가 펼치는 신법도 기문둔갑에 기초를 둔다. 동류(同類)의 무공이라면 어느 쪽이 더 깊은 경지를 이루었냐에 따라 승패가 갈라진다.

여섯 명인지 일곱 명인지 독사조차도 숫자를 헤아릴 수 없을 만큼 빠른 공격이 전개되었고, 나가떨어졌다.

골인들도 손 놓고 지켜보지만은 않았다. 아주 짧은 순간이지만 독사가 좌측에 이어 중앙에 있는 여자 골인들을 쓸어버리는 동안 우측에 있던 골인들이 창의 범위 안으로 파고들었다.

일순 독사의 머리 속에 대화산 창법 고수의 창술이 떠올랐다.

그의 창술은 단봉(短棒), 장봉(長棒)의 묘용은 물론이고 검(劍), 도(刀), 편(鞭)의 묘용까지도 자유자재로 구사했다.

여자 골인들이 월사창법을 구사할 수 없을 정도로 가까이 파고들었다면 대화산 창법 고수의 무리(武理)를 살려 단봉의 묘(妙)를 활용하면 된다.

그러나 그러지 않았다. 독사는 창을 놓아버리고 적수공권(赤手空拳)으로 골인들과 부딪쳤다.

쒜에엑……!

살을 에는 검풍이 등줄기를 두들겼다.

독사는 몸을 앞으로 구부리며 오른발 뒤꿈치로 골인의 턱을 차올렸다. 파락호 시절부터 난전(亂戰)이 벌어질 때면 종종 사용하던 후단각(後端脚)이다.

사악!

골인은 맞지 않았다. 달려드는 기세를 멈추고 머리를 뒤로 젖혀 후단각을 피해냈다.

하늘 끝까지 차올린 발뒤꿈치는 올려쳤던 속도보다 빠르게 내려쳐졌다. 뒤에서 달려드는 골인에게 위압감을 주어 달려들지 못하게 만들고, 앞에서 짓쳐오는 골인의 아랫배까지 겨냥한 일격이다.

앞뒤의 골인이 주춤했다.

그들을 계속 추적할 시간이 없었다. 다른 골인들이 벌 떼같이 달려들어 육신을 난자해 왔다.

양발로 땅을 찍어 신형을 뒤로 물렸다.

뒤에서 다시 들이치려던 골인과 몸과 몸이 맞닿는 순간 독사의 머리가 뒤로 확 젖혀졌다.

빠악!

뒷머리에 얻어맞은 여자 골인이 풀썩 무너졌다. 남자들 같으면 얼굴이 가격당했을 터이지만 키가 작은 여자 골인인지라 정수리를 얻어맞고 말았다.

독사는 다시 뒤로 물러서서 거리를 늘렸다.

'휴우!'

거리를 늘려 상황을 원점으로 돌려놓자 비로소 안도의 한숨이 새어 나왔다.

이런 정도의 합격술이라면 대화산의 어떤 무인이라도 상대할 수 있을 만큼 막강하다. 합격술이 정교하다거나 위력이 강해서가 아니라 죽음을 불사하고 달려드는 투지가 합격술을 강하게 만들었다.

여인들의 합격술은 어렸을 적부터 난전이라면 이골이 날 만큼 경험이 많은 독사조차도 등줄기에 식은땀이 흐르게 했다. 그나마 '영은촌의 독사' 시절부터 난전을 겪어온 경험이 급박한 위기를 쉽게 벗어나게 해주었다.

'개개인의 무공은 약하지만 합격술이 아주 뛰어나다. 여인들이지만 투지는 멸혼촌 골인들보다 훨씬 강해. 멸혼촌 골인들과 싸움을 벌인다면… 상대가 안 된다.'

여자 골인들도 출행이라는 걸 하는 걸까?

어쨌든 싸움이 원점으로 돌아갔고, 서 있는 골인들이 누워 있는 골인들보다 적은 이상 필승(必勝)이다.

"싸우고 싶지 않소. 난 한 사람을 찾아왔을 뿐이오."

독사는 완전히 여유를 되찾았다.

3

재회(再會)

여인들은 벙어리인 양 말을 하지 않았다. 검에 무서운 투지를 싣고
원수를 대하듯 무서운 눈길로 노려본다.

그러고 보니 검도 다르다. 여자 골인들이 들고 있는 검은 목검이 아
니라 옥검(玉劍)이다. 철검처럼 얇게 간 옥검이 취옥빛으로 번쩍인다.

옥은 철보다 강도가 약하다. 때로는 목검보다도 약할 때가 많다. 약
간이라도 진기를 실어서 부딪친다면 여지없이 깨져 버린다. 그런 연유
로 무림에서는 옥으로 만든 병기를 구경하기가 힘들다.

장식품이 아닌 살상 도구로 옥검을 선택했다면 잘못 선택한 게다.

팽팽한 대치가 계속되고 있을 때 골인들의 뒤쪽으로 한 명의 골인이
몸을 일으켰다.

아직까지 몸을 숨기고 있는 다섯 명의 골인 중 한 명이다.

"네놈은 누구냐!"

쇳조각을 긁는 듯 가랑가랑한 음성이다.

"얼마 전에 당안령이란 여인이 들어왔을 텐데… 그녀를 데려가고자 왔소."

"네놈은 누구냐!"

"멸혼촌에서 왔소."

"멸혼촌? 음……! 그렇군. 사자육신이 멀쩡한 것을 보니, 멸혼촌에 몽환소의 중독을 푼 자가 있다는 말을 들었는데 네놈이었군."

여자 골인의 입가가 일그러졌다.

여자 골인들의 모습도 남자 골인들과 크게 다를 바 없다.

뼈에 살가죽만 붙여놓은 듯 바싹 말라 있다. 얼굴도, 몸도, 팔다리도 뼈만 앙상하다. 피부가 검게 탈색된 것도 똑같다. 다른 점이 있다면 가죽이 남아 덧붙여 놓은 듯 축 늘어져 있는 두 가슴뿐이다. 근육은 전부 소진되었고 가죽만 남아 있는.

"싸우고자 찾아온 것이 아니오. 당안령을 만나고 싶소."

그가 잠시 지체하는 사이에 쓰러져 있던 골인들이 한 명 두 명 일어났다.

목검과 목창에 진기를 싣지 않고 쳤기 때문에 일어설 수 있었다.

좀 더 정확히 말하면 타격하는 시점에서 진기를 거뒀다. 병기에 진기를 싣지 않았다면 그만한 속도가 나오지 않았고, 끝까지 진기를 실었다면 골인들은 벌써 황천길을 더듬어가고 있을 게다.

남자 골인들로 치자면 혈수나 촌장쯤 되어 보이는 여자 골인이 뚫어지게 독사를 응시했다. 그러다가 말했다.

"네놈…… 무공이 놀랍구나. 요지성녀(凹地聖女)와 비교해도 손색이 없겠어."

"……."

요지성녀가 누구인지 모르니 대답할 말이 없다.

"선택의 여지가 없겠지? 우리가 막으면 살공(殺功)을 펼쳐서라도 뚫고 들어가겠지?"

"그렇소. 하지만 이유없는 살상은 하고 싶지 않소. 난 당안령만 데려가면 그만이오."

"당안령은 몽환소에 중독되었다."

"알고 있소."

"해독할 수 있나?"

그 말을 할 때는 눈빛이 반짝였다.

남자 골인들과 마찬가지로 여자 골인들도 몽환소의 저주에서 벗어나기를 원하고 있다. 여자이기에 더욱 간절한지도 모른다.

"아직은…… 모르겠소."

"네놈은 몽환소에서 벗어나는 비법을 알고 있으면서도 말해 주지 않는다던데, 당안령을 인질로 비법을 요구하면 어찌할 텐가."

독사는 화내지 않았다.

이들의 절실한 마음을 알고 있으니 화낼 수가 없다. 인질이 아니라 죽음으로 협박해도 이해한다.

독사는 골인을 뚫어지게 응시했다.

'후읍!'

암암리에 숨을 크게 들이켜 상대의 기도를 탐색했다.

상대가 어떤 종류의 기도를 지녔는지는 알 수 없다. 한때는 그런 기도까지 읽을 수 있다고 생각했던 적도 있었지만 자신의 큰 오만이었다.

십인십색(十人十色), 인간처럼 다양한 존재도 없기 때문에 기도의 종류를 판별한다는 것은 신이 아닌 이상 불가능하다.

강공(剛功)을 익힌 사람이라도 상황에 따라서는 유한 기운을 흘려낸다. 부드럽기로 소문난 기공을 수련했어도 싸움에 직면해서는 강한 기운을 흘려낼 때가 있다.

정공(正功)이냐 사공(邪功)이냐 하는 구분도 펼쳐지는 무공을 보고 난 다음에 판단하는 것이 도리다. 겉으로 흘러나오는 기도만으로는 판별할 수 없다.

그러나 기도가 얼마나 강한지는 짐작할 수 있다.

여자 골인은 부드러운 종류의 기도를 지녔다.

아! 또 실수했다. 이런 직감은 완벽한 것이 아니라서 섣불리 단정해서는 안 된다. 누누이 경계했는데도 습관처럼 상대가 흘린 기도에서 종류를 읽고 있다.

독사는 급히 고개를 흔들며 말했다.

"독대(獨對)라면 이야기해 줄 수 있소."

당안령은 어디에 있는가.

여자 골인들은 십 장 높이의 폭포 십여 개가 아름다운 광경을 펼쳐내는 절벽에 암동을 파고 기거한다.

남자 골인들과는 주거 형태부터가 다르다.

절벽 가까이 다가가서 보니 뚫린 동혈만 해도 어림잡아 사십여 개가 넘어 보인다.

저 속 어딘가에 당안령이 있으리라.

여자 골인이 앞장서서 절벽을 타고 올라갔다.

습기가 차서 미끈거리고 곳곳에 이끼까지 끼어 미끄럽기 이를 데 없는 절벽이지만 대화산 무생곡에서 생활한 독사에게는 눈 감고 헤엄치는 것과 다름없다.

암동 안은 여자가 사는 곳답게 아늑했다.

동혈 입구에는 붉고 노란 꽃들이 만개해 있고 안쪽으로는 멸혼촌에서는 볼 수 없는 아기자기한 그릇들이 정연하게 쌓여 있다. 어떤 것은 나무로, 어떤 것은 돌을 깎아서 만들었다. 유등(油燈)같이 옥으로 만든 것도 있다.

"앉아."

골인이 나무 의자를 권했다.

권하는 자리에 앉고 보니 바깥 풍경이 일목요연하게 들어온다.

호로곡 전체가 화원이나 다름없는 꽃밭, 저쪽 절벽에서 흘러내리는 폭포, 곡구(谷口)의 상황까지 한눈에 들어온다.

'정말 마음을 놓고 싶은 곳이군. 아름다워.'

그가 두 번째로 경치에 넋을 빼앗겼을 때 여자 골인이 향기 그윽한 차를 내왔다.

'차까지……. 남자와 여자는 사는 법이 다르군.'

찻잔을 들어 입술을 축이자 오래전에 잊어버렸던 향긋한 맛이 혀를 간질였다. 담백하면서도 청초한 맛은 후각을 자극하며 떠나려 하지 않았다.

"여기는 아무도 듣는 사람이 없어. 주위 삼 장 안에는 쥐새끼 한 마리 없다는 걸 보증하지."

골인이 말하기 전부터 알고 있었다. 진기에 감지되는 기운이 없다. 기척을 잡으려면 오 장 밖으로 벗어나야 한다.

'훗!'

독사는 하마터면 실소를 흘릴 뻔했다.

항상 뒤를 쫓던 자, 그자의 기척이 유심동에 들어선 후부터 감지되지 않는다. 유심동 안으로 들어서서는 안 된다는 어떤 제재가 있는 것 같다.

그래도 징검다리를 두들겨 보고 건너는 심정으로 다시 한 번 진기를 운용해 봤다. 일 척(一尺)을 간격으로 조금씩 거리를 늘려 오 장 안에 잡히는 모든 느낌을 탐지했다.

아무도 없다는 것을 확인하자 비로소 찻잔을 내려놓았다.

여자 골인이 먼저 입을 열었다.

"언제나 그렇게 신중하냐?"

골인들은 나이를 짐작할 수 없다. 이제 이팔을 넘긴 소녀나 죽어도 여한이 없을 것 같은 노파나 쭈글쭈글한 피부를 지녀 몇 살이나 되었는지 본인이 말하기 전에는 알 수 없다.

독사는 골인들의 나이를 음성으로 판단해 왔는데 여자 골인의 경우에는 그것도 어렵다. 쇳소리처럼 강인하면서도 가랑가랑해 소녀부터 노파까지의 모든 음색을 지녔다.

그는 여인의 눈을 뚫어지게 응시하며 말했다.

"처음부터 몽환소에 중독되지 않은 사람들이 있소."

"있지."

"세 명이오."

"두 명은 알지. 정성사(鄭成思)는 실종되었고 최자범은 백치가 되었지."

독사는 별로 놀라지 않았다. 어떤 경로로 알게 되었는지는 모르지만 남자 골인들이 여자 골인들에 대해 무지한 것에 비해 여자 골인들은 멸혼촌에 대해 어느 정도 알고 있다는 것을 짐작했기 때문이다.

자신이 몽환소의 중독에서 벗어났다는 사실을 말할 때부터 짐작했다. 반면에 자신은 신검서생이 당안령에 대해 말해 주지 않았다면 그녀가 백비에 들어선 사실조차도 모를 뻔하지 않았는가.

"또 한 명은 이효기라는 무인이오."

"……."

여자 골인이 침묵했다.

정성사와 최자범은 알아도 이효기는 알지 못하는 것 같다. 조금 시간이 지난 일은 알아도 근래의 일은 알지 못한다. 웬만하면 놀랄 만도 한데 놀란 기색을 전혀 내비치지 않는다. 얼굴이 찌푸려지지 않는 것으로 보아 표정 변화가 극히 없는 여인이다.

"지금은 실종되었소."

"음……!"

여인이 신음을 토해냈다.

얼굴도 미미하게 찌푸려졌다.

"그들 세 명은 공통점이 있소, 모두 같은 무공을 익혔다는."

독사는 여자 골인이 어디까지 알고 있는지 궁금했다.

"무… 공이었나. 체질이 아니고 무공이었나."

여인이 혼잣말로 중얼거렸다.

독사는 입을 다물었다. 여인도 더 캐묻지 않았다. 오랜 시간 동안 둘 사이에 어색한 침묵이 흘렀다.

한참 만에 여인이 입을 열었다.

"네가 몽환소에서 벗어난 것도 무공으로?"

"그렇소."

"그럼 더욱 좋지. 이제 본론을 말해야 될 때가 된 것 같은데?"

"……."

독사는 대답하지 못했다.

당진도는 지금까지 아무런 징후를 보이지 않고 있다. 유화신공을 말해 준다 한들 몽환소의 저주를 풀지는 못한다. 암혼사의 구결을 가르쳐 주면 혹시 모르겠지만 그것도 장담하지 못한다. 본인 자신도 자신이 해독한 구결이 옳은지 그른지를 모르고 있는 마당에.

자신이 그랬던 것처럼 암혼사의 구결을 어느 정도 터득한 다음, 사활근맥단의 복용을 중단하고 몽환소의 저주에 걸린 채 빙굴에 들어가면 어느 정도 가망성은 있다.

하지만… 아직 사문의 허락을 얻지 못했다.

'십 일이면 돼. 십 일이면 사숙조님께 다녀올 수 있어.'

"실종된 세 사람이 익힌 무공은 유화신공이라는 기공이오. 그것이라면 당장이라도 말해 줄 수 있지만 효과는 미지수요."

독사는 낮은 음성으로 멸혼촌에서 벌어지고 있는 일을 이야기했다. 유화신공을 익힌 사람들이 실종된 사건과 연결시켜서, 정성사가 멸혼촌 골인들에게 유화신공을 전수하자 어떤 형벌이 내려졌는지도 소상하게.

여자 골인은 멸혼촌에서 벌어졌던 살육은 알고 있었다. 그런 만큼 독사가 하는 말을 쉽게 이해했다.

이야기를 다 듣고 난 여자 골인이 말했다.

"당진도, 그 늙은이가 아직 죽지 않고 살아 있었군. 그 늙은이라면 믿을 만하지. 이 꼴로 하루 이틀 산 것도 아니고… 좋아. 네놈을 믿어 보지. 약속 하나 할래?"

"말해 보시지요."

"당진도에게 진전이 있으면 즉시 기별을 줘야 해."

"약속드립니다."

독사는 서슴없이 대답했다.

지금 당장 전수하라고 하지 않는 것만도 천만다행이다. 진전이 있기 전까지는 철저히 비밀에 붙여야 하고, 그러기 위해서는 수련하는 사람이 적을수록 보안이 유지된다.

유화신공은 역천신공, 수련하는 모습이 상리에서 벗어난 무공이다. 여러 사람이 물구나무를 선 채 수련하다 보면 아무래도 발각될 우려가 많다. 또한 멸혼촌에 잠입한 만무타배의 수족을 잘라내고도 안심하지 못하는데 혹여 유심동에도 만무타배의 수족이 숨어 있다면…….

여자 골인도 그런 점을 충분히 인지했다.

"당안령을 어떻게 할 생각인가?"

"모르겠습니다."

몽환소의 저주에서 풀려나게 해준다는 약속만 할 수 있다면……. 지금은 단지 사활근맥단에 중독된 지 얼마 되지 않았기에 약간의 희망을 가질 뿐이다.

"그만 나가봐. 밖에 나가면 사시(四屍)가 당안령에게 안내해 줄 거야. 데려가든 말든 마음대로 해."

독사는 볼일이 끝난 이상 조금이라도 더 있고 싶지 않았다.

그는 황급히 일어나 포권지례를 취해 보였다.

"노선배, 감사합니다."

당진도를 감히 늙은이라고 부르는 여인. 그렇다면 여인의 배분(輩分) 또한 당진도와 엇비슷하겠기에 서슴없이 노선배라고 칭했다.

여자 골인이 말했다.

"유심동에 들어온 사내는 네놈이 처음이야. 들어온 사람은 많지만 살아서 돌아간 놈은 한 놈도 없어. 적어도 내가 동주(洞主)를 맡은 다음에는. 크크크! 망할 놈의 늙은이가 오기 전에 발길을 들여놓는 사내가 있다면 모두 죽이겠다고 맹세했지. 오늘 맹세가 깨졌어. 깨져. 크크크!"

독사는 동주에게서 가슴 깊이 절절하게 맺힌 한을 읽었다.

'혹시……?'

예측이 맞았다.

"크크! 네놈도 왔는데, 망할 놈의 늙은이는 오지 않는군. 멸혼촌에서 여기가 천릿길도 아닌데……. 휴우! 가거든 당 늙은이에게 전해. 어재우소(魚在于沼), 역비극락(亦匪克樂)."

'물고기가 연못에 노닌다 해도 그게 무슨 즐거움이랴? 이건 시경(詩經) 소아(小雅)에 나오는……'

시경 소아 정월(正月)이라는 시(詩)에 나오는 시구다.

정월이 지닌 의미는 중요하지 않다. 골인은 그중에서 어재우소, 역비극락이라는 시구만을 말하고 싶어한다.

유심동 동주와 당진도는 모종의 관계가 있는 것이 분명하다.

무슨 관계인지 묻지는 않았다. 말하고 싶었으면 스스로 말을 해줬을 게다.

"알겠습니다. 꼭 전해 드리겠습니다."

찻잔을 홀짝이는 유심동주를 뒤로하고 동혈 밖으로 나오자 똑같은 키에 똑같은 기도를 지닌 여자 골인 네 명이 그를 맞았다.

"따라와."

여자 골인들과 멸혼촌 골인들의 가장 큰 차이점은 조직력이다.

멸혼촌 골인들은 출행에 나서야만 조직이라는 것을 의식한다. 마을 안에서는 각기 자신의 영역을 구축하고 생활한다. 멸혼촌 안에서의 생활은 어느 평범한 마을 사람들이나 다름없이 생활한다. 나병촌(癩病村)처럼 특수한 질병을 지닌 사람들이 지니는 동류 의식을 가지고 있을 뿐 별다른 느낌을 가질 수 없다.

유심동은 자체가 하나의 든든한 방파(幫派)다.

위계 질서가 반듯하게 서 있고 여자 골인들 한 명 한 명이 무인다운 기질을 내뿜고 있다.

여자 골인 네 명은 암벽을 타고 내려가 유심동 가장 안쪽, 다섯 번째 폭포가 떨어지는 소(沼)로 갔다.

여자 골인 중 한 명이 손을 들어 암벽을 타지 않고도 들어설 수 있는, 지상에 파놓은 동혈을 가리켰다.

독사는 뚜벅뚜벅 걸어 들어갔다.

당안령은 다른 여자 골인과 같이 있었다.

몽환소에 중독된 상태로 말도 하지 못하고 사지도 움직이지 못한 채 여자 골인의 수발을 받는 상태였다.

'사… 활근맥단을 복용시키지 않았어!'

독사는 당안령을 상태를 한눈에 알아보았다.

만무타배는 당안령이 사활근맥단에 중독되었다고 했다. 유심동의 내부 사정을 잘 알지 못하고 있는 것이다. 유심동주도 같은 말을 했다. 그것은 독사를 떠보기 위한 말에 지나지 않는다.

"소저……."

당안령을 부르기는 했지만 무슨 말을 해야 할지 말이 막혀 버렸다.

당안령의 표정이 미미하게 꿈틀거리는 것 같았다.

물론 독사의 착각이다. 몽환소에 중독되면 음성뿐만이 아니라 신체의 모든 움직임을 잃어버린다.

"우리는 사활근맥단을 복용시키기 전에 본인의 의사를 묻는다. 본인이 원하지 않으면 사활근맥단을 주지 않지. 당안령은 복용을 거부했다. 지금 움직일 수 있는 것은 눈동자뿐이야. 대화를 나누고 싶으면 눈동자로 하도록 해. 눈동자를 왼쪽으로 돌리면 예, 오른쪽으로 돌리면 아니오다. 아래로 내리깔면 다른 의견이 있다는 뜻이야. 네가 중독을 풀어주기 바란다."

찬바람이 횅하니 부는 듯한 음성이었지만 전혀 차갑게 느껴지지 않았다.

그를 안내해 왔던 여자 골인 네 명은 그 말을 끝으로 돌아갔다. 당안령을 수발 드는 여자 골인도 잠시 자리를 비켜주었다.

독사는 당안령의 마비된 손을 잡았다.

힘이 전혀 실리지 않은 손이 종잇조각처럼 가볍다.

오랜 시간 손만 잡고 있었다.

무슨 말인가는 해줘야 했지만 아무 말도 새 나오지 않았다.

'고통스럽소?'

고통스럽지 않다. 몽환소에 중독되면 아픔이나 고통을 느끼지 못한다. 육신을 자유롭게 움직이지 못하는 불편하고 심화(心火)가 끓어오를 뿐이다.

'바보같이 뭐 하러 백비에……'

그 말도 할 수 없다. 당안령이 백비를 찾은 이유는 짐작하고도 남는다. 미련한 여인이 못난 사내에게 호감을 가지고 있다. 그 정도는 누가 말해 주지 않아도 안다.

'조금만 참아요. 곧 몽환소의 저주에서……'

마찬가지로 말할 수 없다. 자신은 천고의 기연을 얻어 몽환소의 중독에서 풀려났지만 당안령도 같은 기연을 얻으리란 장담을 할 수 없다.

한참 동안 당안령의 맑은 눈만 들여다보던 독사가 드디어 입을 열어 말문을 꺼냈다.

"흠! 난 좀 무뚝뚝한 편이라……"

당안령의 눈동자가 왼쪽으로 돌아갔다.

얼굴 근육이 마비되어 표정 변화가 없지만 독사에게는 얼굴 하나 가득 웃음이 감도는 것으로 비쳐졌다.

"소저, 오성(悟性)이 뛰어나다고 자부하는 편이오?"

눈동자가 오른쪽으로 돌아갔다.

"끈기는 있다고 생각하시오?"

눈동자가 밑을 쳐다보더니 왼쪽으로 돌아갔다. 그러다 곧 아래로 두 번을 내리깔았다.

그런 이야기 말고 다른 이야기를 해달라는 의사 표시인 듯싶다.

독사는 손을 잡고 있다는 것을 알려주기 위해 잡고 있는 손을 얼굴 위로 들어 올렸다.

당안령이 다시 눈을 내리깔았다.

눈빛에 처연함이 묻어난다. 무엇을 간절하게 말하고 싶은 표정이다. 눈에 맑은 물이 고인다 싶더니 한줄기 눈물이 되어 또르륵 흘러내렸다.

이상하게도 독사는 말없는 당안령의 표정 속에서 그녀의 말을 모두 들을 수 있었다.

'나한테 신경 쓸 것 없어요. 몸도 괜찮으면서 뭐 하고 있는 거예요. 여긴 사람 살 곳이 못 돼요. 가세요. 호호호! 제 걱정은 마시고 훨훨 날아가세요.'

"소저, 지금부터 내가 하는 말을 똑똑히 들어요. 나도 몽환소에 중독되었지만 저주를 풀어냈어요. 절대 희망을 버리지 말아요. 기억나시오? 내가 대화산에서 중상을 입었을 때 소저가 치료해 준 것."

눈동자가 움직이지 않았다. 물기를 하나 가득 머금고 독사를 쳐다보고 있다.

"이제는 내가 치료해 주겠소."

애써 밝게 말했다. 치료 가능성이 전무하지만 그래도 희망을 주기 위해서는 거짓 표정이라도 지어야만 했다.

'빙굴로 데려가야 해.'

독사는 무게가 전혀 느껴지지 않는 당안령의 육신을 안아 올렸다.

第二十三章
죽은 나무에서 피어나는 꽃

1

죽은 나무에서 피어나는 꽃

금계(禁界).

멸혼촌 골인들에게 제일 금계이자 최후의 금계라고 하면 단연 강이다. 새로운 자가 멸혼촌에 들어서는 날이 아니면, 독사처럼 선택받은 자가 아니면 강가에 발을 딛지 못한다.

그 외에는 어디든지 갈 수 있다.

그러던 멸혼촌에 또 하나의 금계가 형성되었다.

독사가 거주하는 동혈을 중심으로 사방 십여 장 안으로 발길을 들여놓으면 섭혼살호와 지천도의 협공을 받아 살해된다.

누구라도 예외가 없다.

멸혼촌 골인들에게도 절대 발길을 들여놓지 말라고 공표했다.

현재 멸혼촌에서 섭혼살호와 지천도의 합공을 받을 만한 사람은 없다. 그들을 뚫고 들어간다고 해도 독사가 기다리고 있다. 멸혼촌 최대

고수인 독사의 무공까지 우습게 생각하는 사람은 없다.

독사의 동혈 부근을 금계로 정하자고 제안한 사람은 신검서생이다.

"만무타배가 너무 순순히 당 소저를 넘겨줬다고 생각되지 않나요? 내 생각에는 몽환소의 저주가 풀리는지 확인하려는 의도가 있는 것 같은데……."

신검서생은 현재 당진도가 유화신공을 수련하고 있다는 사실을 모른다. 멸혼촌에서 그동안 주워들은 이야기를 토대로 나름대로 생각을 정리해서 말한 것에 불과하다.

어떤 이유에서든 만무타배의 이목이 독사의 동혈에 집중된다면 당진도가 유화신공을 수련하고 있다는 사실도 발각될 우려가 있다. 또 그렇게 되면 오래전처럼 멸혼촌이 쑥대밭으로 변할 가능성이 높다.

모두들 깊은 침묵에서 깨어나지 못하고 있을 때 신검서생이 다시 입을 열었다.

"아무래도 독사 주변을 금계로 정해야 될 것 같은데…… 그건 촌장님께서 알아서 하실 일이고. 독사, 당 소저의 중독을 풀 가망은 있는 건가?"

그는 대답을 듣지 못했다. 독사 대신 입을 연 사람은 난쟁이처럼 작은 골인 지천도다.

"동혈을 중심으로 사방 십 장을 금계로 정해야겠어. 섭혼살호와 내가 막아선다면 골인들은 들어설 수 없겠지. 만무타배가 들어선다면 우리도 막을 수 없고. 그건 자네가 알아서 하게."

그런 숙의 끝에 정해진 금계인지라 누구 한 사람 발길을 들여놓지 않는다.

독사는 엽수낭랑을 앉힌 다음 명문혈(命門穴)에 장심을 대고 진기를 불어넣었다.

음식을 먹지 못하는 엽수낭랑의 체력을 유지시켜 주기 위해서는 필수불가결한 행동이다. 또한 그녀의 몸속으로 들어간 진기가 어떻게 흐르는지도 살펴볼 겸 몽환소가 어떤 식으로 진기를 흡수하여 고갈시키는지도 알아보려는 의도도 깔려 있다.

"휴우!"

한 시진에 걸친 운공 끝에 깊은 숨을 들이키며 손을 뗐다.

진기를 주입했다고는 하지만 원기(元氣)에는 전혀 손상이 없다. 암혼사의 진기는 천지자연에서 받아들이는 진기이기에 숨을 쉴수록 강성해진다.

단전에 들어온 진기를 모두 받아들여 본신진기와 합일시킨다면 하루아침에 천하제일의 내가고수로 탈바꿈할 수 있으리라.

불행인지, 천지자연의 조화인지 천지인(天地人) 합일(合一)은 요원하기만 하다.

독사가 받아들이는 진기의 양은 일 할도 아니고 일 푼도 아니고 일 리도 아니고 헤아리기조차 힘들 만큼 미미한 양이다. 그럼에도 그의 내력은 급성장하고 있다.

진기 수련에 '성장'이라는 말은 합당치 못하지만 독사의 경우에는 그렇게 말할 수밖에 없다. 암혼사를 수련하여 진기를 양성하기도 했지만, 진기 스스로 살아 움직이며 받아들인 진기가 더욱 크니까.

진기 주입으로 손상된 진기는 일주천만으로도 간단하게 회복시킬 수 있다.

엽수낭랑을 벽에 기대 앉히고 맞은편에 앉아 눈을 들여다봤다.

"괜찮소?"

엽수낭랑이 눈동자를 왼쪽으로 굴렸다.

"조금만 더 진전을 보면 빙굴로 데려갈 거요. 거기 들어가면 생사(生死)를 선택해야 되니까 조금이라도 미진한 부분이 있으면 즉시 말해요."

눈동자가 다시 왼쪽으로 굴려졌다.

"똑똑히 들어요. 천외지천(天外之天) 시지(是指) 무극(無極), 천내지천(天內之天) 시지(是指) 태극(太極)······."

독사는 암혼사의 구결을 읊어주었다.

막 사형은 단숨에 처음부터 끝까지 읊어주었지만 독사는 그러지 않았다. 일정 부분까지 구결을 일러주고 자신이 터득한 심득까지 세심하게 설명해 주었다.

사문 무공을 외인에게 전수하는 행위는 파문(破門)에 속하는 중죄다. 문규를 잘 모르는 독사도 그 정도는 알고 있다.

그럼에도 사문 무공을 전수했다.

자신의 행동이 파문을 당할 만큼 중죄라는 것은 알지만 자신 때문에 백비에 들어온 여인인데 가만히 있을 수는 없지 않은가. 이대로 몽환소에 중독되어 죽게 만들 수는 없지 않은가. 설혹 이번 행동 때문에 파문을 당하는 일이 있더라도 어쩔 수 없다.

십여 일이면 사숙조가 기거하는 곳에 다녀올 수 있다. 하다못해 사숙조 어른들께 사문 무공을 외인에게 전수하겠다고 통보라도 해야 된다는 생각이 들지 않은 것은 아니지만, 현재 여건상 하루도 낭비할 수 없다.

몽환소는 그동안 쌓은 진기를 모두 소진시키고 나면 주변에 있는 진기로 빈자리를 채울 것이다.

그 일이 언제 벌어질지, 어떤 진기로 채워질지는 아무도 모른다.

몽환소는 모든 준비를 완벽하게 끝내고 난 후에 복용해야 한다. 준비가 없었다면 지금부터라도 준비해야 한다. 당장 오늘 저녁부터 외부 진기를 받아들일지도 모르지 않은가. 준비된 진기가 아니라면 사활근 맥단의 진기처럼 부작용을 일으킬지도 모른다.

독사가 알고 있는 장소 중 인체를 손상시키지 않는 맑은 진기는 빙굴에 존재하는 한기뿐이다.

엽수낭랑에게서 눈을 떼지 않고 있다가 조금이라도 이상 징후가 있을 때는 즉시 빙굴로 데려가야 한다.

'사문 존장들께서도 이해해 주실 거야. 사람을 살리자는 무공이 아닌가. 외인에게 전수했지만… 이해하실 거야.'

구결과 심득을 설명해 주자 엽수낭랑의 눈동자가 위로 치켜졌다.

독사와 엽수낭랑만의 밀어로, 완전히 외웠고 심득도 알아들었다는 표시다. 외우기만 했을 때는 눈동자를 아래로 깔았다가 위로 치켜뜨고, 심득을 이해하지 못했을 때는 위로 올렸다가 밑으로 내리깔자는 약속을 해두었다.

암혼사 구결을 절반 넘게 전수하는 동안 항상 같은 식이었다.

"그럼 다시 한 번……."

독사는 말을 마치지 못했다.

갑자기 풍겨오는 역한 냄새, 코를 찌르는 탁한 냄새…….

엽수낭랑도 냄새를 맡았다.

순간 그녀의 눈동자에 당황스러움이 깃드는가 싶더니 황급히 눈을 내리깔았다. 그녀의 눈꺼풀이 파르르 떨렸다.

독사는 고약한 냄새에도 인상을 찡그리지 않았다. 그는 엽수낭랑의 상체를 조금 더 뒤로 눕혀 호랑이 가죽을 덧씌운 나무토막으로 허리를 받쳐 주었다.

그 다음 그는 엽수낭랑의 바지를 벗겨 내렸다.

검은 방초가 모습을 보였다. 곧 이어 혈기를 자극하는 깊은 계곡도 드러났다. 통통한 하얀 허벅지도 눈길을 잡아당겼다.

더불어서 역한 냄새도 더욱 진해졌다.

고약한 냄새의 근원지는 그녀의 하의(下衣)였다.

독사는 생명 연장을 위해 진기를 투입했다. 그리고 그럴 때마다 엽수낭랑은 아주 냄새가 고약한 배설물을 쏟아냈다.

경기 일으킨 어린아이가 싸놓은 배설물처럼 푸르죽죽하면서도 핏기가 묻어 있는 혈변(血便)이다.

독사는 준비해 놓은 헝겊으로 혈변을 깨끗이 닦아냈다. 냄새가 지독했고 손에도 묻었지만 인상 한 번 찡그리지 않았다. 다른 헝겊을 집어 물에 적신 후 다시 한 번 깨끗이 닦아냈다.

엽수낭랑의 심장이 세게 뛰었다.

아무에게도 보여주지 않았던 미지의 세계를 환히 드러내고 있으니.

독사는 혈변 묻은 헝겊을 물통에 넣은 후 깨끗한 바지로 갈아 입혔다.

"우선 심득부터……."

독사가 고개를 숙인 채 말했다.

엽수낭랑과의 인연은 어떤 것일까?

자신에게 호감을 느낀 여인이 자신 때문에 백비를 찾았고, 골인이 되는 것을 막고자 데려왔다.

그것뿐이라면 거짓말이다.

그녀는 세상 사내라면 말이라도 건네고 싶어하는 미인이다. 성격도 사글사글하며, 곤란한 처지를 알아서 헤아려 줄 만큼 현명한 여인이기도 하다.

골인이 되어서는 안 되는 여인이다.

그러나 정작 그녀를 데려온 독사 자신도 이런 일이 일어나리라고는 생각하지 못했다. 자신의 손으로 하의를 벗겨내고 비소(秘所)를 보게 될 줄은.

앞으로 어떻게 헤쳐 나가야 하는가.

요빙의 육신이 아직도 불길에 활활 타고 있는데 어떻게 처신해야 된단 말인가.

누구와 싸우라면 싸울 수 있다. 누구를 죽이라면 힘에 벅찬 상대일지라도 죽이려고 할 것이다. 하지만 그런 것과는 성질이 다른 이런 종류의 일은 감당하기 힘들다.

강가에서 혈변 묻은 바지를 빼는 손에 힘이 빠졌다.

동혈로 돌아온 독사는 낯선 느낌을 감지했다.

동혈은 강으로 가기 전과 달라진 게 없다. 흐트러진 침상 모습도 그대로다. 엽수낭랑도 앉혀놓은 상태에서 조금도 움직이지 않았다. 그런데도 왠지 낯선 곳에 들어선 느낌이 든다.

'누가 다녀갔군.'

직감이지만 확실했다. 폐부 깊숙이 흘러든 공기에서 낯선 기운을 감지해 냈다.

엽수낭랑의 눈을 들여다보며 말했다.

"누가 다녀갔소?"

눈동자가 왼쪽으로 움직였다.

"골인이오?"

이번에는 오른쪽으로 움직였다. 아니라는 대답이다.

"꼽추요?"

왼쪽으로 움직인다. 만무타배다. 만무타배가 자신이 없는 사이에 지천도와 섭혼살호의 이목을 속이고 다가와 엽수낭랑의 상태를 살피고 돌아갔다.

독사는 미간을 찡그렸다.

예정으로는 보름에, 보름달이 뜨는 날에 엽수낭랑을 빙굴로 데려갈 생각이었다. 한기가 극음(極陰)이니 가급적이면 음의 정화(精華)인 보름달이 뜨는 날 입동하는 것이 더욱 좋지 않을까 하는 단순한 생각에서다.

몽환소가 외부 진기를 받아들이지 않는 동안 암혼사 구결을 숙지할 필요도 있었다.

준비는 끝났다.

자신이 빙굴에서 기연을 얻은 것은 암혼사 구결 중 득의망형(得意忘形)이란 구결을 얻은 다음이다.

엽수낭랑은 득의망형을 이미 얻었다. 빙굴에서 운용할 방도도 세심하게 일러주었다. 거기에 혹시나 해서 이어지는 다음 구결까지도 설명해 주었다.

자신이 얻은 모든 심득을 세세하게 일러주었으니 구결을 이해하는 면에서는 오히려 독사보다 더 나을지도 모른다. 그녀는 태어나면서부터 무공이란 것을 접한 무가의 여인이지 않은가.

그런 마당에 만무타배가 다녀갔다.

만무타배도 몽환소에 지대한 관심을 가지고 있는 것이 분명하다.

엽수낭랑이 몽환소의 중독에서 풀려난다면… 모종의 행동을 취해올 것이 자명하다. 정성사, 최자범, 이효기에게 그랬듯이. 어쩌면 자신에게까지 지금까지와는 다른 어떤 일이 벌어질지도 모른다.

독사는 변화를 원치 않았다.

만무타배에게는 아직 거둬들이지 않은 요빙의 전낭이 있다. 사단이 벌어져서 요빙이 술에 절어가며, 마음에 없는 사내에게 몸을 줘가며 벌어들인 돈을 잃게 된다면…….

'만무타배의 눈을 속여야 돼. 한 번 들어왔으면 두 번도 들어올 수 있어.'

독사는 자신의 뒤를 그림자처럼 쫓아다니는 사내를 떠올렸다.

닷새 후, 지천도와 섭혼살호가 골인들을 이끌고 와서 동혈 입구에 작은 바위들을 쌓기 시작했다.

"무슨 영문인지는 모르지만…… 영 내키지 않네."

지천도가 어깨를 긁으며 말했다.

동혈을 완벽하게 밀봉해 버린다는 것은 사람을 생매장시키는 것과 다름없으니 내킬 리가 없었다.

"틈새까지 완벽하게 막아야 합니다. 공기 한 점 들어와서는 안 돼요. 개미도 기어들 수 없을 만큼 단단히 막으세요."

"막기는 막네만, 언제라도 안 되겠다 싶으면 즉시 뚫고 나오게. 살다 살다 별 희한한 일을 다 겪는구먼."

지천도는 바위가 차곡차곡 쌓아져 갈수록 불안해했다.

세상에 밀폐된 공간에서 생존할 수 있는 동물은 없다. 만물의 영장이라는 인간도 마찬가지다. 생존 자체가 불가한 공간에서 무슨 기공을 수련한단 말인가.

그런 무공이 있다고 치자. 동혈에 남아 있는 공기로는 하루를 버티지 못한다. 그렇다면 하루 만에 기공을 터득해야 된다는 말인데, 아무리 속성이라도 그렇지 그런 무공이 어디에 있단 말인가.

독사가 남긴 말은 사람을 더욱 불안하게 한다.

"사흘 동안 있을 겁니다. 사흘이 지나도 입구를 뚫고 나오지 않으면 죽었다고 생각하세요. 그냥 무덤이라고 생각하시고 파지도 마세요. 성공하면 사흘 안에 뚫고 나올 겁니다."

"성공 가능성은 얼마나 되는가?"

"일 할입니다."

"일 할에 목숨을 건단 말인가! 그런 무모한……."

"지금은 이게 유일한 방법입니다."

당진도도 만류해 봤고 섭혼살호도 말을 꺼내봤지만 독사의 의지가 너무 확고해서 말릴 수 없었다. 골인들이 도와주지 않으면 본인 스스로 동굴 입구를 폐쇄할 기세였다.

멸혼촌 노옹들은 당문삼기까지 불러와 독사와 당안령의 사연을 들었다.

독사와 당안령이 마음을 주고받은 연인이라는 데는 이견이 없었다.

독사를 찾아 백비에 몸을 던진 엽수낭랑, 엽수낭랑을 찾아 유심동을 다녀온 독사, 그리고 헌신적인 보살핌.

독사가 사랑하는 연인을 위해 위험을 불사하겠다는데 말릴 만한 말도 없었다.

신검서생도 한마디 거들었다.

"오면서 당 소저의 말을 들었죠. 독사를 생각하는 마음이 너무 깊어서 뚫고 들어갈 틈이 없더군요. 한낱 파락호에게 무슨 정이 그렇게 깊이 들었나 싶었더니… 연인을 위해 사지로 들어가는 사람은 흔치 않습니다. 저는 해주겠습니다."

유화신공 이야기는 입도 벙긋하지 못했다.

당진도가 유화신공을 수련한다는 사실은 멸혼촌 골인들 중에서도 지천도와 섭혼살호만이 알고 있는 극비 중의 극비였다.

하기는 유화신공 때문에 만류할 수도 없었다. 독사는 이미 유화신공의 구결과 심득을 고스란히 전수해 주었기 때문에 그가 할 수 있는 일은 다한 셈이다. 또 설혹 유화신공 때문에 마음이 걸린다고 해도 그런 말을 해서는 안 된다.

대의와 소의를 따진다면 유화신공을 완성하는 것이 대의다.

당진도가 유화신공을 받아들여 사활근맥단의 저주에서 풀린다면 남여 백여 명에 달하는 골인들이 저주에서 풀려날 수 있다.

저주에서 풀린다고 다 끝난 것도 아니다. 예전의 무공을 회복할 시간이 필요하다. 그러자면 만무타배의 시선을 다른 데로 돌려놓아야 하고, 멸혼촌에서 그런 역할을 해줄 사람은 독사밖에 없다.

그렇다고 어떻게 대의를 마무리 지은 다음에 죽든 살든 마음대로 하라는 식으로 말할 수 있겠는가.

결국 독사의 말대로 동혈 입구를 봉쇄하기로 했다. 그러나 독사가 지금이라도 마음을 돌려서 시간을 두고 당안령의 상세를 고쳐 갔으면 하는 바람이 한결 컸다.

동혈 입구가 점점 좁혀지더니 주먹 하나 들어갈 공간밖에 남지 않았다.

"대형! 성공하기 바랍니다!"

신검서생이 구멍을 통해 큰 소리를 내질렀다.

멸혼촌 골인들 대부분이 독사에게 대형이란 칭호를 붙이고 있다는 사실을 알고 있기 때문이다.

이윽고 남아 있는 공간마저 주먹만한 바위에 틀어 막혔다.

골인들은 그 위에 진흙을 단단히 발라 공기 한 점 스며들지 못하도록 만들었다.

횃불의 붉은 빛 아래 앉아 있는 엽수낭랑은 예뻤다.

그녀의 미(美)는 날이 갈수록 색감이 달라진다. 순백색의 아름다움이 피어나는가 하면 붉은빛의 요염함도 풍겨난다. 독사 혼자만 느끼는 생각이겠지만 그녀의 하의를 벗기고 비소를 본 다음부터 그녀의 몸이나 표정이 한층 농익어간다는 생각을 지울 수 없다.

처음에는 맑은 눈동자 속에 부끄러움이 묻어나는 듯했다. 하지만 시간이 지날수록 부끄러움 대신 야릇하면서도 달콤한 정이 피어난다는 것을 느꼈다.

독사는 그런 눈빛을 알고 있다.

전에 본 적이 있는 눈빛이다. 요빙을 처음 안은 날, 그녀와 밤을 새워가며 서로를 탐한 후 혼곤한 잠에 빠졌다가 깨어났을 때 본 눈빛, 한잠도 자지 않고 뜬눈으로 밤을 새우며 자신을 쳐다본 요빙의 눈빛이 이랬다.

"한 번 더 확인합시다. 암혼사 구결은 숙지했소?"

엽수낭랑의 눈이 왼쪽으로 돌아갔다가 다시 돌아와 뚫어지게 쳐다본다.

'이런……'

독사는 다시 뜨거운 눈빛을 느꼈다.

아니, 뜨겁지 않다. 차라리 뜨거운 눈빛이라면 무시하면 그만이지만 엽수낭랑의 눈빛은 어머니가 자식을 쳐다보는 듯 한없이 자애롭고 포근한 눈빛이다.

주마등처럼 요빙과 나눴던 기억 한 편이 스쳐 지나갔다.

"여자는 남자에게 기대고 싶어해. 사내와 만나면서 어떤 생각을 하는지 알아? 이 남자에게 기댈 수 있을까, 이 남자와 살면 행복할까······ 백이면 팔, 구십은 같은 생각을 할걸?"

"난 어때? 기댈 만해?"

"조금."

"겨우?"

"많이 봐준 줄 알어. 세상에 싸움질이나 하는 사내에게 후한 점수를 줄 여자가 있을 것 같아?"

"하기는······."

"지금이 꼭 그래."

"뭐가?"

"우리처럼 이제는 이놈 아니면 못살겠다 싶은 처지가 되면 생각이 약간 달라져. 그때부터는 나이에 상관없이 사내가 어린아이로 보여. 코 흘리는 것도 닦아줘야 하고, 어질러 놓은 것도 치워줘야 하고······ 물론 사내가 사랑스러울 때 이야기지만."

"다 좋은데 놈이 뭐야? 이놈?"

"그럼 넌이야?"

"······."

"호호! 질린 표정 짓지 마."

엽수낭랑의 눈빛은 요빙이 보여줬던 눈빛, 사내를 어린아이로 보는 눈빛이다.

독사는 마음을 다잡고 일부러 쌀쌀한 음성을 토해냈다.

"지금이라도 자신없으면 말해요. 빙굴에 들어서면 후회해도 늦으니까."

엽수낭랑의 눈동자가 왼쪽으로 돌아갔다가 돌아왔다. 장난기까지 묻어 있는 맑은 눈빛이다.

'더 길게 이야기했다가는 나만 곤혹스럽겠군.'

독사는 엽수낭랑을 안아 일으켰다.

골인들이 모두 떠난 후, 금방 다져 놓은 진흙 더미 위로 한 사내가 날아 내렸다.

그는 동혈을 막아버린 진흙을 세심하게 살폈다. 주변을 뒤져 보기도 하고 다시 돌아와 진흙 더미를 만지작거리기도 했다.

작은 바위로 입구를 봉쇄하고 그 위에 진흙까지 처발랐으니 개미 한 마리 뚫고 들어갈 틈이 없다.

그는 이해할 수 없다는 듯 연신 고개를 갸웃거렸다.

한참 동안 동혈을 쳐다보던 그는 비조처럼 날아올라 수림 속으로 스며들어 갔다.

텅 빈 공간에 뜨거운 폭양이 내리쬐었다.

2

죽은 나무에서 피어나는 꽃

지난 닷새 동안은 숨 돌릴 틈도 없이 바빴다.

엽수낭랑의 상태가 어떤 지경인지 모르기 때문에 몸보다 마음이 더욱 조급했다.

당문삼기가 엽수낭랑을 보러 오기는 했지만 혈육을 보러 온 것이지 치료하기 위해서는 아니었다.

그런 점은 당진도도 같았다.

"창피한 말이지만… 몽환소에 대해서는 무지한 터라……."

몽환소에 대해서 누구보다 많이 연구한 당진도조차도 엽수낭랑의 상태는 알아내지 못했다. 처음 만난 조손(祖孫) 간의 회포를 푸는 것이 고작이었다.

'오늘이 될지 내일이 될지……'

몸에 잔존하는 진기의 찌꺼기가 모두 빠져나가고 새로운 진기를 받아들이는 시점이 언제인가.

독사는 동혈에 맑은 공기가 스며들도록 세심하게 배려했다.

어떤 결과가 나올지는 모르지만 꽃도 캐다 심었다.

한편으로는 부지런히 암굴을 팠다.

무척 힘들었다. 암굴을 파는 행동 자체는 힘들지 않았지만, 엽수낭랑이 탁한 공기나 흙먼지를 들이마시지 않도록 주의하면서 땅을 파헤쳐 나간다는 것은 여간 고역이 아니었다.

파낸 흙을 내다 버리는 것도 힘들었다.

암중에서 그림자처럼 따라붙는 사내의 이목을 속이며 색깔이 전혀 다른 흙을 버리기 위해서는 당문삼기의 협조가 절대적으로 필요했다.

꽃을 캔다는 명분으로 외유를 하면서 그림자를 따돌리는 사이, 당문삼기는 독사가 파낸 흙을 내다 버렸다. 거기에 한술 더 떠 암굴을 파주기까지 했다.

하루에 네 장씩 파 들어가 거주하던 동혈에서 서쪽으로 이십여 장 떨어진 곳으로 나오기까지는 딱 닷새가 걸렸다.

모든 일은 비밀리에 진행되었다.

지천도나 당진도, 섭혼살호에게까지 말해 주지 않았다.

그들이 못 미더워서 말하지 않은 것이 아니라 알고 모른 척하는 것과 처음부터 모른 것과는 아무래도 행동에서 차이가 난다고 생각했기 때문이다.

독사는 암굴을 통해 서쪽 산등성이로 나왔다. 팔 때는 무진 고생을 했지만 빠져나오는 데는 순식간에 불과했다.

한달음에 산등성을 타고 올라 빙굴 앞에 도착했다.

손가락 하나 움직이지 못하는 산송장이 되어 들어갔다가 멀쩡한 육신을 되찾아 걸어서 나온 빙굴. 배고픔을 달래기 위해 뜯어먹은 자들은 누구이며, 추위를 쫓기 위해 불사른 자들은 누구인지……

독사에게 빙굴은 기연을 안겨준 장소이기도 하지만 두 번 다시 발길을 들여놓기 싫은 장소이기도 했다.

독사는 한동안 숨어서 주위를 탐색했다.

인기척이 셋 잡힌다.

자신들은 숨어 있다고 생각하겠지만 독사의 느낌은 속일 수 없다. 바위 뒤에 한 명, 빙굴 위쪽에 한 명, 그리고 움푹 파인 구덩이 속에 한 명이 있다.

느낌은 언제나 맞다.

무공을 몰랐던 파락호 시절이라면 무심히 지나쳐 버렸을 가벼운 감각에 불과하지만 현재의 독사에게는 실체처럼 뚜렷이 인지된다.

다른 느낌을 또 쫓았다.

잡히지 않는다. 세 명 외에는 빙굴 주변에서 인기척을 찾을 수 없다. 사람이 흘리는 기척이 아니라 사람이 토해낸 기(氣)를 감지해 내는 진기이기에 믿을 수 있다.

그제야 모습을 드러냈다.

독사가 모습을 보이자 숨어 있던 세 명도 은신한 곳에서 나왔다.

당문삼기, 그들이다.

"꼭 영아를 저주에서 풀어주기 바랍니다, 대형."

"영아만 저주에서 풀려난다면 평생 수족 노릇을 하라고 해도 하겠습니다. 부탁드립니다."

당문삼기는 예전처럼 편히 대하지 못했다. 그들은 수족이라도 된 것처럼 독사를 깍듯이 받들었다.

단지 독사가 멸혼촌 최대 고수로 부각했기 때문만은 아니다. 무림에는 무공 높은 고수가 지천에 널려 있다. 그들 모두를 존경하지 않는 것과 같은 이치다.

당안령의 해독이 독사의 손에 달려 있기 때문도 아니다. 독사가 당안령을 해독해 주었으면 하고 간절히 바라지만 믿지는 않는다. 유화신공을 익힌 상태에서 몽환소를 접했다면 모르겠거니와 몽환소에 중독된 상태에서 유화신공을 익힌다는 것은…… 당진도가 좋은 예이지 않은가. 불철주야 유화신공에 몰두해도 아무런 진전이 없지 않은가.

독사는 백비의 비밀을 파해할 수 있을지도 모른다.

그것이다. 그것 때문에 당문삼가나 멸혼촌 골인들이 독사를 남다른 눈으로 본다.

멸혼촌 골인에게 당면 문제 중 가장 큰 것은 역시 몽환소의 저주에서 풀려나는 일이다. 몽환소가 되었든 사활근맥단이 되었든 예전의 모습과 무공을 되찾을 수만 있다면 혼이라도 팔려고 덤벼들 게다.

더불어서 또 하나 짚고 넘어갈 것이 있다. 멸혼촌 골인들의 가슴속에 맺혀 있는 한이다.

골인들이 예전의 모습과 무공을 되찾으면 가장 먼저 하고 싶은 일이 바로 만무타배와 자신들의 행동을 억제해 온 다섯 무인을 죽이는 일이다. 그것만은 반드시 하려고 든다, 무공이 받쳐 준다면.

그 다음 행동은 당연히 백비를 산산조각 내고 싶어한다. 짧게는 몇 달에서 길게는 평생 동안 사람 같지 않은 삶을 강요한 백비를 내버려둘 골인은 한 명도 없다. 이것 역시 무공이 받쳐 주어야만 가능한 일이지만 말이다.

독사는 몽환소의 저주는 풀어주지 못하더라도 가슴 깊이 맺힌 한은 풀어줄 수 있는 사람이다.

출행에서 골인들을 안전하게 데려오기 때문에 대형으로 떠받드는 것이 아니다. 궁극적으로는 한을 풀어줄 수 있는 사람이라고 믿기 때문에 대형이라고 부르는 것이다.

당문삼기도 멸혼촌 골인들처럼 독사를 색다른 눈으로 보았다.

독사는 당문삼기의 말을 등 뒤로 들으며 빙굴 안으로 들어섰다.

쏴아아……!

진기를 운용하고 있어도 부르르 몸서리를 칠 만큼 강한 추위가 몰려들었다. 시신 특유의 기분 나쁜 시기(屍氣)도 눈살을 찌푸리게 만들었다.

"꼭 부탁드립니다, 나오실 때는 영아와 같이 걸어서 나오시기를."

당한이 마지막으로 부탁을 하며 바위를 밀어 입구를 막았다.

갑자기 어둠과 정적이 밀려왔다.

맑은 새소리도 바람 소리도… 지금쯤 한숨을 토해내며 돌아가고 있을 당문삼기의 발걸음 소리도 들리지 않았다.

빙굴 안은 외부와는 완벽하게 차단된 별세계다.

독사는 일부러 횃불을 켜지 않았다.

엽수낭랑에게 골인들의 처참한 모습을 보여주고 싶지 않았다. 지금은 오로지 암혼사의 구결에만 신경을 집중해야 한다. 그 외에 어떤 것도 볼 필요가 없고, 들을 필요도 없다.

"여긴 굉장히 추운 곳이오. 조금만 앉아 있어도 입김마저 얼어붙는 극한의 장소요."

엽수낭랑은 추위를 느끼지 못한다. 감각이 마비된 육신은 살이 얼어

붙어도 깨닫지 못한다. 그렇게 서서히 얼다가 오장육부마저 굳어버리면 죽는 거다.

"아마도 서너 시진을 버티지 못할 거요. 심득이 어느 정도인지는 모르겠지만 그 안에 기연을 얻어야 하오."

독사가 해줄 일은 없었다. 몸 안에 진기를 불어넣어 생명을 연장시켜 주는 것이 고작이다.

엽수낭랑은 무슨 말을 하고 싶을까?

아마도 눈동자를 왼쪽으로 돌렸을 게다. 말을 할 수 있다면 '걱정 말라'고 말했을 게다.

"자신을 잊고 차디찬 기운으로 형기(形氣)를 만드시오. 견천지지심(見天地之心) 용호교회(龍虎交會)를 잊지 말고."

수천 번도 더 말했던 말을 다시 한 번 하며 엽수낭랑을 뉘었다.

쏴아아아……!

지극한기(地極寒氣)는 몸서리쳐질 만큼 매서웠다.

몽환소의 저주가 풀린 다음 한기가 발생하는 원인을 찾아보려고 한 적도 있지만 찾지 못했다. 기사(奇事)나 기형(奇形)에는 문외한인지라 지극한기가 생성되는 원리도 깨닫지 못했다.

당진도에게 물어봤으면 알 수 있을지도 모른다.

묻지 않았다. 궁금증에 불과한 일을 캐묻기보다는 무공을 증진시키는 것이 더 선급했다. 두 번 다시 빙굴에 들어갈 일이 없다고 생각한 점도 크게 작용했다.

그러나 다시 들어오고 말았다.

'무리야. 단지 며칠 동안 암혼사 구결을 전수한 것뿐인데…… 그 정

도 참오로 형기를 만들 수는 없어.'

독사의 눈동자가 어둠 속에서 맹수의 눈처럼 빛을 토해냈다.

그는 엽수낭랑의 몸에서 눈길을 떼지 않았다.

빙굴의 한기를 받아들이기 시작하는 징조라도 보이면 좋으련만⋯⋯.

엽수낭랑은 무정하게도 아무런 움직임을 보이지 않았다. 몸이 얼어 붙고 있을 터인데 꼼짝도 하지 않는다.

이토록 시간이 길고 지루한 적은 없었다. 어둠이 이토록 답답했던 적은 없었다.

'틀렸어!'

시간이 흘러 두 시진이 지날 무렵 독사는 절망했다.

이제는 기연을 얻어 빙굴의 한기를 받아들인다고 해도 육신이 얼어 붙어 몸을 움직이지 못한다.

엽수낭랑의 몸을 옆으로 눕히고 명문혈에 장심을 얹었다.

쏴아아아⋯⋯!

장심을 통해 쏟아져 들어가는 진기가 물소리처럼 상큼한 소리를 토해내는 듯했다.

진기만으로 타인의 상세를 치료하는 것은 쉽지 않다.

내 몸속에 흐르는 진기라면 의념으로 뚜렷이 볼 수 있지만, 타인의 몸속까지 내 몸처럼 볼 수는 없다. 물은 물길이라도 있어서 어긋남이 없이 흐르지만, 진기요상법(眞氣療傷法)은 기로(氣路)조차도 의념으로 움직여야 한다.

독사는 엽수낭랑의 단전을 의식하고 진기를 불어넣었다.

엽수낭랑의 진기가 약간이라도 움직이기 시작하면 힘을 실어주려는 의도였다.

하지만 엽수낭랑의 단전은 고요하기만 했다. 쏟아져 들어간 진기가 깊은 수렁에 빠진 것처럼 흔적없이 사라져 버렸다. 몽환소의 독기가 들어오는 진기란 진기는 모조리 흡수해서 배설해 버리는 것이다.

더군다나 독사의 이런 행동은 엽수낭랑의 상태를 위급지경에 빠뜨리는 결과를 낳았다.

엽수낭랑의 육신은 딱딱하게 굳었다. 오장육부도 얼어붙기 시작했다. 체온이 떨어지고, 육신의 기능이 완전히 중단되었다. 그런 상태에 진기를 쏟아 붓는 것은 동상 걸린 몸을 불로 지지는 것과 같다.

"아!"

독사는 금방 자신의 실수를 깨달았다. 실수를 깨닫다 못해 얼굴색이 새파랗게 질리기까지 했다.

장작더미에 불을 붙여서는 안 된다. 말도 안 되는 이야기지만 장작더미 속에서 스스로 불길이 일어날 때까지 기다려야 한다.

명문혈에 손을 얹고 진기를 주입하자마자 실수했다는 것을 깨달았지만 이미 진기를 밀어 넣은 다음이었다.

'너무 간단하게 생각했어. 너무 모자랐어.'

심한 자책감이 밀려들었다.

암혼사의 구결에는 우주의 현묘한 묘리가 담겨 있다.

구절구절이 모두 진리다. 우주만물이 생성되고 살아가며 사라지는 원리다.

깊이를 헤아릴 수 없고 크기도 상상할 수 없다.

우주의 진리를 사천성에 비교할 때 천이백마흔네 자는 각 성(省)의 도읍만 거론한 것에 불과하다. 동천주(潼川州)라고 하면 동천주만 생각할 것이 아니라 안에 들어가 동천주가 어떻게 생겼는지 세세하게 살펴보아야 한다.

평생을 두고 참오해도 풀지 못할 방대한 진리다.

그런 것을 약간의 성취를 이뤘다고 다 아는 듯이 행동했으니.

진기 주입을 그만두고 부지런히 손발을 주물렀다. 조금이라도 온기가 돌아오도록 주무르고 또 주물렀다. 주무르는 손에 진기를 주입할까 하다가 방금 전처럼 실수를 할까 싶어 주입하지 않았다.

무공에 체계가 없는 독사는 삼류무인들조차 알고 있는 추궁과혈(推宮過穴)조차 알지 못했다. 상승무공을 익히고 있으면서도 간단한 무공조차 모르는 기현상이 생겼지만, 정작 독사 자신은 그런 점조차 깨닫지 못했다. 그때!

'기사회생!'

불현듯 어천신공 중에 한 구절이 떠올랐다.

─기사회생(起死回生) 일지공(一指功). 불용일시(不用一施) 상무(常無). 중지가삼분역력(中指加三分易力) 초시백회(初施百會)…….

어천신공 중 여의지(如意指)에 적혀 있던 글이다.

무공과는 상관이 없어서 등한시했던, 아니, 참오할 시간이 없었던 무공이기도 하다.

기사회생을 시킬 수 있는 지공. 항상 사용할 수 없는, 한 번밖에 사용하지 못하니 유의해서 사용하라는 지공.

백회혈을 시작으로 전신 삼백육십오 혈도를 타통해 나간다. 각 혈도를 누르는 힘이나 순서, 혈도의 위치가 조금만 어긋나도 즉사하는 위험한 수법이기도 하다.

독사는 진기를 일주천했다. 그리고 여의지가 말하는 대로 중지에 삼 푼의 힘을 실었다.

어느 정도가 삼 푼인가. 천하역사의 힘과 어린아이의 힘은 다른데 어느 기준으로 적어놓은 것인가.

본인 기준이다.

일시종시유일력(一施終施唯一力).

처음 시전부터 마지막 시전까지 오직 하나의 힘만이 존재한다.

독사는 망설임없이 엽수낭랑의 백회혈을 짓눌렀다.

수련해 본 적이 없는 지법이기에 옆에 책을 놓고 적혀 있는 글귀대로 따라 하는 손짓에 지나지 않지만 그렇게라도 하지 않을 수 없을 만큼 엽수낭랑의 목숨은 경각에 달려 있다.

누르는 시간은 십 호(十呼).

'하나, 둘, 셋, 넷…… 열!'

열 번의 호흡을 들이킨 후 즉시 손을 떼고 사 푼의 힘으로 기문혈(氣門穴)을 짚었다.

기문혈에서는 사 호(四呼) 동안 머물러야 한다. 머무르는 동안 지압력(指壓力)이 일정해야 하며 조금의 요동도 있어서는 안 된다.

독사의 이마에 식은땀이 맺히기 시작했다.

불용일시 상무라는 글귀를 왜 적어놓았는지 알게 되었다.

삼백육십오 개의 요혈을 두루 거치자 기력이 탈진하여 산송장이나 다름없는 상태가 되어버렸다.

혈도에서 혈도로 옮기는 순간은 연이어져야 한다. 그야말로 눈 깜짝할 사이도 아닌 촌각 만에 옮겨져야 한다. 그러면서도 지압력은 일정해야 하며 백회혈을 눌렀던 지압력과 균등한 힘이 가해져야 한다.

여의지는 운기할 시간이 없는 고도의 수법이었다. 내력이 심후하다고 자부하는 사람도, 평생 내공만 수련했다는 사람도 기진맥진하고도 남을 지공이다.

혈도를 이백 개 정도 눌렀다고 짐작되었을 때부터 몸이 물먹은 솜처럼 무거워졌다. 불행 중 다행으로 암혼사의 진기가 스스로 살아 움직였으니 망정이지 그렇지 않았다면 실패가 불 보듯 뻔했다.

전신 요혈을 지압한 지금, 독사는 손가락조차 들어 올릴 힘이 없었다.

억지로 가부좌를 틀고 앉아 운기조식에 몰입했다.

일 주천, 이 주천… 팔 주천…….

어느 정도 기력을 회복하자 엽수낭랑의 상태부터 살폈다.

"아!"

탄성이 새어 나왔다.

다행스럽게도 엽수낭랑의 살갗에는 온기가 흘렀다. 자신이 운기조식을 한 시간도 상당할 터인데, 빙굴 한기의 영향을 받지 않은 듯 엽수낭랑의 몸에서는 따뜻한 온기가 느껴졌다.

'살았어!'

다시 한 번 여의지를 펼치라면 못할 것 같다. 여의지는 고수에게도 상당히 심력을 소모시키는 악공(惡功)이다.

독사는 선택의 여지가 없었다.

그는 채 열 시진도 지나지 않아 불용일시 상무라는 여의지를 또 펼쳤다.

두 번째는 처음처럼 당황하지 않았다. 여의지가 엽수낭랑에게 효과가 있는 것을 확인했기 때문에 차분한 마음으로 펼쳤다.

펼치기 직전에는 충분히 조식을 취했다. 달걀 모양의 내단이 실 가닥이 되어 풀려 나오는 모습을 직관했고, 유화신공으로 한 겹 도포가 씌워지는 과정까지 확인했다.

여의지가 단지 지압만 하는 기공이 아니라 지력을 주입시킬 수 있는 의공(醫功)이라는 것도 알았다. 하지만 낯선 무공을 함부로 사용할 수 없어서 처음처럼 지압하는 데만 주력했다.

한 시진 후 차디차게 얼어붙던 엽수낭랑의 몸이 다시 온기를 되찾았다.

시간이 얼마나 흘렀을까. 여의지를 네 번이나 펼쳤으니 아무리 못해도 사흘은 지난 것 같다.

수면량이 유독 적은 독사에게도 수마(睡魔)는 찾아왔다. 눈꺼풀이 천근처럼 무거워 자신도 모르는 사이에 꾸벅 졸기까지 했다.

과도한 심력 소모가 불러온 수마다.

전에는 잤다.

빙굴의 한기도 독사에게는 영향을 미치지 못했다. 한기가 몸 안으로 스며들면 암혼사의 진기가 창칼을 들고 튀어나와 몰아냈다.

독사의 몸에 깃들어 있는 저항력은 상상을 초월할 만큼 강했다.

지금은 졸려도 자지 못한다. 엽수낭랑의 몸이 언제 위급하게 될지 모르고 한순간을 놓친다면 천추의 한이 될 수도 있다.

'졸면 안 돼. 졸… 면…….'

눈꺼풀이 털썩 떨어지는 것을 의식하고 화들짝 놀라 깨어났다.

빙굴의 차디찬 냉기를 폐부 깊숙이 들이켜 보기도 하고 일어나 주위를 서성거려 보기도 했다. 진기를 운행시켜 수마를 몰아내는 행동은 거의 매 시진마다 반복되었다.

그러나…… 결국 독사는 천근처럼 무거워진 눈꺼풀을 이겨내지 못했고, 바위에 등을 기대앉은 채 수마에 휩쓸려 들어갔다.

'여기가 어디…….'

"앗!"

생각은 경악으로 이어졌다.

한순간 의식을 놓친 것이 혼곤한 잠에 빠져들게 만들었다.

'당 소저! 당 소저가!'

앉은자리에서 벌떡 일어나 엽수낭랑에게 향하던 독사가 우뚝 발걸음을 멈춰 세웠다.

엽수낭랑이 앉아 있다!

그것은 무엇을 말하는가. 몽환소의 저주에서 풀렸다는 말이다. 엽수낭랑이 암혼사의 구결을 풀어냈고 빙굴의 한기를 받아들였다는 말이다.

무너지듯 털썩 주저앉았다.

방금까지 깊은 잠에 빠져 있었건만 천릿길을 달려온 사람처럼 전신에 맥이 빠졌다.

'해냈군…….'

입가에 가벼운 웃음이 피어났다.

그러다 퍼뜩 생각 하나가 떠올라 다시 몸을 일으켜 엽수낭랑의 등 뒤로 다가가 앉았다.

의식을 집중하여 엽수낭랑의 호흡을 감지했다.

운공 중인 상대는 절대 건드려서는 안 된다. 낯선 기운이 접촉하게

죽은 나무에서 피어나는 꽃 79

되면 의식이 분산되고 기혈이 뒤엉켜 주화입마(走火入魔)에 빠져들기 십상이다.

그 정도는 무리에 일천한 독사도 알고 있다.

'하나, 둘, 셋!'

자신의 호흡과 엽수낭랑의 호흡을 일치시킨 후 엽수낭랑의 진기가 일주천을 끝내고 단전으로 거두어지는 시점을 골라서 장심을 명문혈에 밀착시켰다. 그리고 즉시 진기를 밀어 넣기 시작했다.

엽수낭랑이 몸을 움찔거렸다.

의식이 분산된 징조다.

독사는 개의치 않고 계속 진기를 불어넣었다. 그러자 엽수낭랑의 내부에서 변화가 일어났다. 단전에 갈무리되려던 진기가 억지로 휘도는 외부의 진기에 이끌려 다시 경맥을 타고 흐르기 시작했다.

전에 비하면 한결 수월하다. 몽환소에 중독되어 있을 때는 나무토막에 진기를 불어넣는 기분이었는데, 이제는 자신이 운공조식을 하는 것과 마찬가지로 엽수낭랑의 내부를 내관할 수 있다.

엽수낭랑의 진기와 자신의 진기는 맥을 같이한다.

성(性)이 다르고 수련한 무공이 달랐지만 지금은 같은 내공을 소지하고 있다. 몽환소의 저주에서 풀려나 처음 받아들인 자연기가 빙굴의 한기란 점도 같다.

외부의 기운이기는 하지만 같은 내공이니 운공 중에 끼어들어도 괜찮다는 생각은 옳았다.

사실 독사의 행동은 무모하기 짝이 없는 위험한 행동이었다.

체계적인 무공을 익힌 무인이라면 절대로 하지 않았을 무지한 행동이라는 편이 옳을 것이다.

엽수낭랑은 빙굴에서 두 번의 기연을 얻었다.

첫 번째가 암혼사의 진기를 얻어 몽환소의 저주에서 풀려난 것이라면, 두 번째는 운공 중에 외인의 진기를 접하고도 주화입마에 걸리지 않은 것이다.

독사는 진기를 한 바퀴 휘돌려 일주천시켰다. 그런 다음 단전에서 노궁혈까지 이어지는 내공일초의 경락으로 진기를 이끌었다.

노궁혈에 진기가 운집된다는 느낌이 들었다.

자신의 손은 아니지만 자신의 손처럼 강한 힘이 느껴진다. 명문혈을 통해서 느낀 감각에 불과하지만 장법을 발출하고 싶다는 욕구가 전해져 온다.

이심전심(以心傳心)인가?

엽수낭랑이 양손을 들어 올려 장심을 내뻗었다.

"타앗!"

앙칼진 교성이 터져 나왔다.

얼마 만에 들어보는 음성인지…… 하지만 엽수낭랑의 음성을 감상할 시간도 없이 거센 격타음이 귓전을 울렸다.

퍼억!

엽수낭랑이 격타한 것은 빙굴에 기대서 있던 골인이었다.

3

죽은 나무에서 피어나는 꽃

멸혼촌 골인들이 지니고 있는 내공은 엄밀히 말하면 내공이라고 할 수 없다. 사활근맥단의 약기(藥氣)라고 하는 편이 옳다.

골인들은 내공 수련을 하지 않는다.

수련을 시도해 보는 사람도 있지만 얼마 있지 않아 곧 포기해 버린다. 수련해 봤자 밑 빠진 독에 물 붓는 격으로 진전이 없으니 허탈한 심정만 더할 뿐이다.

골인들의 내공은 오로지 사활근맥단을 복용함으로써 형성된다. 한 알을 복용하면 한 알만큼, 두 알을 복용하면 두 알 만큼. 내공의 높고 낮은 기준이 사활근맥단을 얼마나 오래 복용했느냐에 따라서 달라지니 내공이 아니라 약차력(藥借力)이라고 해야 한다.

유화신공은 아무런 도움이 되지 못했다.

독사는 역천지공이라고 했지만 운공 방법이 기이할 뿐이지 역천지공이라고 불릴 만한 가치는 전혀 없었다.

아니다. 유화신공은 역천지공으로 불릴 가치가 있다.

당진도는 죽은 고목에서 생화(生花)가 피듯 말라 버린 단전에서 미미하게 피어나는 진기를 감지해 냈다.

'진기가 살아나고 있다!'

그것은 까마득히 잊어버리고 있던 당문의 독문내공 이원공(異元功)의 진기다.

당진도는 물구나무를 선 채 유화신공을 계속 시전했다. 한편으로는 이원공도 운기해 보았다.

진기가 움직인다. 사활근맥단의 진기가 밀려나고 미미하게 피어나던 온기가 슬그머니 움직이기 시작하더니, 일주천을 끝낸 후에는 좀 더 강한 생명력을 얻어 활기 찬 움직임을 보였다.

사활근맥단의 약력은 사라지지 않았다. 단단한 고형(固形)이 물에 녹듯 조금씩 녹아 전신 경맥으로 흘러들었다. 그리고 각 요혈에 달라붙어 혈맥을 보호하는 역할로 임무를 바꾸었다.

"휴우!"

운공을 끝낸 당진도는 큰 숨으로 마무리를 지으며 좌정했다.

산전수전 다 겪은 그였지만 한동안 정신을 주체하지 못해 아무 생각도 할 수 없었다. 가슴이 마구 뛰는 것이, 흥분이 너무 강해서 마음을 추스르기가 힘들었다.

'이건… 불사(不死)야. 아니지, 금강불괴(金剛不壞)야. 금강불괴도 아니고… 뭐라고 해야 하나, 이걸…….'

사활근맥단이 몽환소와 더불어 도가(道家) 이단(二丹)으로 불리는 데는 이유가 있었다.

사활근맥단의 본래 약성(藥性)은 진기가 아니다. 진기처럼 단전에 고여 있으면 아무런 약효를 발휘하지 못한다. 전신 경맥으로 유포되어 요혈에 달라붙도록 만드는 것이 본래 의도다.

금강(金剛)처럼 단단해진 요혈은 여간해서는 상처를 받지 않는다.

극심한 내력에 격타당해도 충격을 받지 않고 검이나 도에 찔려도 베여지지 않는다면…… 그것이 바로 불사 아닌가. 금강불괴이지 않은가.

유화신공이 아무 진전도 보이지 않았던 것은 당진도가 사활근맥단을 너무 오래 복용했기 때문이다. 사활근맥단의 약기가 쉽게 녹일 수 없을 만큼 단단하게 굳어 있어서 녹이는 데 오랜 시간이 필요했다.

사활근맥단을 복용한 지 얼마 되지 않은 사람이나 복용하지 않은 사람이 유화신공을 수련했다면 효과는 더욱 빨리 나타났으리라.

실험자가 잘못 선정되었다.

자신이 수련할 것이 아니라 당문삼기가 수련했다면 효과를 바로 볼 수 있었을 텐데.

유화신공…….

하단전의 진기를 이용하지 않고 상단전의 보이지 않는 진기를 이용하는 고도의 상승무공.

사활근맥단의 약효도 충격이지만 유화신공 같은 절정무공이 존재한다는 사실도 충격이다.

진기의 활용도가 미미하다는 면에서 무인들에게는 환영받지 못하는 내공법일지도 모르겠다.

유화신공은 수련한다고 해도 본인이 감지하지 못하는 내공이다. 무인들이 흔히 말하는 내관으로도 볼 수 없는 내공이다. 그저 은은하게 몸속을 흐르고 있을 뿐이다.

검이나 육장(肉掌)에 진기를 주입해야 하는 무인에게는 곤란한 내공
이다.

보이지 않는 내공이니 실을 수가 없지 않은가.

유화신공은 유화신공만으로는 가치가 없다. 하지만 다른 어떤 내공
법을 병행하면 그 효과는 말로 표현할 수 없다.

사활근맥단이 요혈에 달라붙어 혈도를 금강으로 만들어간다면, 유
화신공은 진기에 도포를 씌워 진기 자체를 보호해 준다. 보호해 줄 뿐
만이 아니라 더욱 강성하게 만들어준다.

'처음 유화신공을 익혔던 사람… 이름이 뭐였더라? 정…… 그래! 정
성사! 그는 유화신공의 가치를 알고 있었어. 그래서 골인들에게 유화
신공을 전수해 줄 수 있었던 거야. 이거야말로 사활근맥단의 저주에서
풀려날 수 있는 비공이었어.'

이해할 수 없는 점도 있다. 유화신공은 눈에 보이지 않는 내력이니
쉽게 파해될 수도 없다. 그런데 최자범은 유화신공을 잃었을 뿐만 아
니라 백치까지 되었다. 유화신공도 파해될 수 있다는 점을 말해 주는
부분이다.

그곳이 어디일까? 어떻게 파해되었을까?

거기까지 생각의 범주를 넓히기에는 사활근맥단의 저주에서 풀려났
다는 흥분이 너무 강했다.

지천도는 졸린 눈을 비비며 일어났다.

"……?"

무슨 말인가를 하려는 그의 입에 손가락이 대어졌다.

지천도는 입을 다물었다. 대신 눈을 크게 뜨고 야밤에 침입한 골인

을 올려봤다.

그의 눈이 점점 크게 뜨여졌다. 그리고 종내에는 화등잔만하게 커졌다.

당진도, 그가 손을 들어 천천히 땅에 댔다. 손바닥에 진기를 주입하여 힘껏 찍어눌렀다. 이윽고 그가 손을 떼었을 때 평평하던 땅바닥에는 뚜렷한 장인(掌印)이 새겨져 있었다.

당진도가 고개를 좌우로 흔들었다.

지천도는 고개를 끄덕였다.

당진도가 입에서 손을 떼었지만 지천도는 한마디도 하지 못했다. 눈과 눈으로 말을 주고받을 뿐이다.

지천도는 손을 들어 아랫배를 가리키며 진기가 움직이냐고 무언의 물음을 던졌다.

당진도가 엷게 웃으며 고개를 끄덕였다.

지천도는 손으로 자신의 이마를 탁! 때리며 당진도를 쳐다봤다. 그의 눈에 믿을 수 없다는 표정이 역력했다. 기뻐서 어쩔 줄 모르는 흥분도 감추지 못했다.

당진도가 검지를 들어 자신의 입에 댄 다음 좌우로 두어 번 흔들었다.

물론이다. 만무타배가 알아서는 안 된다. 처참했던 지난 역사를 되풀이할 정도로 우둔한 바보는 아니다. 지천도는 소리없는 웃음을 흘리며 고개를 끄덕였다.

당진도와 지천도, 섭혼살호는 암암리에 움직였다.

겉으로는 여느 일상이나 다름없었다. 한낮이면 더위를 피해 움막으로 들어가 잠을 퍼질러 잤고, 밤이 되면 밖으로 나와 시원한 바람을 쐬었다.

유난히 극성을 부리는 모기 떼를 쫓느라 연신 나뭇가지로 몸을 두들겨 대기도 했다.

하지만 한 명, 두 명… 골인들의 눈이 반짝이기 시작했다.

당진도, 지천도, 섭혼살호…… 세 명 중 한 명이라도 만난 골인들의 눈에는 어김없이 희망이 반짝였다.

사활근맥단을 복용한 기간이 길면 효과가 늦게 나타난다. 하지만 나쁜 것만은 아니다. 나중에는 사활근맥단의 크기만큼 요혈이 강해지니 같은 내공을 익혔어도 더욱 강한 무인으로 탈바꿈하게 된다.

제일 효과를 빨리 본 사람은 가장 늦게 멸혼촌에 들어선 신검서생이다.

그는 역천지공을 수련한 지 닷새 만에 내력을 되찾기 시작했다.

다른 사람들은 아직 아무런 징후가 없다. 신검서생보다 조금 빨리 사활근맥단을 복용한 당문삼기조차도 진기의 움직임을 감지하지 못했다.

그렇다고 실망할 사람은 없다.

유화신공이 어떻다는 이야기를 들었다. 골인들은 모두 한마디만 들으면 두세 마디를 추측할 수 있는 무인들이지 않은가.

당진도와 신검서생이 내력을 회복하기 시작했다.

사활근맥단을 가장 많이 복용한 사람과 가장 적게 복용한 사람이 효과를 봤으니 의심할 여지가 없는 무공이다.

'유화신공에 대해서는 입도 벙긋해서는 안 된다. 수련은 한밤에, 움막 안에서만 행해야 한다. 조금이라도 기미를 보인다면 혈겁이 벌어질 터.'

골인들은 그 말을 잊지 않았다.

진흥량(陳興良)은 흥분에 들떠 소리라도 지르고 싶었다.

고진감래(苦盡甘來)라더니, 인생사 새옹지마(塞翁之馬)라더니……
골인이 되어 평생 인간도 아니고 귀신도 아닌 존재로 살아갈 줄 알았
는데 이런 일도 벌어지는구나.

유화신공은 삼류무인도 일류무인으로 탈바꿈해 주는 절정신공이다.
귀신 같은 몰골에서 벗어날 수도 있고 절정무공을 익힐 수도 있고.

말만 들어도 가슴이 벅차올랐다.

물구나무를 선 채 유화신공의 구결대로 진기를 이끌었다.

쉽지는 않았다. 내공 수련이란 기감(氣感)을 느낀 후에야 입에 담을
수 있다.

처음 내공을 수련하는 사람은 무조건 구결대로 진기를 운행한다. 내
공을 수련하는 목적이 아니라 기감을 느끼기 위한 과정이다. 단전에
기운을 쌓는 것은 그 다음의 일이다.

유화신공은 기감이 전혀 느껴지지 않는다. 그래도 실망스럽지는 않
다. 원래 그런 무공이란 것을 전해 들었으니 염려할 것이 무엇인가. 때
가 되면 하단전의 진기가 움직이기 시작하고 그러면…….

진흥량은 한밤중에만 움막에 몰래 숨어서 수련하라는 절대명령을
잊어버렸다. 잊어버린 것이 아니라 그렇게 하기에는 마음이 너무 조급
했다.

넓고 넓은 산중에서 겨우 다섯 명의 이목을 피하지 못하랴.

더군다나 해골이 될 만큼 사활근맥단을 복용한 골인들이라면 만무
타배와 그의 수하들이 어디에 은신해 있는지 대충 짐작하고 있는 터.

진흥량은 물 한 방울 흐르지 않는 마른 계곡을 타고 올랐다.

울창한 수림이 어깨를 나란히 하고 흔들린다. 틈새를 찾아볼 수 없을 만큼 울울창창하게 드리워진 수림이다.

'기우가 지나쳐. 이런 곳에서 몰래 숨어서 수련하면 그만인데.'

그래도 혹시나 하는 심정에서 수림에 들어선 다음에도 한참 동안 주위를 살폈다.

역시 기우였다. 나뭇잎이 바람에 흔들리는 소리만 들릴 뿐 사람의 발자국 소리는커녕 짐승의 발자국 소리조차 들리지 않는다.

진흥량은 물구나무를 섰다.

'미꾸라지 한 마리가 웅덩이를 흐려놓는다더니만······.'

섭혼살호는 부글부글 끓어오르는 노기를 참을 수 없었다. 성질대로 한다면 단숨에 달려나가 일장에 머리통을 으깨 버리고 싶은 심정이었다.

그러나 생각뿐이다. 섭혼살호는 노기가 끓어오를수록 더욱 몸을 낮추고 숨을 죽였다.

진흥량은 큰 착각을 했다.

그를 지켜보는 사람은 한두 명이 아니다.

우선 자신이 지켜보고 있으며, 좌측 고목 위에 한 명, 그리고 진흥량 뒤쪽으로 십여 장 떨어진 곳에 또 한 명이 숨어서 유심히 살펴보고 있다.

진흥량은 삼류무인에 지나지 않는다. 그나마 모두들 진기를 잃고 사활근맥단의 약성으로 버티는 멸혼촌이기에 어깨에 힘을 줄 수 있다. 그것도 잠깐에 불과하다. 우선 초식에서 밀리기 때문에 조금만 진기를 회복한 사람은 곧 그를 추월해 버린다.

그는 멸혼촌에서도 하류로 분류된다.

'이런 자에게 전수하는 것이 아니었는데…….'

후회는 아무리 빨라도 늦다.

골인이라면 한시라도 빨리 골인의 탈을 벗어던지고 싶으리라. 옛날보다 더 강한 무공을 소지할 수 있다는데, 좀이 쑤셔서라도 무공 수련에 박차를 가할 게다.

이런 점을 예측하지 못한 것은 아니다.

그래서 옛날의 혈겁을 상기시켰다.

만무타배에게 발각이 되는 날에는 모두들 죽음을 피할 수 없다고.

'미친놈! 그렇게 누구이 말했는데…… 제발 그만 해라. 그만 멈춰, 이 미친놈아!'

목구멍 안에서만 맴도는 소리는 진홍량의 귀에 들리지 않았다. 그는 꾸준히 유화신공을 운용했다. 물구나무를 선 자세에서 양발을 모아 앞으로 내뻗기도 하고 좌우로 쭉 벌리기도 했다.

'이제는 틀렸어.'

시간이 흐를수록 섭혼살호의 등줄기에 식은땀이 맺혔다.

만무타배라면 저 정도의 행공만으로도 수련하는 무공이 무엇이란 것쯤은 짐작하고도 남으리라.

반 각 정도의 시간이 더 흐르자 진홍량 뒤쪽에 숨어 있던 무인이 슬그머니 자리를 떴다.

그리고 다시 반 각이 흘렀다.

진홍량은 연공을 끝냈고 다리를 오므려 앞으로 내렸다.

"휴우!"

그는 무엇이 그리 상쾌한지 깊은 숨을 들이마시기까지 했다.

고목 위에 있던 무인마저 신형을 날려 사라졌다. 그런데도 진흥량은 기척을 감지하지 못했다. 섭혼살호의 눈에는 분명히 보이는데도.

섭혼살호는 두 명의 무인이 사라진 다음에도 숨을 죽이며 움직이지 않았다. 만무타배가 숨어 있다면…… 그의 기척은 잡아낼 자신이 없다.

다음날도 진흥량은 날이 밝기 무섭게 사라졌다.

섭혼살호는 더 이상 그의 뒤를 쫓지 않았다. 지금에서는 오히려 뒤를 쫓는 쪽이 더 위험했다.

당진도와 지천도를 만났어도 말을 나누지 않았다.

예전처럼 멸혼촌 골인들은 서로의 영역을 정하고 혼자만의 세계에 틀어박혔다. 적어도 겉보기에는 그랬다.

움직임은 보이지 않는 곳에서 일어났다.

당진도는 만약에 만약을 대비해 한 가지 약조를 해놓았다.

철저하게 비밀리에 수련한다고 했지만 그래도 발각되는 경우를 대비한 안배다.

당진도는 진흥량이 산으로 들어가기를 기다렸다가 지붕을 걷어내고 새로 쌓아 올렸다.

'수련 중단. 수련하는 자는 죽는다.'

무언의 약조가 발동됐다.

진흥량은 죽는다. 자기 스스로 무덤을 팠으니 어쩔 수 없다. 남은 사람이라도 살아야 한다.

하루가 지나고 또 하루가 지나도록 만무타배는 움직이지 않았다.

만무타배가 움직이기 시작한 것은 진흥량이 유화신공을 수련한 지

닷새째 되는 날이다.

"끄윽……!"

지극히 짧고 경미한 신음이 야밤의 정적을 일깨웠다.

밤새소리보다도 작은 소리였지만 이제나저제나 하고 귀를 쫑긋 세운 골인들의 귀에는 뚜렷이 들렸다.

저항은 무모하다. 만무타배와 그의 수하들이 마음껏 도륙하고 돌아갈 때까지 숨죽이며 기다려야 한다. 살검이 자신에게 뻗쳐 오지 않기만을 바라면서. 살검에 당한 자가 죽으면서 자신의 이름을 부르지 않기만 고대하면서.

"컥!"

"사, 살려…… 큭!"

비명 소리는 족히 일 다경(一茶頃) 동안 울려 퍼지다가 잠잠해졌다.

당진도가 혈겁이 일어난다고 말했고, 경고를 발했음에도 불구하고 유화신공을 수련한 자들이다. 어쩌면 당진도의 경고가 너무 늦게 발동되었는지도 모른다.

'스물한 명……. 예상보다 많아.'

비명 소리는 스물한 마디였다.

문제는 오늘 밤으로 그치지 않는다는 것이다. 만무타배는 유화신공을 퍼뜨린 뿌리를 찾으려 할 테고, 누군가는 덤터기를 써야 끝난다.

삐걱!

나무 문이 열리며 달빛이 쏟아져 들어왔다.

"허허! 오랜만이오."

당진도는 너털웃음으로 꼽추노인을 맞이했다.

"끌! 웃음소리에 진기가 실린 걸 보니 축하해야겠네. 몽환소의 저주에서 벗어났으니."

"사활근맥단의 저주에서 벗어났다고 하는 편이 옳을 게요."

당진도는 죽음을 예감했다. 지붕을 벗겨내고 새로 얹을 때부터 죽음을 생각했다.

잠깐에 불과하지만 당안령의 얼굴이 스쳐 지나갔다.

자신에게는 손녀가 되는 후인(後人).

지금쯤 결판이 났을 텐데…… 얼어 죽었거나 몽환소의 저주에서 벗어났거나. 어떻게 되었을까? 독사는 비밀리에 일을 진행했지만 당문삼기를 이용한 이상 자신의 귀에 들어오리란 정도는 짐작했을 터.

또 한 사람의 얼굴도 떠올랐다.

어재우소(魚在于沼), 역비극락(亦匪克樂)이란 말을 남긴 유심동주.

당안령이 독사를 찾아 백비에 몸을 던졌듯이 자신을 찾아 사지(死地)로 들어선 여인이다.

그녀가 유심동에 있다는 사실은 진정 알지 못했다.

한때는 뜨겁게 정을 불태웠던 여인이지만 까마득히 잊어버리고 있었는데…… 무림 여걸이 으레 그렇듯이 무가의 사내를 남편으로 맞이해 아들딸 낳고 그럭저럭 살고 있을 줄 알았는데.

허허허! 알았으면 찾아갔지…… 목숨이 끊어지는 한이 있더라도 유심동을 찾았지.

당진도의 심정을 아는지 모르는지 만무타배가 히죽 웃으며 말했다.

"낄낄! 요즘 이곳에 유화신공인가 뭔가 하는 게 개똥처럼 굴러다니던데, 어느 놈이 퍼뜨린 거야? 독사야?"

"얼마 전에 이효기란 소협이 들어왔잖소."

미리 생각해 둔 대답이다.

이효기에게는 미안하지만 그는 실종되었고 독사는 멸혼촌에 남아 있다. 향후 골인들에게 도움이 될 만한 사람은…… 그러니까 골인들을 저주에서 풀어주고 백비의 비밀을 파해해 낼 사람은 이효기가 아니라 독사다. 독사는 보호해야 한다.

"이효기? 그놈이 그럴 시간이 있었나? 며칠 쌓지 않은 인연으로 사문 무공까지 전수해? 낄낄! 미안해서 어쩌나? 난 그 말을 믿을 만큼 순진하지 않거든."

"……."

당진도는 대답하지 않았다.

대답은 이 정도로 충분하다. 이 정도면 당분간 독사를 보호할 수 있다. 어차피 골인들에게 유화신공을 전수한 사람이 독사라는 것쯤은 만무타배도 짐작하고 있는 터이다.

독사가 어떻게 유화신공을 알게 되었으며, 어느 수준으로 연성했느냐 하는 궁금증만 남겨두면 된다.

만무타배가 독사를 관찰할 시간, 그 시간만 벌어주면 된다. 나머지는 독사가 알아서 하겠지.

"쯧! 독사…… 역시 그놈이 문제야. 그런데 땀은 왜 그리 흘리나? 천하의 당진도가 죽음이 두려워 땀을 흘릴 리는 없고. 나이는 속일 수 없는 겐가?"

만무타배가 혀를 끌끌 차며 말했다.

"한 달…… 한 달만 시간을 줄 수 없소? 정상적인 몸으로 당신과 일전을 겨뤄보고 싶소."

당진도는 짐짓 미련을 내보였다.

만무타배의 말대로 그는 땀을 심하게 흘렸다. 더워서 흘리는 땀도

아니고 죽음이 두려워 흘리는 식은땀도 아니다. 고통으로 얼룩진 땀이
다.

그는 암암리에 만무타배와 나누는 말을 기록하고 있었다. 날카로운
쇠붙이로 뼈만 앙상하게 남은 허벅지에 요점만 새겨 넣는 중이었다.

만무타배가 고개를 가로저었다.

그럴 줄 짐작했다. 만무타배가 홀로 움직이는 사람이라면 한 달간의
기한을 주었을지도 모르지만 그 역시 명령을 받고 움직이는 사람에 불
과하다.

'지금쯤 물어보면 되겠지.'

당진도는 멸혼촌 골인들이 가장 궁금해하는 점을 물었다.

"그럼 죽기 전에 한 가지만 대답해 주겠소?"

"⋯⋯?"

"나도 무인이오."

"뛰어난 무인이지. 아까운 무인이고."

"우리가 출행해 나가서 죽이는 사람들이 별 볼일 없는 사람들이란
걸 알고 있소. 사실 몽환소에 중독되기 전이라면 힘들이지 않고 처치
할 수 있는 사람들이오. 당신이 나서면 손가락만으로도 제거할 수 있
는 사람들이고."

"그 말이군. 그 사람들이 누구냐? 왜 쓸모없는 소모전을 계속하느
냐? 미안해서 어쩌나? 대답해 줄 수 없는데."

몽환소에 중독된 사람이 골인이 되어 멸혼촌에 머물러 있어야 하는
까닭, 당진도를 비롯해 모든 골인들이 궁금해하면서도 풀어내지 못한
숙제다.

정녕 자신들을 왜 잡아놓고 있는지 이유를 알 수 없다.

골인들은 아무짝에도 쓸모없다.

무림에 나간다면 당장에 절정고수 반열에 들 수 있는 만무타배 같은 자가 죽지 못해 목숨만 부지하고 있는 골인들 감시나 하고 있다는 것이 이해되지 않는다.

만무타배가 마음만 먹으면 멸혼촌 골인들을 한순간에 쓸어버릴 수 있다. 골인들이 출행이랍시고 나가서 혈투를 벌이는 자들도 만무타배에게는 상대가 되지 않는다.

이건 뭔가? 장구한 세월 동안 왜 이런 짓을 하고 있는 것인가?

그건 그렇고 골인들과 싸우는 자들은 또 누구인가. 어디서 듣도 보도 못한 무인들이 꾸역꾸역 나타나는 것인가. 골인들이 죽이러 온다는 것을 번연히 알면서도. 백비를 통해 찾아오지 않는 것만은 확실한데.

멸혼촌에서 평생을 살아왔지만 골인들이 아는 것은 없었다. 그들이 아는 것은 몽환소에 중독되지 않은 자는 어디론가 끌고 가고, 나중에 깨우치려는 자에게는 살수를 전개한다는 것뿐이다.

"당진도, 정도 많이 들었지만 유화신공을 익힌 자는 살려둘 수 없어. 당신이라고 해도 예외는 아냐. 미안해서 어쩌나."

당진도는 마지막 질문을 던졌다.

"독사도 유화신공을 익혔소. 그럼 그도 죽일 참이오?"

"글쎄? 그건 모르겠지만 당가 계집애가 사활근맥단에서 풀려난다면 당가 계집애는 죽을 거야. 됐지?"

"됐소."

파앗!

번갯불처럼 빠른 검초가 움막 안을 휘저었다.

당진도는 저항도 하지 못했다. 이제 갓 피어나기 시작한 진기로는 만무타배의 상대가 되지 않는다. 독술을 쓸 수도 있고, 얼마간 버틸 수도 있지만 결과는 똑같다.

당진도는 편안한 죽음을 택했다.

만무타배가 예의를 갖춰준 것만으로도 만족한다.

아마도 오늘 밤, 멸혼촌에서 만무타배의 손에 마지막으로 유명을 달리한 사람은 자신이리라.

칼바람은 당진도의 죽음을 끝으로 멈췄다.

골인들은 긴 침묵을 깨지 않았다. 모두들 움막에 틀어박혀 나올 생각을 하지 않았다.

독사라도 있었으면……

하지만 독사는 동혈을 막아버리고 안에 틀어박혔다. 무엇 때문에 그런 행동을 했는지는 모르지만 유심동에서 데려온 여자 때문인 것만은 분명하다.

달이 서서히 기울어지고 동녘이 밝아오자 긴 밤을 꼬박 밝힌 골인들이 한 명 두 명 모습을 드러냈다.

그들은 비명 소리가 들린 곳부터 찾았다.

무인이기에 상대의 검초를 알아볼 수 있다.

죽은 자들은 치명적인 요혈에 일격을 맞았다. 지극히 짧은 순간에 즉사했으니 고통은 없었을 게다.

경쾌하면서도 깨끗한 검초다.

예전의 무공을 지녔다고 해도 감히 방심하지 못할 고수들이다.

지천도가 당진도의 몸뚱이를 부둥켜안고 나왔다. 섭혼살호가 떨어진 머리를 들었다.

　골인들은 입을 꾹 다문 채 죽은 자들을 들것에 실었다. 그리고 빙굴로 향했다.

第二十四章

겹치는 기연(奇緣)

1
겹치는 기연(奇緣)

독사와 엽수낭랑은 서로 말을 꺼내지 못했다.

엽수낭랑도 독사도 서로를 어떻게 대해야 좋을지 몰라서 입을 열 수 없었다.

엽수낭랑은 더욱 곤혹스러웠다.

평소 정숙함과 활달함을 지녔다고 자부했지만 차마 얼굴을 들고 눈을 마주칠 수 없을 만큼 창피했다.

계명산 밤하늘 아래에서, 모닥불이 활활 타오르는 자리에서 서로의 입장을 정리한 후 처음 만났다.

그동안 상당한 시간이 흘렀고, 서로가 겪은 일도 평범하지는 않지만 어쩌다 만났다고 하더라도 서먹서먹할 사이는 아니다. 언제든 방긋 웃기만 하면 편한 심정으로 대할 수 있을 것 같았다.

그런데 그렇지 않다. 자신이 방긋 웃기도 전에 큰일이라면 큰일이랄 수도 있는 일이 벌어지고 말았다.

그 일 때문이다. 그 일이 독사를 한없이 가깝게, 또 한없이 서먹서먹하게 만든다.

몽환소에 마비되어 있었다고는 해도 의식이 없었던 것은 아닌 만큼 밀궁(密宮)을 보여주었다는 생각이 엽수낭랑의 얼굴을 화끈거리게 만들었다.

이럴 때는 사내가 먼저 말을 건네주는 법인데…….

그러나 시간이 흘러도 독사는 입을 열지 않았고 어색한 기류는 농도를 더해갔다.

'요빙 언니의 영상이 가슴에 맺혀 있으니…… 부담 갖지 말라고 해야 되겠지? 아냐, 차라리 모른 척하는 편이 나을지도 몰라.'

결국 엽수낭랑이 먼저 입을 열었다.

"몽환소는 해독 불가인데 정말 대단해요. 말끔해졌을 뿐만 아니라 공력도 더 심후해진 것 같아요. 덕분에 목숨을 다시 얻었어요."

아무렇지도 않은 듯 말했다.

독사도 어색함을 떨쳐 버리기 위해서 말을 꺼냈다.

"뭐 하러 왔소."

엽수낭랑이 아랫입술을 잘끈 깨물었다. 하지만 그런 자그마한 행동은 칠흑 같은 어둠에 묻혀 보이지 않았다.

'뭐 하러 왔냐뇨? 당신 때문에… 당신 때문에 왔어요. 당신이 걱정되어서.'

"오라버니들이 실종되었거든요. 저 때문에 실종되셨는데 안 와볼 수 있어야죠."

"……"

또다시 대화가 중단되었다.

서로를 이해함이 지나쳐 마음을 숨기고 대화를 나누려니 할 말이 딱히 없었다.

엽수낭랑이 대화거리를 찾아냈다.

"놀랍군요, 이런 곳에 음살지동(陰煞之洞)이 있다니."

"음살지동……."

"몰랐나요? 이곳은 음살지동이에요. 밖에 나가보면 아마도 산이 세 개 있을 거예요. 음살지동은 삼산(三山)에서 흘러나온 지기가 한곳에 모일 때 형성되죠. 산은 많지만 삼산의 지기가 한곳으로 모여드는 곳은 흔하지 않아요."

"그렇소?"

대답은 했지만 엽수낭랑의 말을 이해하는 것은 아니다. 삼산이니 어쩌니 하는 말도 귀에 들어오지 않는다. 그는 한시라도 빨리 빙굴 밖으로 나가 사람들과 어울리고 싶었다. 그것만이 엽수낭랑과의 사이에서 일어난 어색함을 떨쳐 버리는 길일 듯싶었다.

"이런 지형은 음공(陰功)을 익히는 사람들에게는 아주 천혜의 장소죠. 일부러 찾으려고 해도 찾을 수 없는 지형이에요."

"……."

독사가 대답을 하지 않자 엽수낭랑도 입을 다물었다.

둘 사이에는 어떤 말을 주고받더라도 어색할 뿐이다.

'이래서는 안 돼. 어색함만 더할 뿐이야. 말만 하지 않을 뿐 마음속으로는 생각하고 있는 문제…… 풀어야겠어. 풋! 아무래도 편한 쪽을 바라겠지.'

엽수낭랑은 근본을 풀어야겠다고 생각했다.

"제게 부담 느끼세요?"

"그게……."

"호호호! 영은촌의 독사답지 않네요. 전에 말했죠? 마음이 죽은 사람이라고. 가슴 깊이 언니가 살아 있다는 것 알아요. 제게 부담 느낄 필요 없어요."

'처녀지신이었어, 난. 아무에게도 보여주지 않은 몸이었어. 그런 걸…… 속속들이 다 보여주고 말았어.'

어쩔 수 없는 상황이었다고 흘려 버리기에는 쓸쓸함이 너무 컸다. 그러나 독사의 마음을 편하게 해주려고 웃음을 지었다.

"소저, 소저도 알다시피 어쩔 수 없는 상황이었던지라……."

"알아요."

엽수낭랑은 황급히 말허리를 잘랐다. 들어봤자 가슴만 저미는 말, 더 듣고 싶지 않았다.

"덕분에 중독도 풀었으니 오히려 고맙다고 해야겠죠. 나중에 차 한 잔 대접할게요. 나갈까요?"

독사는 고개를 살래살래 가로저었다.

"당문삼기가 오기 전에는 나갈 수 없소. 이 빙굴을 막은 바위는 삼천 근이 넘소. 천하역사라도 밀지 못하지. 당문삼기가 와서 기관을 작동시켜 줘야만 나갈 수 있소."

"그렇… 군요. 그럼 그동안 운공이나 해야겠네요."

엽수낭랑은 운공조식을 취하지 못했다.

독사의 시선을 의식해서 가부좌를 틀고 앉았지만 좀처럼 의식을 집중하지 못했다.

독사를 생각하는 마음이 점점 깊어졌다.

어떤 면에서는 몽환소에 중독되어 있을 때가 더 좋았지 않나 싶기도 했다. 적어도 그때는 독사의 관심을 한 몸에 받았고 다른 생각 없이 행복감에 젖을 수 있었으니까.

이상하게도 독사에게는 마음이 끌린다. 끌리는 정도가 아니라 푹 파묻혀 버리고 싶다.

몸을 보여줬기 때문만은 아니다.

물론 그 일이 벌어진 후 이제 자신과 독사와의 운명은 결정지어졌다고 단정했다. 하지만 당장 입 밖으로 꺼낼 성질은 아니다. 아직은 혼자만의 생각일 뿐이다.

사내들의 구애를 많이 받아봤고, 그중에는 마음이 끌리는 사람도 없었던 것은 아니지만… 얼굴도 독사보다 빼어난 사람이 많았지만… 가문이나 명성으로 보면 독사는 가장 밑에 처지는 파락호에 불과한데 독사처럼 특이하게 다가와 단번에 마음을 끌어당긴 사람은 없었다.

'좀 더 다정하게 대해줬으면……'

결국 잡생각을 떨치지 못해 운공조식을 포기하고 일어섰다.

독사는 움직이지 않았다. 그는 득도한 고승처럼 결가부좌를 틀고 앉아 운공 삼매경에 빠져 있다.

살그머니 횃불에 불을 당겼다.

'어멋!'

독사에게서 빙굴의 상황을 전해 들었고, 골인들의 무덤이라는 사실도 알고 있었지만 횃불 아래 드러난 참상은 단숨에 그녀를 얼려 버렸다.

해골 한 구가 바닥에 누워 있다.

위치로 보아 자신의 손에 격타당한 해골이 분명하다.

'아! 인간 지옥이야. 구천지옥이 따로 없어.'

생각 같아서는 기름을 끼얹고 불을 질러 버리고 싶다. 그것이 죽은 영혼이나마 편히 쉬게 해주는 길 같다. 살아서도 처참한 고통을 받았는데 죽은 영혼마저 한기에 꽁꽁 얼려 지내고 있으니 눈인들 감으랴.

'음살지동이 분명해. 그렇지 않고서야 이렇게 추울 리가 없어.'

약초나 독물을 찾아 중원 곳곳을 다녀봤지만 음살지동을 직접 몸으로 겪어보기는 처음이다.

그녀의 머리 속에 퍼뜩 한 줄의 글귀가 스쳐 갔다.

—음경지의(陰勁地衣) 만병지약(萬病之藥). 추재음살지동(抽在陰煞之洞)……

기억이 맞는다면, 그리고 빙굴이 음살지동이 맞는다면 만병지약이라는 음경지의가 있을 가능성이 높다.

죽은 사람도 살릴 수 있다는 영험한 이끼, 음경지의.

영물, 영약을 찾아 중원 전역을 뒤져 보는 게 최대의 낙인 엽수낭랑이 이런 좋은 기회를 놓칠 리 없다.

음살지동이 아니어서 음경지의가 존재하지 않는다고 해도 상관없다. 빙굴이 흔히 볼 수 없는 특이한 지형이라는 것만으로도 호기심을 자극하기에는 충분하다. 더군다나 지금은 독사가 달래주지 않은 허전함을 어떻게든 채울 필요가 있다.

엽수낭랑은 횃불을 들고 안으로 걸어 들어갔다. 독사의 운공에 방해가 되지 않도록 지극히 조심하면서.

"휴우!"

독사는 깊은 숨을 토해내며 눈을 떴다.

그도 엽수낭랑처럼 운공에 몰입하지 못했다. 엽수낭랑이 하려던 행동은 그가 하려던 행동과 같았다. 가부좌를 풀고 일어나 전에 살펴보지 못했던 동혈 안쪽을 살펴보려고 했는데 엽수낭랑이 조금 더 빨리 움직였다.

엽수낭랑이 움직이는 동안 그는 운공조식에 몰입한 척했다.

연인이라면 다정히 이야기를 주고받았으리라. 연인이 아니더라도 어려운 고충에서 벗어났으니 얼마나 할 말이 많은가. 처음 만난 사람이라고 해도 이토록 서먹하지는 않았을 게다.

사람을 안다는 것이 불편할 때도 있다는 사실을 알았다.

아름다운 여인이 호감을 느끼고 다가서는데 싫어할 사내가 몇이나 될까? 그러나 독사 같은 사람에게는 즐거움이 아니라 고통이었다.

파락호 시절에도 추파를 던지는 기녀가 종종 있었지만 냉정하게 무시할 수 있었다. 하지만 엽수낭랑은……

그의 생각은 당문삼기에게 미쳤다. 약속대로라면 하루 걸러 한 번씩 빙굴 기관을 움직여 주기로 했는데 며칠이 지났는데도 종무소식이다.

'도대체 무슨 생각들을 하고 있는 건가. 혹시! 음……! 만무타배가 막아놓은 동혈 입구를 헐어버렸다면 암굴이 발각되었을 텐데. 그랬나? 아냐, 만무타배는 그럴 사람이 아냐.'

같은 상황일지라도 사람에 따라 하는 행동은 다르다.

당진도처럼 세심한 성격이라면 동혈을 허물어 버렸으리라. 골인들에게서 아무런 단서를 얻지 못했어도 만무타배는 허물지 않는다. 멸혼촌 골인들을 무시하는 축에 속하는 사람인지라 흘깃 쳐다보고 지나갈 것이다.

예측이 맞았다면 자신이 암굴을 통해 빙굴에 들어온 사실은 아직도 비밀에 붙여져 있을 터이다.

그렇지 않다면… 예측이 틀려 만무타배가 동혈 입구를 허물어 버렸다면 만무타배의 촉각은 있는 대로 곤두서 있을 게다.

그럴 수도 있다. 만무타배의 신경이 곤두서 있어서 당문삼기가 움직이지 못하고 있는지도.

조급해지는 않았다.

엽수낭랑과 꽉 막힌 빙굴에 단둘이 있다는 것이 부담스러울 뿐, 할 일은 많다.

독사는 차분히 마음을 가라앉히고 암혼사 구결 참오에 몰입했다.

"아!"

엽수낭랑은 작은 탄성을 토해냈다.

동굴치고는 상당히 긴 거리, 삼십여 장쯤을 걸어 들어왔을 때 빙굴이 끝을 보였다.

평범하기 이를 데 없는 동혈.

골인들의 시신은 막다른 곳까지 세워져 있었다. 아니다. 막다른 곳에서부터 세워 나갔다는 게 올바른 해석이다. 아마도 가장 안쪽에 세워진 골인이 멸혼촌에서 죽은 첫 희생자일 게다.

동굴 안쪽까지 다다르는 동안 엽수낭랑이 접한 시신의 수는… 헤아릴 수 없다. 상당히 많은 골인들이 딱딱한 얼음덩이가 되어 늘어서 있다.

엽수낭랑이 탄성을 토해낸 것은 막다른 곳에 도착했기 때문이 아니다. 골인들이 예상보다 많아서도 아니다.

그녀는 막다른 곳에서 쉽게 찾아낼 수 없는 구멍을 찾아냈다.

'사람이 막아놓은 거야.'

동굴은 사람 손을 탔다. 인위적으로 벽을 쌓은 흔적이 역력하다. 다른 사람은 속일 수 있을지 몰라도 독술, 암기, 그리고 기관진학(機關陣學)이라면 결코 양보하지 않는 당문도의 눈을 속이지는 못한다. 무엇보다 벽을 쌓아 이목을 가린 솜씨가 전형적인 당문 수법이다.

'종조부님이? 왜 이런 곳에 벽을……?'

빙굴에 들어서기 전에 잠깐 만나본 당진도의 얼굴이 떠올랐다.

얼굴이래야 해골과 다름없어 빙굴에 늘어선 골인이나 종조부의 얼굴이나 매한가지지만 그래도 혈육이라 생각하니 알 수 없는 친근감이 생겼다.

몽환소에 마비되어 말 한마디 건네지 못한 어른.

동굴을 차게 얼리는 한기는 가장 안쪽에 있는 작은 구멍에서부터 새어 나왔다.

엽수낭랑은 조심스럽게 벽을 허물어갔다. 독사의 운공에 방해가 되지 않도록 소리나지 않게 천천히 손을 놀렸다.

이윽고 몸 하나 빠져나갈 수 있을 만큼 공간이 마련되자 서슴없이 몸을 들이밀었다.

"아!"

엽수낭랑의 입에서 또 한 번 탄성이 새어 나왔다.

벽에서 빠져나오기 전부터 거세게 휘몰아치는 한풍에 눈을 감아야만 했다. 머리카락은 미친 듯이 휘날렸다.

너무도 강맹하여 몸서리쳐지는 한풍이다.

당진도 조부가 쌓아놓은 것으로 짐작되는 벽 안쪽은 골인들이 안식하는 곳과는 전혀 다른 세계다.

벽 하나를 사이에 두고 천당과 지옥이 공존한다고 할까?

골인들이 안식해 있는 빙굴의 한기도 뼈를 얼리지만 이곳과 비교하면 가히 천당이라고 할 수 있다.

엽수낭랑이 걸음을 떼어놓을 수 있는 거리는 대여섯 걸음 정도에 불과하다. 그 너머에는 끝을 알 수 없는 무저지갱(無低之坑)이 펼쳐져 있고 한풍은 무저지갱에서 몰아쳐 왔다.

벽 하나를 빠져나온 엽수낭랑은 지옥에 들어선 것이다.

'벽을 쌓지 않았다면 골인들의 시신이 온전하지 않았을 거야. 한풍에 휘말려 무저지갱으로 빨려들었겠지.'

실제로 엽수낭랑은 몸을 잡아끄는 강력한 회오리바람에 몸을 지탱하기가 버거웠다. 이제 막 몽환소의 저주에서 풀려 나와 진기를 온전하게 회복하지 못한 탓도 있지만, 무저지갱에서 휘몰아치는 바람은 북풍한설을 열 곱이나 더한 것보다도 거셌다.

빙굴로 알고 있던 동굴이 단순한 동굴이 아니라 음살지동임이 확실하게 드러나는 순간이다.

한풍이 몰아친다는 것은 바람이 흐른다는 것이고, 바람이 흐른다는 것은 공기가 유동하고 있다는 뜻이다.

동굴은 막혀 있는 것이 아니라 바깥 세계와 통하고 있다.

엽수낭랑은 한풍에 휩쓸리지 않도록 몸을 다잡으면서 절벽가로 다가섰다.

넓고 큰 공동(空洞)이 그녀를 맞이했다. 공동에 비하면 들고 있는 횃불은 반딧불에 지나지 않았다.

'내려가야 하나?'

엽수낭랑은 일순 망설였다.

끝을 알 수 없는 공동은 무공으로 다져진 그녀조차도 선뜻 몸을 날릴 수 없을 만큼 두려움을 안겨주었다. 마치 악마가 시커먼 입을 벌리고 어서 들어오라고 손짓하는 듯했다.

"휴우!"

엽수낭랑은 한숨을 쉬면서 뒤로 물러섰다.

아직은 암흑지저(暗黑地底)에 내려갈 준비가 되어 있지 않다. 몽환소의 저주에서 갓 풀려난 상태인지라 내력이 완전히 회복되지 않았다. 그런 상태에서 육장에 의존하여 절벽을 내려가는 행동은 자살 행위나 다름없다.

'음경지의가 있을 것 같은데…… 위험을 감수할 필요는 없어.'

2
겹치는 기연(奇緣)

이틀이란 시간이 흘렀다.

지난 이틀 동안 독사와 엽수낭랑은 한마디도 주고받지 않았다. 독사가 운공을 끝내면 엽수낭랑이 시작했고, 그녀가 끝내면 독사가 시작했다. 마음으로는 그럴 필요가 없다고 생각했지만 이루어질 수도, 멀어질 수도 없는 관계는 두 사람의 입에서 말을 빼앗아갔다.

미묘한 신경전은 으레 어느 한쪽이 먼저 잠이 든 후에야 끝나곤 했다.

당문삼기는 도대체 무엇을 하기에 아직까지 기관을 작동시키지 않는단 말인가.

남녀가 밀폐된 공간에 갇혀 있으면 원수지간도 사랑하는 사이로 바뀌는 것이 일반적인데 독사와 엽수낭랑은 그렇지 못했다. 오히려 더욱 멀어져 가는 것만 같았고, 이럴 바에는 차라리 빙굴 밖에 나가 여러 사람과 어울리는 편이 그나마 쌓아져 있는 인연을 유지시키는 유일한 길처럼 여겨졌다.

엽수낭랑은 다시 절벽에 섰다.

암흑지저를 다시 찾을 수밖에 없었다.

이틀 동안 충분한 휴식을 취했기도 했지만 독사와의 사이에 흐르는 답답한 기류를 견뎌내기가 힘들었다.

휘이이잉……!

무저지갱에서 휘몰아친 한풍이 옷깃을 펄럭였다.

'내려가 보자.'

엽수낭랑은 양손을 오므렸다가 폈다.

빈손으로 한기가 가득한 절벽을 탄다는 것이 썩 내키지는 않았지만 못할 것도 없어 보였다. 절벽을 타는 것이라면 평소에도 자신있었고, 독사 덕분에 무생곡에서 싫도록 경험해 봤다.

진기를 끌어올려 전신에 유포한 후 마음을 다잡고 천천히 발을 내디뎠다.

절벽은 끔찍했다.

겨우 일 장을 내려왔을 뿐인데 손끝이 얼어붙기 시작했다. 몸에 닿는 절벽의 감촉은 얼음덩어리처럼 찼다. 더욱 견디기 힘든 것은 무저지갱에서 휘몰아치는 강풍이다. 차디찬 바람은 몸을 날려 버릴 듯이 강맹하여 호흡을 막아버렸다.

중원 각지를 떠돌며 험난한 지형을 많이 겪어보았지만 무저지갱은 그중에서도 최악의 여건이다.

'수투(手套)라도 있었으면…….'

깊이가 얼마나 되는지는 모르지만 밧줄도 준비했어야 한다. 한풍을 이겨줄 피의(皮衣)도 입었어야 하고.

하지만 밀폐된 빙굴에서는 그런 준비를 할 수가 없다. 밖으로 나간다고 해도 준비를 할 수가 없다. 몽환소에 중독되어 흘깃 스쳐 본 것에 불과하지만 멸혼촌에는 정말 없는 것이 너무 많다. 그런 곳에서 무저지갱을 내려갈 수 있는 등벽 도구를 준비한다는 것은 꿈에 불과하다.

아무리 그렇다고 해도 너무 성급했던 것은 사실이다.

'다시 올라가?'

언뜻 후회가 치밀었다.

사실 그녀는 음경지의의 약효를 알지 못했다. 책에서 읽어 알고는 있지만 전설상의 영약에 불과한지라 정확한 내용을 기재해 놓은 책은 전무했다.

또 무저지갱에 음경지의가 있으리란 보장도 하지 못한다.

단순히 독사와의 서먹한 관계를 견디지 못해 절벽을 탄 것은 확실히 무모한 판단이다.

'조금만 더……'

엽수낭랑은 내려온 김에 조금만 더 내려가 보기로 했다. 생각을 돌려 위로 올라가는 것은 언제든지 가능할 듯싶었다.

결과적으로 엽수낭랑은 또 한 번 판단 착오를 했다.

그녀는 미처 십 장도 내려가지 않아서 한기의 정체를 알아냈다.

'이, 이건!'

모골이 송연해지며 살갗에 소름이 돋았다.

절벽은 두 종류의 돌로 이루어져 있었다. 하나는 평범한 돌덩이이고,

사이사이에 섞여서 지독한 한기를 내뿜고 있는 것은 분명히 청한옥(靑寒玉)이다.

한여름에도 손톱만한 청한옥 한 알을 지니고 있으면 더위를 모른다는 한옥 중에 한옥. 음식에 넣으면 부패하지 않고 냉수에 넣으면 얼음물이 된다는 냉기의 정화(精華).

그녀가 놀란 것은 청한옥 때문만이 아니다. 한기에 배어 있는 독기(毒氣) 때문이다.

청한옥은 극한의 한기 때문에 오히려 독기를 밀어내는 역할을 하는데 독기가 배어 있다니!

어쨌든 그녀는 독기를 느끼는 순간 위기를 느꼈다.

호흡을 절제하고 진기를 끌어올려 전신 혈맥을 보호했다. 그러면서도 위로 올라갈 생각은 하지 않았다. 청한옥과 미지의 독기가 오히려 그녀의 호기심을 자극했다.

독기는 밑으로 내려갈수록 강해졌다.

그것은 무저지갱 밑에 독기를 내뿜는 무엇인가가 도사리고 있다는 뜻이다.

'여기가 혹시! 영사(靈蛇)의 무덤!'

엽수낭랑은 독기의 정체도 짐작해 냈다.

상당히 놀랐다.

무저지갱이 영사의 무덤이라는 생각이 머리 속을 스쳐 지나가는 순간 온몸이 꽁꽁 굳어버렸다.

뱀은 냉온 동물이라서 본능적으로 따뜻한 곳을 찾는다. 땅속은 바깥보다 따뜻하다. 그래서 땅속에 둥지를 튼다. 죽을 때도 자신의 둥지로 돌아와 죽는다.

그렇지 않은 뱀들도 있다. 뱀들 중에서도 영통하다는 영사는 지독하게 추운 곳을 찾아와 죽는다. 한기가 몸을 얼려 버릴 것이고 죽어서도 썩지 않을 것이기 때문에. 그냥 죽지도 않는다. 죽기 직전에 독액(毒液)을 짜내 한기 속에 흘린 다음에야 죽는다. 불청객으로부터 시신을 보호하려는 본능이다.

무저지갱에 영사가 죽어 있는 것은 분명하다. 바람 속에 묻어나는 독기가 사실을 말해 준다. 어떤 종류인지, 독기는 얼마나 강한지는 모르지만 한두 마리가 아닌 것만은 틀림없다.

'이런 독기는 감당해 낼 수 없어!'

그녀는 즉시 위로 올라가려고 했다. 하지만 그때부터 상황이 이상하게 변했다.

손발이 차게 얼어서 감촉을 잃었다. 청한옥을 만질 때는 피부가 달라붙는 느낌마저 들었다. 몸은 점점 얼어오고 독기는 숨을 막아온다. 절체절명의 위기다.

엽수낭랑은 진기를 끌어올렸지만 헛수고다. 이미 몸에 젖어들기 시작한 극한의 한기는 진기로도 밀쳐 낼 수 없다.

"아!"

부지불식간에 탄식이 새어 나왔다.

왜 이토록 성급하게 절벽을 탔을까? 무저지갱에서 한기가 몰아친다면 무엇 때문에 한기가 일어나는지 원인부터 파악했어야 하지 않는가. 그리고 또… 준비없이 자연과 직면하면 죽음밖에 돌아올 게 없다는 것을 누구보다 잘 알고 있지 않은가.

그렇다고 속수무책으로 죽음을 기다릴 수만은 없다.

엽수낭랑은 움직이지 않는 손발을 놀려 밑으로 밑으로 기어 내려갔다. 위로 올라갈 수 없으니 밑으로라도 내려가 앉거나 누울 만한 공간을 찾기 위한 몸부림이었다.

불행인지 다행인지 얼마 떨어지지 않은 곳에 툭 튀어나온 돌부리가 보였다. 조금만 더 내려가면 발을 디딜 수 있을 것 같았다.

'몸을 쉴 만한 곳을 찾은 다음 체온을 회복하고……'

엽수낭랑은 툭 튀어나온 돌부리를 찾아 발을 디뎠다.

넉넉하지는 않았지만 가부좌를 틀고 앉을 만한 공간은 되었다.

안심하기는 일렀다. 그녀의 몸 상태는 최악으로 치달아서 진기를 운용하고 있음에도 너무 추워 이빨이 달달 떨렸다. 청한옥을 직접 만진 손가락은 제 살이 아닌 듯 감각조차 없었다.

난감했다. 돌부리에서 절벽 위까지의 높이가 겨우 십여 장에 불과한데 천 길이나 되는 것처럼 멀어 보였다.

설마 이 정도로 한기가 지독하게 치밀 줄은 상상하지 못했다. 무저지갱에 한기의 정화가 숨어 있겠지만 절벽 위와 비교해 볼 때 조금 더 추운 정도일 것이라고 생각했다.

"후웁! 후웁!"

독기가 스며들지 않도록 조심해서 숨을 쉬며 상체를 부지런히 움직였다. 안으로는 부지런히 진기를 휘돌렸다. 조금이라도 체온을 끌어올려야 한다.

하지만 좌절을 느끼기까지는 그리 오랜 시간이 필요치 않았다.

애초부터 그녀의 무공은 그리 고강한 편이 아니었다. 당가에서 태어났지만 여자이기 때문에 당문 무공을 전수받지 못했다. 그러니 당문도라고 할 수도 없다.

의독술은 서가에 굴러다니는 책을 읽고 체득했다. 스스로 약초를 채

집하고 침을 놓으며 깨달았다.

암기술은 전혀 배우지 못했다. 무공도 당문의 무공이 아니라 멸문해 버린 비향파의 무공을 익히고 있을 뿐이다. 호신지공(護身之功)으로는 적합하지만 살공(殺功)으로는 부적합한.

"독… 사!"

독사를 불렀다. 몸이 얼어 음성도 크게 새어 나오지 않았지만 지금 그녀가 부를 수 있는 사람은 독사가 유일했다.

하지만 한참 운공 중인 독사가 들을 리 없다. 더군다나 벽 한 겹을 사이에 두고 절벽 아래서 부른 기어들어 가는 음성이 들릴 리 만무하다.

몸이 굳어지기 시작했다.

한기가 몸을 얼렸고 독기마저 스며들기 시작했다.

영사의 사체에서 뿜어져 나온 독기는 특이한 성질을 지녔다. 마치 몽환소에 중독된 것처럼 몸이 마비된다. 사지의 감각이 사라지며 의식마저 혼돈 속을 헤매고 있다.

'성급했어, 너무……'

미지의 영물을 채집하는 일은 아무도 경험한 바가 없기 때문에 더욱 각별한 주의가 필요했는데, 극한의 환경인 것을 빤히 알면서도 무모하게 덤벼들었으니.

'이대로 죽을 수 없는데……. 무슨 수를… 이대로 있다가는 죽음을 피할 수 없는데…….'

그녀의 머리 속에 암혼사의 진결이 떠오른 것은 그때다.

그녀는 비향파의 내공심법에만 연연했다. 무공이라고 처음 익힌 것이 비향파의 무공이고, 평생 동안 수련하면서 한 번도 회의를 가져본

적이 없는 무공이니 당연했다.

독사에게 암혼사의 구결을 전수받았지만 완전히 전수받은 것도 아니고 절반 정도만 받아들였다. 암혼사의 구결은 몽환소의 저주에서 풀려난 것으로 제 역할을 다했다. 그렇게 생각했다. 비항파 내공심법에 견주어 특별한 점이 없어 보였기 때문에 새로운 내공을 익힐 필요를 느끼지 못했다.

한 우물을 파라고 했다. 비항파 무공에 비해 특출하지 않은 새로운 내공을 익히느니 몸에 익을 대로 익은 비항파 내공을 한 번 더 수련하는 게 낫다.

'후웁!'

몽환소의 저주에서 풀려날 때처럼 주위의 자연기를 몸속 깊숙이 끌어들였다. 자연기란 것이 몸에 나쁜 한기이고 치명적인 독기지만 개의치 않았다.

어차피 비항파 내공으로는 밀어낼 수 없는 성질들이다. 그럴 바에는 차라리 받아들이는 쪽이…….

비항파 내공심법과 암혼사가 가장 다른 점은 바로 이 점이다.

비항파 내공심법은 원기를 육성하여 몸의 진기를 북돋운다. 돼지 오줌보가 부풀어 오르듯 수련이 깊어짐에 따라 진기도 부풀어 오른다. 암혼사는 반대로 진기를 응축시킨다. 쌀알처럼 작고 단단하게 응축시킨 다음 외부에서 받아들인 자연기를 떡칠하듯 붙여 나간다.

비항파 내공심법이 오줌보 안에 든 공기를 부풀리는 수련이라면 암혼사는 쌀알에 외부 진기를 붙여 나가는 내공이다.

엽수낭랑은 몸속에 흘러든 진기가 단전에 쌓이는 광경을 의념으로 목도했다.

다행히 지독스런 한기도, 몸을 마비시키는 독기도 용광로에 들어간 쇳덩이처럼 단전 진기에 녹아 한 덩어리로 버무려졌다.

엽수낭랑은 차분히 가부좌를 틀고 앉아 본격적으로 암혼사 수련에 몰두했다. 성과를 확인하고 난 다음이라 한결 마음이 편했고 수련도 용이했다.

'독사…… 이런 무공을 혼자 깨우쳤군요. 어쩌면 혼자 깨우쳤기에 가능했을지도 모르겠네요. 이건 무림 상리에서 벗어난 무공이거든요. 무림인이라면 아무도 이런 식으로 운공할 생각을 하지 못할 거예요. 고마워요.'

자신이었다면 암혼사 구결을 깨우치지 못했다. 틀림없이 비항파 내공심법과 비슷한 과정과 경로를 지났을 게다. 독사가 심득을 알려주지 않았다면 결코 깨우치지 못했다.

일 주천, 이 주천…….

엽수낭랑은 시간 가는 줄 모르고 운기에 몰두했다.

한기도 독기도 밀어낼 필요가 없었다. 흘러들면 흘러드는 대로 받아들인다. 거르는 일은 진기가 알아서 한다. 필요한 부분은 받아들이고, 필요없는 부분은 내쉬는 숨을 통해서 바깥으로 배출한다.

시간이 얼마나 흘렀는지…… 많은 시간이 흐른 후 엽수낭랑은 가부좌를 풀었다.

"왜 이러지?"

자신도 모르게 새어 나온 말이다.

암혼사 내공법은 효과가 탁월했다. 그토록 지독하게 엄습하던 한기도 거의 느껴지지 않았고, 보통 사람은 냄새만 맡아도 치명적인 독기도 그녀에게는 내공을 증진시키는 촉매 역할을 해줄 뿐이다.

독사에게 자연기에 대한 설명을 들었기에 쉽게 납득된다.

빙굴에 들어서기 전에 암혼사 구결에 대해서 소상하게 설명을 들었고, 본인 역시 참오를 게을리 하지 않았다.

그녀가 고개를 갸웃거린 것은 독사의 설명과 맞지 않는 부분이 있어서였다.

독사는 암혼사 진기를 수련하면 단전에 달걀 모양의 내단이 형성된다고 했다. 진기를 운영하면 달걀이 실 가닥처럼 풀어져 전신 경락을 흐른다고.

그렇지 않았다. 엽수낭랑이 시전해 본 암혼사는 진흙을 덕지덕지 붙이듯 응축된 진기에 자연기가 덧씌워졌다.

처음이라서 그런가 하는 생각도 해보았다. 조금 더 진기가 쌓이면 독사 말대로 달걀 모양의 진기가 형성되지 않을까 하고.

하지만 그런 생각은 곧 지워 버렸다.

독사는 처음부터 달걀 모양의 내단이 형성된다고 말했고, 독사의 말이 아니더라도 내단이 형성되는 운공과 진기가 켜켜이 쌓여가는 운공을 구분하지 못할 엽수낭랑이 아니다.

심득까지 설명을 들었지만 운공이 달라지고 있다.

득(得)인가, 화(禍)인가. 무공 연륜이 짧은 독사임을 감안하면 자신이 옳은 것도 같고, 몽환소의 저주까지 풀어낸 것으로 보면 독사가 옳은 것 같기도 하다.

어쨌든…… 어느 쪽이 맞든 둘 중에 한 명은 잘못 운공하고 있고, 잘못 운공한 사람은 진기가 강성해진 후 주화입마에 빠질 가능성이 아주 높다.

'좀 더 생각해 봐야 돼. 분명히 둘 중에 한 명은 잘못 운공하고 있어. 난 이상없어. 진기가 원활하게 유통되고 강한 생명력까지 감지했어. 그렇다면 독사가……. 이야기를 나눠야 돼. 잘못됐다면 지금이라도 암혼사 내공법을 버려야 돼.'

이래서 내공 수련은 스승 없이 혼자 수련하는 게 힘들다는 것이다. 잘못되어도 잘못된 줄을 모르고 운공에 몰두하다가 종내에는 큰 화를 당하게 되기 때문에.

엽수낭랑은 잠시 망설이다가 다시 절벽을 타기 시작했다.

독사와 이야기를 나누는 것은 당장 시급하지 않다. 한기와 독기도 물리칠 수 있다. 무저지갱…… 무엇이 있는지 궁금하지 않은가.

중원을 떠돌면서 엽수낭랑이 가장 험한 곳이라고 생각했던 곳은 대화산 무생곡이다. 무생곡은 생명이 살 수 없는 척박한 땅이고, 무생곡으로 오르는 절벽은 면도(綿刀)로 깨끗이 밀어놓은 듯 매끈해서 오르내리기가 쉽지 않았다.

빙굴 속에 존재하는 무저지갱 절벽은 무생곡의 절벽보다 한층 힘들고 험했다.

간혹 잊어버릴 만하면 느닷없이 나타나 사람을 깜짝 놀라게 하는 청한옥의 존재가 더욱 힘들게 한다.

암혼사 진기를 운용하고 있어서 한기와 독기를 받아들이고 뿜어낸다고 해도 불쑥 튀어나와 살갗을 저미는 청한옥의 한기는 놀라기에 충분했다.

오랜 시간이 지났다. 내려온 거리도 백여 장은 되는 듯싶다.

무저지갱은 인간의 침입을 거부하는 듯 더욱 지독한 한기와 독기를 뿜어냈다.

설산(雪山) 꼭대기에 오르면 이런 추위를 느낄 수 있을까?

남만에 가면 홍연소(洪淵沼)라는 늪지가 있는데 사시사철 독기를 뿜어낸다. 동물들조차 접근을 하지 못하는 천연 독지(毒地)다. 홍연소의 독기가 이 정도일까?

'안 되겠어.'

엽수낭랑은 밑바닥까지 내려가고픈 충동을 간신히 억눌렀다.

내려가고 싶어도 그녀의 저하된 체력으로는 더 이상 움직이기가 불가능했다.

암혼사의 진기가 자연기를 받아들이는 데도 한계가 있었다. 헝겊에 물방울을 조금 떨어뜨리면 감싸 안아버리지만 대야 가득히 담긴 물을 쏟아 부으면 감당하지 못하는 것과 같은 이치다.

무저지갱이 내뿜는 한기와 독기를 이겨내기 위해서는 좀 더 강한 내공이 필요하다.

엽수낭랑은 전처럼 툭 튀어나온 돌부리를 찾았다.

실 한 올 정도밖에 남지 않은 체력을 운공으로 회복한 후 돌아가려는 심산으로.

'저기면 좋겠네.'

좌측으로 일 장, 밑으로 이 장쯤 되는 곳에서 제법 평평한 돌부리를 찾았다.

"헉!"

평평한 바위에 내려선 엽수낭랑은 헛바람부터 내질렀다.

어둠에 익숙해진 두 눈은 바위 위에 그녀 말고도 다른 사람이 있다는 것을 발견해 냈다.

두 명으로 모두 해골처럼 뼈가 앙상하게 마른 사람들이다.

'이 사람들…… 골인?

엽수낭랑은 조심스럽게 다가가 널브러져 있는 사람의 몸을 건드려 보았다.

바윗덩어리처럼 딱딱하고 차다.

죽은 시신들이다. 떨어질 때 뼈마디가 가닥가닥 부러졌다가 한기로 다시 굳어진 듯 인간의 형상이라고는 할 수 없는 기괴한 모습을 하고 있다.

빙굴을 발견한 골인들은 시신을 빙굴에 안치하기 시작했고, 처음에는 벽에 세워놓은 것이 아니라 무저지갱에 던져 버린 듯하다. 그러던 것이 당진도가 벽을 쌓아 한기를 어느 정도 막은 다음부터는 차곡차곡 세워놓은 것은 아닐까?

'휴우! 어떤 사람들이었을까? 후기지수라고 불렸을 수도 있고, 명성이 높은 사람이었을 수도 있겠지. 어쩌면 형편없는 삼류무인이었을지도 모르겠고.'

안쓰러운 마음에 한숨을 불어 쉰 엽수낭랑은 널브러져 있는 골인들의 시신을 내버려 둘 수 없어서 일으켜 세웠다.

시신 한 구를 절벽에 기대 앉혔다.

뼈마디가 돌처럼 딱딱하게 굳은 시신을 앉히기 위해서는 부러졌던 뼈를 다시 부러뜨려야만 했다.

옳은 일일까? 하지만 영혼이 있다면 아무렇게나 누워 있는 것보다는 편한 모습으로 앉아 있는 것을 바랄지도 모른다.

첫 번째 골인을 앉힌 후 두 번째 골인을 일으켰다. 그때,

"이, 이건!"

엽수낭랑은 골인이 널브러져 있던 곳에서 반딧불처럼 노란 인광(燐 光)을 발산하는 이끼를 찾아냈다.

"음… 음경지의…… 음경지의얏!"

실물을 본 사람이 없고, 암혼사 구결처럼 말로만 전해지는 전설상의 영물 음경지의.

실체는 노란 인광을 발산하는 이끼였다.

색깔은 구분되지 않는다. 밝은 곳에 가져가면 알 수 있을 터이지만 어둠만이 가득한 무저지갱 한 귀퉁이에서는 검은색으로밖에 보이지 않는다.

"세상에! 음경지의가 실제로 존재했다니!"

음경지의가 있을지도 모른다는 기대감에 절벽을 타고 내려왔지만, 막상 실제로 눈으로 보게 되니 자신의 두 눈을 믿을 수가 없었다.

조심스럽게 손을 뻗어 이끼를 훑어보았다.

만병지약으로만 알려져 있지 복용법이라든가 보관에 관한 내용이 전혀 기술되어 있지 않아 어떻게 처리해야 좋을지 몰랐다.

일반적인 이끼라면 그늘진 곳에 보관하고 항상 물기를 머금게 하면 되지만, 극한의 한기와 어둠 속에서만 자란다는 음경지의이고 보니 참으로 난감했다.

촉감은 부드러웠다. 질 좋은 비단을 훑는 듯 매끄러운 감촉이 손바닥을 간질였다. 손길이 닿은 곳에서 파르르 피어나는 인광도 아름답기 그지없었다.

'너무 아름다워, 너무……'

음경지의는 이끼가 아니라 꽃이라고 불러도 좋지 않을까.

한 귀퉁이를 떼어내어 향기를 맡아봤다.

이끼에 무슨 냄새가 있으랴. 원래는 조금 떼어내어 자세히 들여다보고자 했다. 무엇 때문에 인광이 발산되는지. 그러다 얼굴 가까이 들어 올렸을 때 음경지의에서 야릇한 향을 맡았다.

향 내음 같기도 하고 국화향 같기도 한 그윽한 향기다.

'냄새가 아주 좋아.'

검은색에 노란 인광이 번쩍이는 기이한 모습이었지만 냄새는 아주 좋았다.

맛은 어떨까?

노란 인광이 반짝이는 부분에 혀끝을 살며시 대보았다.

달콤했다. 꿀은 음경지의에 비하면 강한 맛이다. 음경지의의 달콤함은 혀를 살며시 감싸 안으며 사르륵 녹아든다.

이번에는 손톱으로 조금 떼어내어 입 안에 넣었다.

달콤하면서도 부드러운 향이 입 안을 가득 감싼다.

엽수낭랑의 이번 행동은 맛을 음미하려는 것이 아니라 음경지의의 성분을 분석하려는 의도였다.

음경지의는 향만이 아니라 맛도 좋았다.

뿐만 아니라 약성도 특출했다. 만병지약이라는 말을 증명이라도 하듯이 몸 안에 감돌고 있던 한기와 독기를 가볍게 물리쳐 줬다. 피로도 말끔히 가시며 전신에 활력이 샘솟았다.

'이건 영약이야!'

음경지의의 빠른 약효는 독약에 대해서 환히 꿰뚫고 있는 엽수낭랑 조차도 놀라게 만들었다.

복용 즉시 효과를 볼 수 있는 약이 세상에 존재했던가?

엽수낭랑은 손에 들고 있던 엄지손톱 크기의 음경지의를 모두 입에

넣었다.

약효를 알게 된 이상 망설일 이유가 없었다. 운기조식을 하지 않았어도 피로는 말끔히 해소되고, 무저지갱에서 불어오는 한기와 독기도 위협이 되지 못한다.

'이거면 밑에까지 가볼 수 있겠어.'

욕심은 욕심을 부른다. 암혼사의 구결 덕분에 밑으로 내려올 수 있었고, 한계에 부딪치자 이번에는 음경지의가 나타나 위기를 넘겨주었다. 마치 하늘이 자신에게 무저지갱으로 내려가 보라고 손짓하는 듯하지 않은가.

엽수낭랑은 음경지의를 곱게 떼어냈다. 될 수 있는 대로 원형이 보존되도록 세심하게 주의를 기울이면서. 그런데,

'헉! 이, 이건……!'

갑자기 아랫배가 싸하니 아파왔다. 바늘로 쿡쿡 찌르는 듯한 통증…… 설사를 하기 직전처럼 극심한 배변감.

원인은 깊이 생각하지 않아도 알 수 있다.

냉기가 가득한 음식을 잘못 복용했을 때 생기는 복통이다.

복통에서만 그치면 다행이지만 음경지의가 극한의 환경에서 자라는 영약이라는 점을 감안하면 오장육부에 한기가 스며들지 말라는 보장을 하지 못한다.

엽수낭랑은 급히 가부좌를 틀고 앉아 운공을 취했다.

몸 구석구석을 살펴봐야 한다. 한기가 스몄다면 밀어내어야 하고, 밀어낼 수 없다면 준동을 하지 못하도록 억제해야 한다. 그것조차도 불가능하다면…… 그 다음은 생각하기도 싫다.

진기를 일으켜 전신을 휘돌려 보았다. 본신진기 외에 다른 기운이

접촉하는 부분을 세심하게 살폈다. 특히 복통이 일어나는 아랫배를 중심으로 오장육부의 변화를 관찰했다.

결과는 참담했다.

'자, 잘못됐어! 음경지의를 너무 많이 복용했어. 오장육부가 기능을 상실하고 있어.'

과다하게 섭취한 음경지의는 체내에서 독약으로 변했다.

모든 것이 그렇다. 아무리 영약이라도 적정하게 복용했을 때 영약이 되는 것이지 과다하게 복용하면 독이 된다. 지나침은 모자람만 못하다는 말도 있지 않은가. 더군다나 음경지의처럼 약효가 탁월한 영약일 경우에는 독으로 변질되는 시간도 빠르다.

무저지갱에서 불어오는 한기와 독기는 문제도 아니다. 당장 엽수낭랑은 체내에서 형성되는 한기를 이겨내지 못하고 식은땀을 흘렸다.

그것은 암혼사의 진기로도 제어할 수 없는 돌풍이었다.

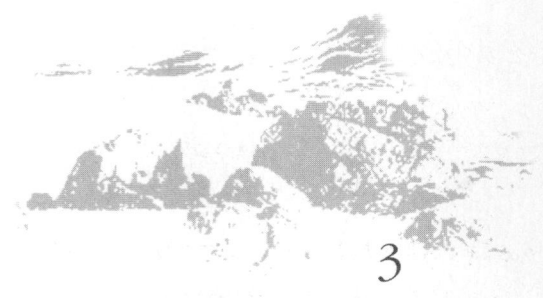

3

겹치는 기연(奇緣)

"독사……."

꿈결에서처럼 아련하게 들려오는 소리, 누군가가 급하게 자신을 부르는 소리.

독사는 환청으로 생각했다.

'환청…… 주화입마의 징조.'

이명현상(耳鳴現狀)이 나타나지 않고 곧바로 환청이 일어났다는 것은 상당히 심각한 상태다.

독사는 잠시 혼란스러웠다.

진기는 어느 때와 다름없이 순조롭게 흐른다. 암혼사는 유화신공과 합류하여 한 겹의 투명막을 덧씌운 채 단전으로 흘러들어 응축된 다음 다시 줄줄이 풀려 나왔다.

'이상이 없는데 왜……?'

독사는 환청이나 환각에 주의하면서 계속 운공에 몰입했다.

엽수낭랑을 피해 자신만의 내면 세계로 들어왔지만, 한편으로는 사심없이 암혼사를 연공할 수 있는 기회이기도 했다.

수련을 거듭할수록 진기는 강성해졌다.

물구나무를 서야만 연성할 수 있던 유화신공도 암혼사의 강성함에 밀려 스스로 풀려 나왔다.

강성함에 밀려서 풀려 나왔다는 말은 어폐가 있다. 요즘에서야 깨달은 이치지만 유화신공 자체가 일정한 경지에 이르면 물구나무를 서지 않아도 연성할 수 있는 신공이다.

독사는 한 번 운공으로 두 가지 신공을 고루 연성할 수 있는 기연을 얻었다.

멸혼촌의 빙굴은 그에게 연속적으로 기연을 안겨주는 행운의 터인 셈이다.

달걀 형상의 내단은 더욱 커졌다.

유화신공이 단전에 이르러 내단 전체를 휘감았기에 전처럼 한꺼번에 풀어지는 현상도 사라졌다.

단전에는 항상 응축된 진기가 모여 있다. 거기서 풀려 나온 조그만 실 가닥이 전신을 흐르다 다시 단전으로 돌아가 내단에 합류했다.

끊임없이 흐르는 진기, 하지만 끊임이 없어서 움직이지 않는 것처럼 보이는 진기.

유화신공도, 암혼사의 진기도 같은 현상을 반복했다.

그러나…… 호사다마(好事多魔)라.

좋은 일에는 항상 마가 끼니 몸가짐을 조심하라고 했다.

독사가 새로운 현상에 만족함을 느끼기도 전에 단전에서 일이 벌어졌다.

내단을 휘감고 있던 유화신공의 투명한 막이 내단을 옥죄기 시작한 것이다.

그 힘은 진기를 일주천하면 할수록 더욱 강맹해졌다.

'운공을 풀어야 돼!'

독사는 운공을 거둬들이려고 했다.

전신에 흐르고 있는 진기를 단전에 갈무리한 다음 다시 풀려 나가지 못하도록 억제했다.

하지만 그것조차도 용이하지 않았다. 스스로 살아서 움직이는 진기는 독사의 의념을 거부했다. 그들은 마치 난관에 부딪쳐도 정해진 길을 가고야 말겠다는 듯이 끊임없이 풀려 나와 전신 경락을 헤집고 돌아다녔다.

운공을 거듭할수록 유화신공의 옥죄는 힘은 거세지고 암혼사의 내단은 점점 핍박을 당해 폭발 일보 직전에 이르고…… 그러면서도 중단될 기미는 보이지 않고.

독사의 몸속에 흐르는 진기는 그가 제어할 수 있는 범위를 넘어 생명을 얻은 생물이 되어버렸다.

'주화입마닷! 운공을 중단해야 돼!'

진기는 의념대로 움직여 주지 않는데 마음만 조급했다.

이럴 때일수록 침착해야 된다는 것은 무리에 해박하지 않아도 알 수 있건만 급박하게 돌아가는 진기의 회전은 독사에게서 평정심마저 빼앗아갔다.

진기를 풀어버리고 일어설까 하는 생각도 들었지만 그것이야말로 위험천만하기 짝이 없다. 정말 그런 행동은 이제 갓 운공에 돌입한 초심자나 취할 행동이다. 아니, 초심자라 해도 조금만 운공에 대한 지식이 있다면 절대 취하지 않는다.

정리되지 않은 진기는 사지백해를 휘저을 것이고, 뒤틀릴 대로 뒤틀려 기혈을 엉키게 만들 것이다.

'유화신공! 유화신공을 풀어야 돼! 유화신공이 움직이면 안 돼!'

한때는 서로가 호흡을 맞춰 잘 돌아가던 두 진기가 상극이 되어 핍박하고 핍박받는 처지가 되었다.

일순 가슴이 답답해졌다.

마음이 답답한 것이 아니라 심장이 잔뜩 오그라든 듯 답답해져 왔다.

조금 더 시간이 흐르자 이번에는 숨까지 막혀왔다. 낙지가 목에 걸린 듯 숨을 쉴 수가 없다.

가부좌를 유지하려고 해도 그것조차 되지 않았다. 손발이 마구 뒤틀리며 곧바로 세운 척추도 앞으로 굽어졌다.

'이런 곳에서 주화입마를 당하다니… 이런……!'

알면서도 당할 수밖에 없다. 하긴 느낌을 감지하는 즉시 운공을 중단할 수 있다면 주화입마에 빠지는 사람은 없을 게다. 주화입마란 발동이 걸리면 본인 스스로 제어할 능력을 빼앗아가 버리기 때문에 꼼짝없이 걸려든다.

진기가 휘도는 대로 내버려 둘 수밖에 없었다.

유화신공이 단전 내단을 옥죄면 옥죄는 대로, 내단이 오그라들면 오그라드는 대로…….

'어느 정도 무공을 터득했다고 생각했건만…… 요빙의 물건만 되찾으면 중원으로 돌아갈 생각이었는데…… 요빙…… 하하하! 못난 사내

였어. 난… 이것밖에 안 되는 사내였어. 무공을 익힐 재질이 아니었던 거야. 하하하!'

비감(悲感)이 회오리쳤다.

수많은 사람들이 주마등처럼 스쳐 지나갔다.

어디서 무엇을 하고 있을지 모를 불곰도 떠올랐고, 악착같이 싸움을 하던 쇠스랑이며 싸움만 벌어지면 뒤로 꽁지를 빼던 대물까지 모두 떠올랐다.

하지만 번민은 곧 고요로 바뀌었다.

독사는 잡념을 떠올리는 대신 몸 안을 휘젓는 진기에 주목했다.

주화입마를 당하면 어떻게 될까? 듣기로는 사지육신을 못 쓴다고 하던데. 몽환소에 중독된 것과 같은 현상일까? 의식은 있는 걸까? 아니면 최자범처럼 백치가 되는 것일까.

주화입마를 당할 때 당하더라도 과정이 어떻게 진행되는지는 알고 싶었다.

유화신공은 더욱 핍박을 가했다. 반대로 내단은 오그라들 대로 오그라들어 주먹만하다고 느껴지던 것이 손톱만하게 느껴졌다.

희한한 것은 전신을 흐르는 진기다.

전신 경락을 흐르는 진기는 단전에서 일어나는 변화를 감지하지 못한 듯 같은 세기, 같은 크기로 흐른다. 일주천한 후 단전으로 스며드는 것도 한결같았고, 단전에서 다시 풀려 나오는 진기도 똑같았다. 내단을 의식하지 않는다면 정상이나 다름없었다.

정상은 분명히 아니다. 심장이 꽉 막힌 듯 답답하고, 숨을 쉴 수가 없으며, 육신이 뒤틀리고 있다. 눈을 감고 있어서 보지는 못하지만 힘줄이란 힘줄은 모두 불거져 나왔을 게다.

진기가 정상적으로 흐른다고 생각한 것도 착각이다.

어느 순간부터 단전에서 흘러나온 진기가 경락을 세차게 치고 있다. 물길을 따라 반듯하게 흐르던 물줄기가 강둑을 넘나들고 있다는 표현이 맞을 게다. 강물은 강둑으로라도 넘나들 수 있지만 원통처럼 꽉 막힌 기도(氣道)를 따라 흐르는 진기는 넘치지도 못하고 무작정 두들겨 대고 있다.

그것은 엄청난 고통이었다.

차라리 혼을 놓아버렸으면 좋겠다는 생각이 들 정도로 무지막지했다. 수천 마리의 개미가 일제히 달려들어 육신을 뜯어먹는 고통이라고 말해야 되나?

'허억!'

고통이라면 얼마든지 참을 수 있다고 자부했건만 터무니없는 오만이다.

악몽이 따로 없다. 진기가 기도를 때리는 고통은 세상에 태어나 처음 겪어보는 악몽이다.

또 얼마간의 시간이 흐르자 이번에는 내단이 꿈틀거렸다.

내단도 이대로 당할 수만은 없다고 생각했는지 용틀임을 하며 꿈지럭거렸다.

'으……!'

독사는 새어 나오려는 신음을 간신히 억눌러 참았다.

신음을 토해내는 순간 입천장에 닿아 있는 혀가 떨어지게 되며, 임맥과 독맥을 연결시켜 주는 통로가 사라지게 된다.

진기가 한꺼번에 풀리는 것과 같다. 그 후에는 어떤 일이 벌어질지 예측하지 못한다.

경맥 한두 군데에 손상이 가는 정도라면 그렇게 해버리고 만다. 고통은 그만큼 지독했다. 하지만 진기를 중도에서 풀어버리면 그 정도에서 그치지 않는다. 혈맥(血脈)이 파열된다고 하는데, 아마도 그렇게 되지 않을까 싶다.

참을 수 없는 고통이지만 고통을 참는 순간이 정상적인 육신과 정신을 지니고 있는 순간이 된다. 고통을 놓는 순간 몸도 정신도 사라진다. 죽은 육신을 지닌 불구가 되거나 혹은 죽은 정신만이 남은 백치가 된다.

'아…… 제발! 제발!'

독사는 빌고 또 빌었다.

완전히 상극이 되어버린 유화신공과 암혼사의 내단이 거세게 부딪치고 있다. 유화신공은 계속 손아귀에 꼭 쥐려 하고 내단은 벗어나려고 꿈틀거린다.

그러던 한순간 기어이 일이 터지고 말았다.

퍼엉!

단전에서 엄청난 폭발이 일어났다.

육신이 갈가리 찢겨 나갔다. 거센 폭음에 고막이 터지고 눈알이 극심한 충격을 받아 뽑혀져 날아갔다.

피는 어디에 있는가! 살점은 어디로 날아갔는가!

무음(無音), 무감(無感), 무자(無自)의 세계는 독사를 흔적없이 지워버렸다.

눈을 번쩍 떴다.

두 눈에서 세상을 태워 버릴 듯한 신광(神光)이 뿜어져 나왔다가 안으로 갈무리되었다.

독사의 두 눈은 빛을 조금도 발산하지 않는 평범한 눈이 되었다.

육신에서도 힘이 사라졌다. 어떻게 보면 무기력하게까지 보이는 방송(放鬆)이 고요하게 자리했다.

"기연을 얻었군. 후후! 이제 겨우 이성(二成)인가."

독사의 입에서 담담한 음성이 새어 나왔다.

그는 기뻐하지도 않았고, 들뜨지도 않았다.

그의 눈에 비친 골인들의 모습은 모두 웃는 표정이었다. 한기만 가득한 빙굴도 평온하고 아늑하게 보였다. 세상 모두가 환희에 차서 웃고 있는 듯했다.

가장 큰 변화는 세상이 밝아졌다는 것이다.

느낌뿐일까? 세상에 서광(曙光)으로 가득 차서 생기가 넘쳐흐르고 있다고 보이는 것은?

세상은 예전 그대로이나 독사에게는 모든 사물에 서광이 서려 있는 것으로 보였다.

두 번째로 일어난 변화는 단전에 응집해 있던 내단이 흔적없이 사라져 버렸다는 것이다.

독사는 큰 깨달음을 얻었다.

누가 삼백육십오 대혈로 진기가 흐른다고 했던가. 누가 경맥이 삼백육십오 대혈밖에 되지 않는다고 말했는가.

잘못된 생각이다.

진기는 경맥으로 흐르지 않는다. 전신으로 흐른다. 경맥이 없는 살점으로도 흐르고, 뼛속으로도 흐른다. 진기가 흐르는 경로는 너무 많아서 헤아릴 수가 없다.

촘촘한 그물이 육신을 관통한다고 가정할 때 그물코에 해당하는 모든 부분이 경혈이다.

내단은 폭발하여 인체 곳곳으로 스며들었다. 응집된 진기가 비로소 막혀 있던 곳을 뚫고 들어갔다. 지금까지 막혀 있던 통로가 뚫리자 운집해 있던 진기가 봇물처럼 쏟아져 들어갔다.

독사는 자신이 얼마나 우둔했는지 자각했다.

진기가 삼백육십오 대혈로 흐른다고 생각했을 때는… 그것은 큰 산과 큰 강, 큰 성(省)만 간략하게 그려져 있는 지도였다.

진기는 지도라고 할 수도 없는 엉터리 지도를 따라 큰길만 따라갔다.

지금은 다르다. 경혈이 아니라고 생각했던 곳에 길이 생겼다. 큰 강뿐만 아니라 지류(支流)라고 일컫는 작은 강이 그려졌다. 샛길이라고 말하는 작은 길도 나타났다. 큰 도읍뿐만이 아니라 작은 고을까지 세세하게 나타나 비로소 지도다운 지도가 그려졌다.

암혼사의 구결을 참오하며 깨달았던 심득이 내공에서도 고스란히 재현되었다.

단전에서 일어난 변화는 유화신공 탓이 아니다. 암혼사의 진기가 응축되다 보니 유화신공이 따라서 좁혀진 것뿐이다. 그런 것을 핍박하는 것으로 생각했다니.

암혼사의 진기는 막혀 있는 통로를 뚫고자 했다. 그리고 뚫은 다음 그곳으로 스며들었다.

독사는 자신의 내공이 얼마나 부족한지도 절감했다.

큰길을 따라갈 때는 넉넉하다 싶었는데 작은 길까지 채워 넣자니 어처구니없을 만큼 부족했다. 너무 부족하여 진기가 있는 것 같지도 않았다.

이것이 이성(二成)이다.

구결을 새롭게 터득하는 정도로는 성(成)이 올라간다고 할 수 없다. 성(成)이 올라간다는 것은 과거의 자신을 버리고 완전히 새로운 인간으로 탈태환골(脫胎換骨)하는 것을 의미한다.

다른 무공은 어떤지 모르지만, 암혼사는 그렇다.

삼성(三成)은 어떤 경지인지 독사 자신도 모른다.

삼백육십오 대혈에서 십여만 개도 넘을 것 같은 기도를 유통시킨 것이 이성이라면 삼성은……. 어쨌든 지금의 자신이 완전히 사라지고 새로운 인간이 탄생했을 때 삼성을 달성하게 되리라.

삼성의 경지는 진기를 키우고 강성하게 만들어서 당장 너무 많고 넓어서 미처 다 채우지 못하고 있는 기도를 가득 채웠을 때나 바라볼 수 있으리라.

'당 소저!'

새로운 기연에 망연자실 앉아 있던 독사의 뇌리에 다급하게 부르던 음성이 떠올랐다.

독사는 벌떡 일어났다.

환청이라고 생각했던 소리…… 지금은 명확히 알 수 있다. 자신이 겪은 변화가 주화입마의 지경이 아니라 상승으로 올라가는 탈태의 징후였으니, 아련히 들렸던 소리도 환청이 아니다.

'당 소저가 날 불렀어! 무슨 일이……?'

독사는 엽수낭랑이 사라진 빙굴 안쪽으로 신형을 날렸다.

'몸이 얼음장이닷!'

독사가 엽수낭랑을 발견했을 때는 상황이 급박해서 죽음의 문턱에 막 앞발을 들이민 상태였다.

그는 언뜻 엽수낭랑의 상세를 이해할 수 없었다.

무저지갱에서 불어오는 한기가 지독하지만 엽수낭랑의 몸에서 발출되는 한기가 더 매서웠다. 한기가 너무 강해 무저지갱에서 뿜어내는 독기조차 엽수낭랑의 지척에 다가서지 못하는 것처럼 보였다.

밖의 원인 때문이 아니라면 안에서 발생한 문제다.

독사는 즉시 명문혈에 장심을 얹었다.

고오오오……!

전신 곳곳, 경맥이라고 할 수도 없고 경맥이 아니라고 할 수도 없는 곳에 스며든 진기가 물밀듯이 밀려 나와 엽수낭랑의 몸속으로 투여되었다.

치료가 아니라 관찰 목적이다.

어떤 이유로 한기가 발생했는지부터 알아야 정확한 치료를 할 수가 있다.

그러나 일주천한 결과 알아낸 것은 엽수낭랑의 진기가 굉장히 음한(陰寒)하다는 것밖에는 없었다. 살얼음이 피어나는 음한한 진기는 양(陽)과 화(火)를 죽여 인체에서 생명력을 빼앗아갔다.

음한한 진기가 일어날 만한 요인을 살펴봤지만 진기 자체가 음한하다고밖에 볼 수 없었다.

'엄청난 한기닷! 도대체 왜 이런 현상이……?'

엽수낭랑의 몸속에 왜 이런 한기가 발생한 것일까?

무저지갱이 내뿜는 한기보다 한층 거세니 외부적인 요인은 아닐 터인데.

'원인이야 어찌 됐든 음냉(陰冷)한 성질을 죽여야 한다. 음양 중 어느 한쪽이 치우쳐도 곤란한데 이건 아예 양의 성질을 모두 죽이는 극강의 음이야.'

독사가 생각을 거듭하는 와중에도 그의 진기는 면면히 흘러들었다.

진기는 삼백육십오 대혈을 따라 나아갔다.

자신의 몸에는 수많은 기공(氣孔)이 뚫려 있지만 엽수낭랑의 몸에는 뚫려 있지 않다.

기공은 타인이 뚫어줄 수 없다. 혹시 모른다. 삼성이나 사성, 혹은 그 이상의 경지에 이르면 뚫어줄 수 있을지도. 하지만 이성도 완벽하게 채우지 못한 상태에서는 뚫어줄 엄두조차 내지 못한다.

독사는 한기의 기세를 수그리는 데 주력했다.

일성 경지에 있을 때 같으면 한기를 밀어내려고 했을 게다.

당시는 몰랐지만 높은 경지에 올라 아래를 쳐다보니 위험하기 짝이 없는 방법이다.

엽수낭랑의 백회혈(百會穴)과 용천혈(湧泉穴)은 완전하게 뚫린 상태가 아니다.

모두들 백회혈과 용천혈을 열어놓고 있다고 생각하지만 천만에!

백회와 용천이 완벽하게 뚫리기 위해서는 전신 세맥(細脈)이 자유롭게 유통되어야 한다. 본인 스스로도 헤아릴 수 없을 만큼, 의식조차 할 수 없을 만큼 많은 기공이 열려 있어야 한다. 열린 기공들로부터 진기가 끊임없이 흘러들고 흘러나와야 천지자연의 기운이 순조롭게 흘러들고 상충된 기운은 백회와 용천혈로 빠져나간다.

엽수낭랑의 기혈은 백 분의 일 정도만 열려 있는 상태다.

독사가 한기를 밀어내는 대신 녹이는 데 주력한 것도 어쩔 수 없는 선택이었다.

한 번, 두 번, 세 번······.

진기의 순환이 반복됨에 따라 한기는 점점 안으로 삭아들었다. 아니다. 음의 성질을 제거하여 활활 타오르는 불길이 되어 쏟아져 들어간 진기는 한기를 녹였고, 녹은 진기는 차분히 흘러 엽수낭랑의 단전에 쌓였다.

거기서 독사는 자신과는 다른 형태의 진기를 발견했다.

자신의 진기는 달걀 모양의 일정한 형태를 유지했다. 한데 엽수낭랑의 진기는 손톱만한 응어리를 중심으로 차곡차곡 덧씌워지고 있다.

이상하다고는 생각하지 않았다.

산 위에 올라서 계곡을 쳐다보면 미처 보지 못했던 여러 등산로가 환히 보인다.

내공 수련도 이와 같다. 정상으로 올라가는 등산로는 한 가지가 아니다. 동쪽으로 올라갈 수도 있고 서쪽으로 올라갈 수도 있다. 같은 무공을 수련했다고 모두 같은 형태의 진기가 형성되라는 법은 없다.

엽수낭랑의 진기는 자신이 연성한 진기와는 종류가 다르지만 정상을 향해 치닫고 있는 것만은 틀림없다.

독사는 한기를 녹여 단전에 잠재운 후에도 계속 진기를 주입했다. 한기로 얼어버린 경맥을 살살 쓰다듬어 주었고, 죽어버린 양기를 회생시켰다.

독사의 이마에서는 굵은 땀이 비 오듯 흘러내렸다. 반면에 엽수낭랑의 얼굴에는 화색이 감돌기 시작했다. 더불어서 엽수낭랑의 진기가 조금씩 움직임을 보이기 시작했다.

얼음이 녹으면서 길이 뚫렸다.

엽수낭랑의 진기가 미세하지만 꾸준히 길을 닦아 나가고 있다.

그제야 독사는 장심을 거두고 자신의 운공에 들어갔다. 진기 주입으로 손상된 진기를 회복하려는 심산이었다. 하지만 곧 자신의 그런 행동이 과거의 습관에 불과하다는 것을 깨달았다.

진기는 손상되지 않았다. 진기가 단전에 응어리져 있을 때는 가감되는 부분이 있을지 몰라도 전신에 퍼져 있을 때는 빠지는 것이 없다. 오직 더해질 뿐이다. 그 말은 잘못되었다. 빠지는 부분만큼 즉시 더해진다는 말이 맞다.

"후웁!"

엽수낭랑의 입에서 긴 숨이 토해져 나왔다.

의식을 회복했고, 스스로 운기에 몰입했다는 증거다.

'운공을 계속하시오. 원인은 모르지만 이번 한기는 지독하기 이를 데 없소. 극한(極寒)은 극양(極陽)이라. 잘하면 급진전을 이룰 수 있을지도 모르오. 단숨에 막힌 기공을 뚫을 수 있을지도…….'

자신과 같은 경지, 막힌 기공이 뚫려 수십만 개의 기혈을 의식하는 단계.

불행히도 엽수낭랑은 독사의 심언(心言)을 알아듣지 못했다.

양손이 모아지며 하복부에서 결인(結印)되었다.

운공을 끝내는 절차다.

아쉬운 순간이지만 어쩔 수 없다. 운공이란 스스로 공을 쌓아 나아가야지 다른 사람이 쌓아주는 것이 아니다.

드디어 엽수낭랑의 눈이 번쩍 뜨였다.

크고 맑은 눈동자가 어둠 속에서 빛을 발했다.

"죽음 직전에서 기연을 얻었네요."

"다행이오."

"비항파 무공을 칠성 수준밖에 익히지 못했는데 이제는 완벽하게 수련했어요. 전보다 배는 강해진 것 같아요."

단계가 높아진 것은 인정한다. 육신을 죽음으로 치몰던 한기가 체내 진기와 융합했으니 수십 년간 수련하여 얻을 공력을 단숨에 얻은 결과가 되었다.

엽수낭랑의 입장에서는 틀림없이 기연이다.

전에 자신이 빙굴에서 얻은 기연과 비교해도 컸으면 컸지 부족하지는 않은 기연이다. 자신 역시 암혼사를 이성까지 끌어올리지 않았다면 뛸 듯이 기뻐했을 게 틀림없다.

하지만 그 정도는 정상에 섰다고 할 수 없다. 단지 한 걸음 앞으로 떼어놓았을 뿐이다.

산밑에서는 키 재기를 해봐야 소용없다. 일단 정상에 올라서야 한다. 그것이 진정한 단계 진전이다. 정상에 올라섰으면 하늘로 올라가야 한다. 하늘에서 굽어보는 것과 정상에는 보는 것과는 차원이 다르다. 높은 봉우리를 올랐느냐, 낮은 봉우리를 올랐느냐는 따질 계제가 되지 않는다.

독사는 심중을 말로 옮기지 않았다.

산 아래에 있는 사람은 산 위에서 본 광경을 믿지 않는다. 아니, 믿지 못한다. 그것은 오직 체험한 사람만이 깨닫고 느낄 수 있는 경지다.

"두 번이나 도와주셨네요."

"마음에 두지 마시오."

독사는 일어섰다. 그때 엽수낭랑의 입에서 간결한 말이 튀어나왔다.

"전에 한 행동 사과드릴게요."

"……?"

"계명산에서 소협을 두고 떠난 거요."

"……!"

"저보고 예쁘다고 하셨죠? 그럼 계속 예쁘게 보아주세요."

독사는 엽수낭랑의 말뜻을 알아차렸다. 그는 당황했다.

"소저!"

"알아요. 소협 마음이 요빙 언니에게 가 있다는 것. 하지만 소협까지 죽었다는 말씀은 하지 말아주세요. 소협은 살아 있어요. 이렇게 말도 하고 움직이기도 하잖아요."

"소저, 그 말은 그때……."

"결정났다고요? 아뇨, 결정나지 않았어요. 당시는 저도 소협의 마음을 존중해야 된다는 생각이었지만…… 그러기에는 제 마음이 저를 가만 놔두지 않네요."

"소저, 다시 한 번 말하지만……."

"그럴 필요 없어요. 강요란 있을 수 없고 할 수 있다고 해도 하지 않을 생각이에요. 소협도 제 마음을 강요하지 마세요. 우리 그렇게 편하게 지내요."

'편하게 지내? 그게 편한 건가?'

독사는 여난을 감지했다. 그가 원하든 원하지 않든 여난은 불어닥치고 있다.

'아픔만 더할 뿐인 것을…… 내 마음에 소저가 끼어들 자리는…… 소저, 미안하오.'

독사는 엽수낭랑의 마음을 짐작하면서도 받아들일 수 없었다. 그러기에는 요빙이 너무 애통하게 죽었다.

"여기 뭐가 있는지 알아요? 음경지의라는 영약이에요. 보통 만병지
약으로 불리는데, 제가 복용을 잘못했어요. 덕분에 한 가지 사실은 알
게 되었네요. 공력을 북돋아줄 수도 있는 희세의 영약이라는 것. 무림
인이 이 사실을 알게 되면 난리가 나겠죠? 아마도 백비만큼이나 난리
가 날 거예요. 보세요. 이게 음경지의에요."

엽수낭랑이 노란색 인광을 토해내는 이끼를 내밀었다.

그녀는 방금 전의 말을 잊은 듯 현숙하면서도 맑은 예전의 그녀로
돌아가 있었다.

"정말이오? 그럼 소저의 진기가 음냉하게 변한 것도 이것 때문에?"

독사도 부담스런 그녀의 말을 잊은 것처럼 대화에 몰입했다.

"밑에까지 내려갈 생각이오?"

"물론이죠. 하지만 지금은 아녜요. 지금 제 공력으로는 무저지갱의
한기를 감당할 수 없거든요."

"한기 정도라면……."

"제 능력으로 내려가야죠."

"……."

"아직은 아니죠? 하지만 언젠가는 제 능력으로 내려갈 날이 올 거예
요."

"그럴 거요."

"호호호! 이곳이 어디로 도망가는 것도 아니고 그때까지 기다릴래
요."

"잘 생각했소."

"밑에 내려가 봤자 볼 것도 없어요. 음경지의가 더 있을지 모르

고…… 아마도 독사들이 우글거릴걸요? 영사라고 일컫는 독사들이 꽁
꽁 얼어붙어 있겠죠. 여긴 영사들의 무덤이에요."

엽수낭랑은 애써 밝게 말했다.

이런 게 좋은 거다. 서로 알면서도 모른 척하며 평범하게 대하는 것
이 좋은 게다. 후일 틀림없이 마음을 천 갈래 만 갈래로 찢어놓을 결과
로 이어지겠지만, 지금은 이렇게 행동하는 것이 좋은 게다.

第二十五章

대의(大義)와 소의(小義)

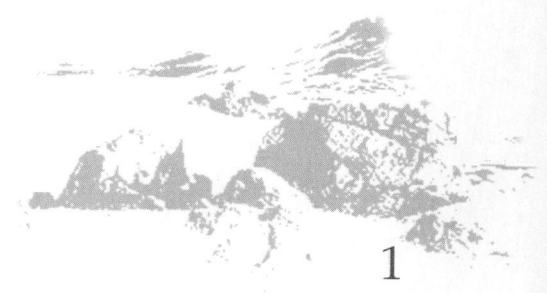

1
대의(大義)와 소의(小義)

그르르릉……!

열리지 않을 것 같던 빙굴에 환한 햇살이 쏟아져 들어왔다.

독사와 엽수낭랑은 빙굴 위쪽에 달라붙어 골인들이 들어서는 모습을 지켜봤다.

제일 선두는 당문삼기가 아니라 섭혼살호였다. 그 뒤를 이어 지천도가 들어섰고.

시신을 들쳐 멘 사람, 떨어진 머리를 손에 들고 있는 사람.

멸혼촌에 불었던 피바람이 고스란히 옮겨진 듯했다.

독사와 엽수낭랑은 골인들이 모두 지나가기를 기다려 살그머니 빠져나왔다.

빙굴에 들어설 때 골인들 모르게 들어섰으니 나갈 때도 모르게 나가야 한다. 이런 행동이 결국은 골인들에게 피해를 주지 않는 유일한 방법이다.

엽수낭랑이 곱게 인상을 찡그리며 말했다.

"많은 사람이 죽었네요. 어떤 출행인지 힘들었나 봐요. 그건 그렇고… 소협, 골인들의 사활근맥단을 제거할 수 있는 방법이 정말 없나요? 저런 모습으로 사느니 차라리 죽는 게 낫지 않나 싶기도 해요."

독사는 엽수낭랑의 말에 대꾸하지 못했다.

'당진도… 결국은……'

당문삼기가 들것에 실어가던 시신은 분명 당진도였다.

엽수낭랑은 골인들 중에서 종조부를 찾아내지 못했지만 독사는 똑같은 형상의 골인들을 모두 알아봤다.

당진도가 죽었다.

지금까지 세수를 누려오던 그가, 출행에서도 열외된 그가 아무 이유 없이 죽을 리는 없다. 그리고 또 하나, 출행에서 죽었다고 생각하기에는 골인들이 너무 많이 죽었다.

'멸혼촌에 사단이 벌어졌어.'

독사는 마음이 급했다. 그러나 급할수록 돌아가랬다고 서둘지는 않았다.

산중턱에 이르러 암굴로 들어서기 전 주위를 세심하게 살폈다.

사람은 없는 것 같다. 출구라고 해봐야 너구리굴이나 여우굴 정도에 불과하니 만무타배라 해도 쉽게 찾아내기는 힘들다. 거기에 바위로 입구를 막아놓고, 그래도 안심이 되지 않아 작은 나무를 이식해 심었다.

소리나지 않게 살그머니 바위를 들어냈다.

"전에는 생각하지 못했는데, 너무 입구가 작네요."

"빨리……."

"알았어요."

엽수낭랑이 먼저 몸을 들이밀었다.

그녀는 쉽게 들어갔다. 하기는 독사가 빠져나올 정도의 구멍이니 쉽게 들어가지 못할 까닭이 없다.

독사는 쉽지 않았다. 들어가는 것이 능사가 아니라 아무런 일도 없었던 것처럼 입구를 철저하게 막아놓아야 한다.

몸을 거꾸로 해서 들이밀고 바위를 끌어당겼다. 그리고 천장을 향해 일장을 가격했다.

퍼억!

흙더미가 우수수 떨어져 내렸다.

그는 암굴 자체를 폐쇄해 가며 들어갔다.

엽수낭랑은 독사보다 한 발 앞서서 암굴로 돌아왔다.

독사는 암굴을 무너뜨리며 오는 중이라 조금 더 시간이 지체될 것이다.

기억나는 대로 더듬어가자 생각했던 위치에 횃불이 보였다.

불을 밝히고 주위를 돌아보았다.

암굴에서 자신은 여왕이나 다름없었다. 손가락 하나 움직이지 못했지만 다시금 그 생활로 돌아가고픈 마음까지 치밀 만큼 행복했다.

자신이 누워 있던 침상, 그리고 오물을 쏟아내던 바지.

잊어버리려고 했지만 결코 잊어버릴 수 없는 당시의 일이 어제 일처럼 또렷하게 되새김되었다.

'독사…… 운명인 것 같네요. 차게 말하지 마세요. 가슴이 미어지는 것 같거든요. 인상도 찡그리지 마세요. 제가 무엇을 잘못했나 돌이켜지

거든요. 단지 좋아하는 감정이라고 생각했는데…… 아뇨. 제 비소(秘所)를 본 사내라서 매달리고 싶은 생각이 드는 게 아닌가 생각했는데 아닌 게 확실해요. 그것과 무관하게 매달리고 싶네요. 이게 사랑인가요?

언제부터인지 엽수낭랑도 정확히 꼬집어 말할 수 없다.

그래도 말해 보라면 독사가 미등에서 사라졌을 때부터라고 힘들게 말할 것이다.

독사와 당문삼기가 백비에서 감쪽같이 사라졌을 때, 그때 엽수낭랑은 가슴이 찢어지는 아픔을 맛보았다. 당숙이 아니었다면 주먹으로 백비를 후려쳐서라도 안으로 파고들고 싶었다.

당문삼기에게는 미안하지만 그들에 대한 생각은 조금밖에 들지 않았다. 친인척으로 그래서는 안 되지만 마음을 속일 수는 없었다. 그녀의 마음은 오로지 독사의 염려로만 가득했었다.

그때부터인 것 같다, 독사를 사랑한다고 생각한 것이.

유심동에서 나와 독사의 거처로 옮겨진 후 독사에게 바지가 벗겨질 때는 창피해서 쥐구멍이라도 들어가고 싶었다. 사랑하는 사람의 애정 어린 손길이기는 하지만 애무가 아닌 오물을 치우기 위한 손길이라 생각하니 몽환소에 마비되어 있는 상태에서도 얼굴이 화끈거렸다.

그러나 한편으로는 기쁨도 출렁거렸다.

이제 독사와는 한 운명이다. 떨어질 수 없는 운명이 두 사람을 묶어 주고 있다. 요빙에 대한 생각이 절절하니 바람둥이일 리는 없고, 마음속에 틀어박혀 있는 요빙 언니는…… 봐주지 뭐. 내가 요빙 언니에게 봐달라고 사정해야 되나?

별의별 생각을 다했다.

독사의 마음을 얻어도 요빙 언니와 사랑을 나눠가져야 된다는 생각 까지도 했다.

창피하면서도 행복한 순간이었다, 진실로.

'난 이제 어떻게…….'

이 부분은 상당히 정리하기가 힘들었다.

생각할 필요도 없을 것 같았는데 뜻밖에도 옛날 생각에서 벗어나지 못하는, 정확히 말하면 요빙의 품 안에서 벗어나지 못하는 독사의 모습을 보면서 심한 절망감을 느꼈다.

독사는 자신의 알몸을 보았으면서도 담담하게 행동한다. 아무런 일도 없었던 것처럼, 예전처럼 그렇게 지내기를 바란다.

한순간에 행복함이 좌절로 바뀌었다.

독사가 원하는 대로 해주려고 했다. 사랑이란 쌍방이 서로 원해야지 한쪽이 일방적으로 원한다고 이루어지는 것은 아니기 때문에.

그 생각도 바뀌었다.

며칠에 지나지 않는 나날이 십 년이나 된 듯 길게 느껴졌다.

무저지갱에서 독사에게 구함을 받았을 때, 그때 생각했다.

독사가 인정하든 인정하지 않든 자신은 독사의 아내가 되었다는 것을.

실제로는 이루어질 수 없는 희망에 불과할지라도 자신의 마음만은 그렇게 정리해 두었다.

마음을 정하니 홀가분하다. 절망감이나 상실감도 사라지고 다시 행복함이 소록소록 피어났다. 독사와 같이 있다는 사실만으로도, 그와 이야기하고 얼굴을 마주 본다는 것만으로도 즐거웠다.

퍼억!

암굴을 허무는 소리가 지척에서 들렸다.

독사는 그녀가 생각했던 것보다 훨씬 빠르게 암굴을 무너뜨리며 다가오고 있다.

엽수낭랑은 한때 자신의 오물이 묻었을 바지를 얼른 치웠다. 독사가 손수 빨았던 헝겊, 그리고 자신과 연관된 모든 집기를 한쪽 구석으로 밀쳐 놓았다.

독사는 엽수낭랑의 생각에는 아랑곳하지 않고 깊은 침묵에 잠겨 깨어나지 않았다.

'또 내가 무슨 잘못을……?'

엽수낭랑은 자신을 돌이켜보았지만 독사가 말을 하지 않을 이유는 전혀 없었다.

무저지갱 사건 이후로 독사는 편안하게 대해주었다.

자신도 독사가 편했다. 생각이 정리되니 이토록 홀가분할 수가 없었다.

'이 사람은 내 낭군이야.'

"벽을 허물까요? 공기가 희박해지기 시작했어요."

독사는 고개를 좌우로 흔들었다.

하기는 급한 일도 아니다. 입구를 틀어막은 바위와 진흙들은 일장만 전개해도 구멍이 뻥 뚫린다.

엽수낭랑은 무료함을 느꼈다.

전에는 이렇지 않았다. 사내들이 구애를 해와도 자신의 일에만 몰두했다. 그러다 보면 그토록 절절하게 구애하던 사내들도 자리를 비켜나곤 했다.

무료함 때문이다.

무료함이 사람을 지치게 만든다.

그런 감정은 받는 쪽이 아니라 주는 쪽에서 들게 마련이다.

'야속한 사람……'

그녀는 자신의 행동을 독사의 아내에 맞췄다. 지금은 독사가 생각에 잠겨 있으니 자신이 할 일은… 방해를 하지 않는 것뿐이다. 그렇다고 우두커니 앉아 있을 수만은 없다. 그동안 무엇이라도 해야 하는데…….

엽수낭랑은 빙굴에서 떠 온 음경지의를 곱게 폈다.

음경지의는 영약이다. 무인에게는 공력을 증진시켜 주는 탁월한 효과까지 있다. 직접 자신이 몸으로 체득해 보았으니 의심할 여지가 없다. 한기를 어떻게 이겨내느냐가 관건이겠지만.

음경지의를 이용해 골인들의 저주를 풀어볼 수는 없을까?

'가능할 것도 같은데…….'

독사는 결단이 필요했다.

완벽하게 폐쇄된 암굴에서 공기가 없어져 숨이 막혀오기까지의 시간은 너무 짧아서 결단을 내려도 옳은 결단인지 아닌지 분별할 여유가 없다.

하지만 결단을 내려야 한다.

폐쇄된 암굴 입구를 허무는 순간 내려진 결단에 따라서 행동해야 한다.

일생일대 가장 큰 결정일지도 모르는데 시간이 너무 촉박하다.

빙굴에서 당진도의 시신을 보는 순간부터 숙고를 거듭했지만 아직도 정확히 어느 것이 옳은지 모르겠다.

당진도는 몽환소의 저주를 풀려다 죽음을 맞이했다.

그가 왜 죽었느냐는 깊게 생각하지 않아도 짐작할 수 있다. 멸혼촌에 무슨 변괴가 일어났는지도 대충 가늠되어진다.

삶이 얼마 남지 않은 노인이다.

그런 노인조차도 몽환소의 저주가 한이 되어 가슴에 새겨졌기에 파해에 몰두했다. 하물며 다른 골인들은 오죽하랴. 삶이 창창한 당문삼기 같은 청년 고수들은 또 어떠랴.

그들을 구하는 것은 대의(大義)다.

구할 수 있을지 없을지 모르지만 구하는 시늉이라도 해야 한다.

그러므로 해서 그가 잃을 것은 요빙의 목숨이라고도 할 수 있는 전낭이다.

어쩌면 요빙과의 약속도 지켜주지 못할지 모른다.

소의(小義)다.

대의를 따르느냐 소의를 따르느냐는 생각할 가치도 없다. 하지만 생각할 수밖에 없다. 그가 무인이 되고자 했던 원인이 요빙에게 있느니만치 요빙과의 약속은 반드시 지켜야 할 천약(天約)이다.

아무도 건드릴 수 없는 무인이 되어 돌아가서 당당하게 모습을 보여주고, 요빙을 편안하게 잠들도록 만들어주어야 한다. 요빙이 남긴 유일한 혈육도 보살펴야 되고…….

대의를 따르자면… 어쩌면 돌아가지 못할지도 모른다. 당장 만무타배에게 죽임을 당할지도 모르고, 그의 손에서 벗어난다고 해도 만무타배라는 사람이 하수인에 불과한 이상 어떤 고수가 나타나 앞을 가로막을지 모른다. 모른다가 아니라 분명히 앞을 가로막는다. 만무타배보다 훨씬 강한 자가.

'나 같은 파락호가 대의니 소의니 따질 건 없겠지. 하지만… 이건 사람이 할 짓이 아냐. 멀쩡한 사람을 골인으로 만들고, 그것도 부족해서 평생 가둬놓고 사람이나 죽이러 다니게 만드는 짓은.'

따지고 보니 우습다.

한낱 파락호가 무슨 대의며 소의인가.

골인들에게는 은원이 없다. 원한도 없지만 은혜도 없다. 그들에게 받은 것은 아무것도 없다.

이대로 자신의 할 일만 하다가 전낭을 모두 회수한 다음에 돌아가도 그만이다. 그런데 그러기에는 마음이 무겁지 않은가. 사람이면서도 사람답게 살지 못하는 사람들을 두고 어찌 발길이 떨어진단 말인가.

'돌아간다. 요빙에게 가는 길이 조금 멀어지더라도 돌아간다. 골인들을 저주에서 풀어주고… 다행히 풀어줄 길은 있는 것 같으니까. 그리고 이 지옥에서 벗어나게 해주면 한결 마음이 편해지겠지. 요빙도 이해해 주겠지. 그 돈으로 십수 명에게 새 생명을 주는 격이니까. 설혹 일이 잘못되어 시도에만 그치게 되더라도… 이해할 거야. 내가 할 수 있는 일은 다 했잖아. 그 다음 난 내 길로 가면 그만.'

그 일은 백비에 들른 목적과도 상통한다. 불곰이 어디로 사라졌는지, 무석 스님은 왜 죽어야 했는지, 요락 기녀인 설향이 왜 죽어야 했는지도. 그러자면 어차피 백비를 만든 사람과는 어떤 방식으로든 부딪쳐야 하지 않는가.

단지 요빙이 목숨처럼 아긴 전낭을 회수하지 못한다는 미련이 남을 뿐.

독사가 긴 침묵을 깨고 입을 열었다.

"당 소저."

엽수낭랑은 음경지의를 조금 떼어내어 생김새를 살피는 중이었다. 그녀가 퍼뜩 고개를 쳐들어 돌아봤다.

"부탁이 있소."

"말씀하세요."

독사는 목에 걸린 목걸이를 떼어내어 건네 주었다.

요빙의 뼈로 만든 목걸이.

"이걸 왜?"

엽수낭랑이 받아 들며 의아한 기색을 띠었다.

"내가 죽거든 이걸 요빙에게 돌려주시오."

독사는 대의를 선택했다.

엽수낭랑과 함께 빙굴에 들어가기 전까지만 해도 생각할 수 없는 행동이다.

요빙을 제외한 행동은 있을 수 없다.

빙굴에서 얻은 기연이 그의 생각을 바꾸게 만들었다.

세상은 광명으로 이루어져 있다. 어둠과 슬픔 또한 인생사에 불가결하게 끼어들지만 누구나 밝음을 누릴 권리를 가지고 있다. 자신이 밝음을 보았듯이 세상 사람들 모두 밝음을 볼 수 있는 권리가 있다.

불가에 정혜쌍수(定慧雙修)라는 말이 있다.

불자(佛者)는 모름지기 스스로의 마음을 찾아야 한다.

스스로의 마음…… 자심(自心)이다. 가장 쉬우면서도 어려운 것이 이 자심(自心)을 찾는 문제인데, 불가에서는 정혜(定慧)의 이문(二門)에 의지하라고 한다.

자심을 구한다는 말은 정혜를 밝힌다는 말과도 같다.

한 마음이 산란심(散亂心)을 제거하기에 정(定)이요, 한 마음이 혼침(昏沈)을 극복하기에 혜(慧)다.

독사는 암혼사 구결을 이성으로 끌어올리며 큰 깨달음을 얻었다.

암혼사는 수련(修練)을 해야 한다.

수련이다. 닦을 수(修), 익힐 연(練)이다.

먼저 마음을 닦고 그 다음으로 무공을 익혀야 한다.

불가의 정혜쌍수로 정신을 순일(純一)하고, 망념(妄念)을 떠나 큰 마음을 찾아내어야 한다.

연공은 그 다음이다.

정신이 순일하지 않고서는 공력을 높일 수 없다.

그럼 정신이 순일하다는 것은 무엇인가. 세상을 있는 그대로 대한다는 것이다. 내 자신을 밝음에 깃들게 할 뿐 아니라 세상 사람들을 밝음으로 이끌어야 한다는 것이다.

무공이 높으면 덕(德)도 높아야 한다.

그러한 깨달음이 독사에게서 요빙에 대한 아픔을 가슴속에 삭이게 만들었다. 자신과는 전혀 상관없는 골인들을 위해 목숨을 내던지게 만들었다.

독사의 말에 엽수낭랑은 놀란 듯했지만 차분히 가라앉은 표정으로 물었다.

"죽어요? 그게 무슨 말씀이세요?"

"아무래도 살기 힘들 것 같아서…… 영은촌에 가서 물어보면 요빙의 집은……."

"요빙 언니의 집은 알고 있어요. 가보지는 않았지만 들어서 알고 있죠. 불타 버려서 뼈대조차 남지 않았다더군요."

"남아 있는 게 있소."

"……?"

"장독대에 보면……."

독사는 요빙이 묻혀 있는 곳을 상세하게 일러주었다.

엽수낭랑은 독사의 말에서 심상치 않은 예감을 감지했다. 독사는 정말 인생의 마지막이라도 되는 듯이 같은 말을 두 번 세 번 반복하고 있다. 엽수낭랑이 혹여 요빙의 뼈가 담겨진 항아리를 찾지 못할까 봐 말하고 또 말한다.

'싸움을 하려고 해. 왜? 누구와?'

엽수낭랑은 골인들의 세계에 대해서 잘 안다고도 할 수 있고, 잘 알지 못한다고도 할 수 있다. 그녀는 지금 독사가 누구와 무엇 때문에 싸우려고 하는지 정확한 이유를 파악하지 못했다. 분명한 것은 내력이 아주 강한 독사조차도 죽음을 생각할 만큼 강한 자와 싸우려 한다는 것뿐이다.

"이건 받지 못하겠어요."

엽수낭랑은 뼈 목걸이를 도로 돌려주었다.

그녀는 독사의 눈에 언뜻 실망감이 스쳐 가는 것을 놓치지 않았다.

가슴이 텅 비어왔다. 자신은 독사를 낭군으로 생각하고 있는데 그는…… 하지만 각오하고 있었던 일. 길고 긴 나날 동안 헤쳐 가야 할 일. 어쩌면 영원히 독사의 마음속에 파고들 수 없을지도.

"누구와 싸우려는 것 같은데 아무것도 묻지 않겠어요. 깊게 생각했으니 옳은 결정이겠죠. 지금 죽음을 생각할 필요는 없어요. 소협께서 죽으면… 그때는 제가 이 목걸이를 거둘게요. 약속드리죠. 소협이 죽으면 목걸이를 거둬서 꼭 요빙 언니에게 돌려드릴게요. 요빙 언니 장사도 지내드리고요."

"아니, 아니, 소저는 이 암굴에서 나가는 즉시 곧장 유심동으로 달려
가시오. 지금이 아니면 빠져나가지 못할지도……."

"싸우려는 사람이 대단한 사람이군요."

"도가 이대환단이라는 몽환소와 사활근맥단을 자유자재로 사용하는
사람이오."

엽수낭랑은 대꾸할 말을 잃었다.

이제야 독사가 무슨 일을 하려는지 알 것 같다.

백비가 세워진 지 얼마나 지났던가.

그동안 숱한 무림인들이 비사를 캐려고 달려들었지만 모두 실종되
고 말았다. 당문은 물론이고 사천성에서 이름난 명문대파인 오주조차
도 백비는 모른 척 방관하고 있는 실정이다.

독사는 백비를 만든 사람과 싸우려고 한다. 당연한 일이다. 무림에 몸
을 둔 무인이라면 백비를 진작 제거했어야 한다. 하지만 정작 그의 입에
서 '몽환소'와 '사활근맥단'이라는 말이 새어 나오자 답답하기만 했다.

"시키는 대로 할게요."

결국 엽수낭랑은 요빙의 목걸이를 받아 자신의 목에 걸었다.

뼈의 미지근한 감촉이 그녀의 앞가슴을 타고 흘러내렸다.

요빙의 정념(情念)과 독사의 체온이 버무려진 뼛조각.

'언니, 기녀 생활을 했으니 숱한 사내를 만났겠지? 비애도 많이 느
꼈을 테고. 하지만 언니는 행복해.'

목걸이를 목에 걸자 이상한 기분이 들었다. 마치 요빙이라는 여인과
손을 맞잡고 있는 기분이었다.

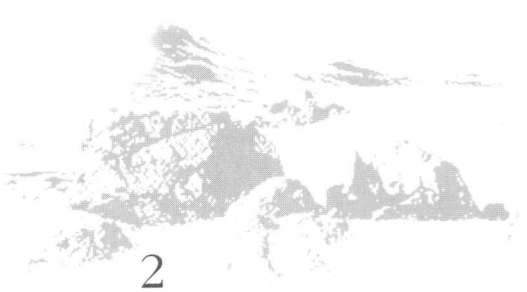

2

대의(大義)와 소의(小義)

퍼억!

암굴을 막고 있던 바위와 진흙은 내력이 실린 일장에 힘없이 부서져 나갔다.

독사는 태연히 햇볕을 받으며 밖으로 걸어나갔다.

'좌측, 팔 장.'

그를 항상 뒤따르던 그림자는 암굴 밖에서 기다리고 있다.

독사는 진기를 운용할 필요도 없이 그림자의 위치를 정확하게 판별해 냈다.

진기는 항상 그의 몸 안에 존재해 있으며 그가 의식하든 의식하지 않든 끊임없이 움직인다.

'햇살이 좋군.'

만무타배나 그를 따르는 사람들도 암굴에 또 다른 통로가 있다는 사실쯤은 짐작했으리라. 그러면서도 가볍게 일장만 내뻗으면 부숴 버릴 수 있는 입구를 허물지 않았다.

오만이 낳은 결과다. 만무타배가 요빙의 전낭을 움켜쥐고 있는 한 독사를 마음대로 요리할 수 있다고 생각한 착각이다. 독사의 무공 정도는 가볍게 처리할 수 있다고 생각한 오만.

지금처럼 독사가 이를 악물고 요빙의 전낭을 포기하고, 궁지에 몰린 쥐가 고양이를 무는 격으로 눈에 불을 켜고 달려들 것은 생각하지 못한 느슨한 생각.

엽수낭랑이 독사의 뒤를 쫓아 나왔다. 하지만 그녀가 독사의 곁에 이르렀을 때 독사는 이미 자리를 떠나고 없었다.

쉬익!

독사는 비조처럼 날아올랐다.

결단을 내리기가 쉽지 않았지 행동으로 옮기는 데는 망설임이 없었다.

그림자는 종적이 발각당했다는 것을 깨달았는지 신형을 일으켜 물러서려고 했다.

예상했던 반응이다.

만무타배를 비롯해 멸혼촌 주위를 삼엄하게 감시하고 있는 무인들은 자신과 싸우려고 하지 않는다.

왜 그런지는 독사조차도 모른다.

금지를 벗어나도 내버려 두었고 유심동을 들락거렸어도 수수방관했다. 다른 골인들이라면 어림도 없는 이야기다.

단순히 출행 때문에 방관하고 있는 것은 아니다.

출행은 다리를 묶어놓는 방편에 불과하다.

요빙의 전낭이나 기타 물건으로 출행을 요구하는 것도 시간을 질질 끌기 위한 수단일 뿐이다.

저들의 깊은 속내는 읽을 수 없지만, 자신을 멸혼촌에 주저앉히는 것이 목적이라면 성공했다.

독사는 칭직선공격속도지최적기공이라는 방위나이를 펼쳤다.

빙굴에서의 기연은 그동안 익혔던 모든 무공을 원점에서 다시 점검해 보는 동기를 만들어주었다.

그 결과 방위나이라는 신법에는 기문둔갑 외에도 다른 효용이 있다는 것을 알아냈다.

아니다, 처음부터 방위나이는 기문둔갑으로는 해석해서는 안 되는 고차원적인 신법이었다.

기문둔갑의 묘리는 방위나이의 극히 일부분에 지나지 않는다. 보다 근본적인 묘리는 상대의 반응 속도에 감응하는 심동추신(心動追身)이다.

상대가 움직이면 나도 움직인다. 상대가 물러서면 쫓아가고, 쫓아오면 물러선다. 일거수일투족이 상대의 움직임에 따라 쫓고 물러서며 상대의 마음이 일어나는 순간 나의 마음도 일어난다.

이것이 진정한 방위나이의 묘리다.

대체로 사람은 상대가 움직임을 보인 후에야 반응을 일으키게 되어 있다. 눈으로 보든, 귀로 듣든, 감각으로 느끼든 움직임이 선행된 다음에야 반응이 일어난다.

방위나이는 상대의 움직임을 마음속에서부터 가로챈다.

상대에게 물러설 마음이 일어나는 순간 신형은 벌써 쫓아가고 있다.

수비를 생각하면 공격 범위 밖에서 맴돌 수 있고, 공격을 생각하면 두 배는 빠르게 짓쳐갈 수 있다.

기문둔갑이 절정에 이르러 이의제의(移意制意)에 이르러야만 펼칠 수 있는 신법이다.

독사는 사문이니 휴문이니 하는 찰나적인 방위의 변화도 무시하고 곧장 그림자를 쫓아갔다.

기문둔갑을 생각할 필요가 없었다. 암혼사가 일성에 머물렀을 때 펼친 방위나이가 기문둔갑을 인위적으로 펼친 것이라면, 지금은 몸에 푹 젖어 몸이 움직이는 가운데 자연스럽게 형성되는 상태다.

"헉!"

그림자가 급박하게 경악성을 토해냈다.

빠악!

둔탁한 소리가 바로 뒤를 이었다.

허공에서 내리찍은 발뒤꿈치는 그림자의 정수리를 말랑말랑하게 만들어 버렸다.

'빨라! 굉장히 빨라!'

많은 무인들을 보았지만 독사처럼 빠른 무인은 본 기억이 없다.

독사는 눈 깜짝할 사이에 공격을 가했고 한 사람의 목숨을 끊었다. 그녀가 독사의 뒷모습을 쫓아 숲으로 몸을 날린 촌각 사이에 싸움을 결정지었다.

초식을 보면 더욱 가관이다.

독사는 초식 자체가 없는 듯하다.

그는 발경을 이끌어내기 위해서는 필수적인 기수식(起手式)조차도 무시했다. 파락호로 돌아간 듯이 무공을 배우지 못한 사람처럼 마구잡이로 손발을 내뻗었다. 그리고 그런 공격에 무인이 목숨을 잃었다.

엽수낭랑은 쓰러진 무인의 맥을 짚었다.

죽었다는 것은 의심할 여지가 없다. 그럼에도 그녀가 맥을 짚은 것은 무인의 현재 상태를 알아보고 싶어서였다.

코와 귀로 가는 피를 흘리고 있는 무인.

핏줄기는 붉디붉은 선홍색이다. 눈까풀은 아직도 파르르 떨리고 있으며 몸속에는 진기가 면면히 흐르고 있다.

그야말로 죽는 줄도 모르고 죽었다.

'도대체 어떤 무공이기에!'

엽수낭랑은 독사를 다시 봤다.

대화산 무생곡에서 봤을 때와는 천양지차로 달라져 있다. 그때는 강하기는 하지만 풋내가 풀풀 날렸는데 지금은 그 누구도 그의 앞에서 방심할 수가 없다.

어떻게 이런 일이 벌어질 수 있을까. 세상에 무공을 익힌 지 겨우 삼 년밖에 되지 않은 사람이 절정고수로 탈바꿈했다면 믿을 사람이 얼마나 될까.

엽수낭랑은 죽은 무인의 맥을 놓자마자 바로 신형을 날렸다.

독사는 이미 숲을 벗어나 강 쪽으로 치달리는 중이었다.

다섯 무인은 만반의 준비를 갖췄다.

십 년을 지내도 별다른 일이 벌어지지 않는 멸혼촌이지만 근래 피의 폭풍이 휩쓸고 지나갔는지라 긴장을 풀지 않고 있었던 터였다.

쉬익!

독사의 발이 땅에 닿는 순간, 다섯 무인은 숨어 있던 곳에서 뛰쳐나와 오방(五方)을 점거했다.

독사는 사활근맥단의 제약을 받지 않는 유일한 인물로 금계를 자유로이 넘나들 수 있다. 만무타배로부터 행동을 제재하지 말라는 엄명도 떨어져 있는 상태다.

사실 다섯 무인이 독사를 제어할 수 있는 방법은 없다.

무공으로 본다면 독사는 이미 그들의 수준을 넘어선 상태다.

독사를 제어할 수 있는 방법은 요빙의 전낭으로 행동을 억제하는 것과 만무타배의 무공으로 짓누르는 것뿐이다.

하지만 지금은 어쩔 수 없다.

기습이라면 기습이라고도 할 수 있는 공격으로 그림자를 죽여 버린 독사의 행동. 털썩 무너져 버린 그림자의 모습은 다섯 무인이 경각심을 곤두세우기에 충분했다.

독사는 이미 그들의 위치를 파악하고 있다. 숨어 있어서는 합공조차도 불가능하다. 그럴 바에는…….

독사는 천천히 다섯 무인을 둘러봤다.

그의 빠름은 선제공격에 있지 않다. 상대보다 좀 더 유리한 방위를 얻고, 상대보다 조금 더 빠른 반응이 그를 몇 배나 빠르게 보이도록 만든다.

다섯 무인은 정통 싸움 방식대로 거리를 유지한 채 호흡을 골랐다. 한편으로는 병아리를 노리는 매의 눈매로 허점을 노렸다.

독사는 기다렸다.

그는 서둘러 공격할 필요성을 느끼지 못했다.

그림자를 공격할 때 느꼈지만 이상하게도 긴장이 되지 않았다. 호랑이가 토끼를 잡을 때도 최선을 다한다지만, 뭐라고 할까? 꼭 어린애와 싸우는 느낌이라고 할까? 말로 해서 듣기만 한다면 검을 거두고 물러서라고 말하고 싶었다.

다섯 무인은 물러서지 않았다. 뿐만 아니라 허점을 발견했는지 공격을 가해왔다.

쒜에엑!

등 뒤로 등골을 오싹 저리게 하는 검풍이 몰아쳤다.

독사의 반응은 검풍보다 빨랐다. 그는 등 뒤에 있는 무인이 검을 쳐내는 순간 신형을 앞으로 퉁겨 전면에 있는 무인을 공격해 들어갔다.

사아악!

걸려들었으면 육신을 저몄을 검기가 삼 푼의 간격을 두고 등 어림을 흘렀다.

그 순간 독사는 전면 무인의 행동권 안으로 뛰어들어 갔다.

싸움은 늘 거리를 염두에 둬야 한다.

파락호들의 싸움에서는 누구의 몸이 더 민첩한가, 누구 제대로 일격을 가할 수 있느냐로 승패가 결정지어진다.

무인들의 싸움은 다르다. 누가 거리를 좁혔느냐가 관건이다.

거리가 멀면 공격과 방어를 생각할 수 있다. 거리만 있다면 선택을 할 것이 많다. 하지만 거리를 잃었다면 뒤로 물러서거나 맞서 싸우는 방법 이외에는 없다.

거리 다음으로 취해야 할 것은 선공(先攻)이다.

공격을 하면서 상대에게 방어할 만한 시간적 여유를 줄 바보는 없다. 거리를 잃은 자는 반사적으로 검을 뻗어 초식을 전개하는 방법밖에 없는데, 이것도 공격을 먼저 시작한 상대가 빠르다.

거리를 좁혔으면 치는 것이요, 좁히지 못했으면 좁히도록 해야 한다.

그 외에 다른 것은 필요없다.

초식은 무엇이며 발경은 무엇인가. 검에 베이면 죽는 것이요, 베이지 않으면 사는 것. 그것밖에 없다.

이것 역시 초식에 연연했던 얼마 전까지는 깨닫지 못했다. 단 일 합의 싸움으로 생사가 결정된다는 것을 깨달은 이성의 경지에서 새롭게 터득한 무리(武理)다.

정말 우습다. 이런 방식의 싸움은 그가 파락호 시절 항시 염두에 두었던 싸움 방식이다. 그러던 것이 무공을 배우면서 초식에 연연했고, 한 단계 더 발돋움한 이후에는 다시 파락호 시절의 싸움 방식으로 돌아갔다.

우습지 않은가.

무인이나 파락호나 싸움은 똑같다.

전면에서 검을 겨누고 있던 무인은 거리를 잃었다.

독사가 그의 검권(劍圈) 안으로 뛰어든 순간 그에게는 오직 한 가지 선택밖에 남지 않았다.

같이 죽는 것, 동귀어진(同歸於盡).

독사 자신 같으면 그렇게 한다. 상대가 검권 안으로 들어오는 순간 물러설 여지는 사라졌다. 초식을 전개하여 막는 것도 소용없다. 상대가 극쾌의 무공을 전개한다면 초식을 떠올린 시간조차도 용납하지 않는다. 오로지 무의식으로 받아쳐야 하고 자신의 목숨은 염두에 두지 말아야 한다.

퍼엉!

무인의 가슴에서 둔탁한 소리가 울려 나왔다.

무인은 습관적으로 검을 들어 초식을 전개하려고 했다. 그가 한 행동은 검으로 후려치는 단순한 동작에 불과했지만 초식을 연마할 때의 습관이 붙어 있어서 정교함을 추구했다.

삶과 죽음의 갈림길에서 정교함이라니 웃기지 않은가.

독사의 왼손 수도(手刀)는 무인의 손목을 강타했고, 내공일초의 강맹한 진기가 실린 오른손 일장은 가슴을 격타했다.

암혼사의 내공일초와 광무 신승의 불범성공은 맥을 같이한다고 볼 수 있다. 방위나이 신법에 내공일초를 가미하는 것만으로도 절대신공이 되니 말이다.

무인은 비명도 지르지 못한 채 벌렁 뒤로 나뒹굴었다.

이들은 독사가 빙굴에서의 기연을 얻기 전에도 상대가 되지 않았다. 첫 번째 기연을 얻은 후 이들과 비슷한 경지의 무공을 지닌 무인 다섯 명을 죽인 적이 있다. 만무타배에게 가로막히지만 않았다면 그때 멸혼촌을 떠났을 게다.

무인의 가슴을 격타한 반동을 빌어 신형을 허공에 띄웠다.

그가 노리는 사람은 오른쪽에서 막 횡소천군(橫掃千軍)을 전개하려는 무인이다.

왼발을 쾌속하게 뻗어내 횡으로 쓸어오는 검신의 정중앙을 가격했다. 동시에 오른발은 무인의 턱을 걸어찼다.

이단각(二段脚).

퍼억!

무인의 얼굴이 위로 쳐들렸다. 동시에 부러진 이빨과 피화살이 솟구쳤다.

독사는 굶주린 맹수였다.

수족에 살심이 깃든 이상 망설일 이유가 없었다. 기왕 죽이려고 작정했다면 조금이라도 빠른 순간에, 본인들이 공포를 느끼기 전에 죽이는 것이 그나마 인정이 담긴 살수이리라.

검신을 걷어찬 왼발이 다시 한 번 쓰러지는 무인의 등을 격타하고, 무인의 등을 발판 삼아 뛰어올랐다.

이번에 노리는 자는 처음 그에게 검을 날렸던 무인.

피잉! 빠악!

무인은 어떻게 된 영문인지도 모른 채 얼굴이 뭉개져 나뒹굴었다.

다른 무인 두 명은 그제야 심상치 않은 기운을 감지하고 뒤로 물러섰다. 될 수 있으면 독사와 손속을 마주치지 않겠다는 듯 멀찌감치 물러났다.

독사가 무인 세 명을 죽이는 시간은 큰 숨 한 번 들이쉬는 시간에 불과했다.

다섯 무인은 어처구니없게도 제대로 된 공격 한 번 펼쳐 보지 못하고 패배한 것이다.

독사는 신속한 몸놀림에도 불구하고 숨이 전혀 흐트러지지 않았다. 고르고 가벼우며 길었다. 반면에 몸을 뒤로 뺀 무인 두 명은 검끝이 떨릴 만큼 거친 호흡을 토해냈다.

독사가 손가락을 들어 까닥거렸다.

공격하려면 해봐. 사정 좀 봐줄까? 어서. 빨리!

두 무인의 눈가에 공포가 일렁거렸다.

아침만 해도, 아니, 독사가 모습을 드러내기 전까지만 해도 죽음은 그들과 상관없는 먼 나라의 일이었다. 하지만 지금은 그들의 이야기가 됐다.

전신에 소록소록 깃드는 죽음의 마수.

"이익!"

무인 한 명이 짐승 같은 비음을 토해내며 달려들었다.

죽음이 분명한 길이지만 달리 선택할 길이 없기에 혹여나 하는 심정으로 전개한 일검이다.

촉망 중에 전개한 일검이지만 무인의 일검에는 혼신의 내력이 담겨 있었다. 무인이 검을 든 이래 하루도 거름없이 수련한 검초의 진결이 스며 있었다.

패애앵……!

검을 전개하는데 줄 끊어지는 소리가 들렸다.

'느려.'

빠르고 느림은 상대적이다.

골인들에게는 죽음의 사자처럼 빨랐을 무인의 검초가 독사에게는 굼벵이가 기어가는 듯 느리게 보였다.

전에는 이렇지 않았다. 전에 무인들을 죽일 때는 혼신의 힘을 다 쏟았다. 방위나이의 절묘한 신법에 의지하지 않았다면 오히려 당하는 사람은 자신이었을지도 모른다.

독사는 두 걸음을 물러섰다.

아무리 절묘한 검초라도 두 걸음이나 따라붙으려면 검에 실린 진기가 흐트러지게 된다. 무인은 다른 초식을 전개해야 하고, 그러자면 찰나의 시간이 필요하다.

그 시간…… 독사가 앞으로 짓쳐들어갈 시간이다.

"아!"

무인의 얼굴이 사색으로 물들었다. 눈이 화등잔만하게 커지고 입에서는 단내가 풍겼다.

퍽! 빠악!

왼손 수도는 무인의 오른손을 가격했고, 왼손과 동시에 전개한 오른손 수도는 이마 정중앙을 가격했다.

공포로 물든 눈동자가 위로 치들리며 흰자위를 드러냈다.

싱거워도 너무 싱거운 싸움이다. 싸움이 아니라 일방적인 도살이다. 독사 자신이 가장 믿지 않는 말이 '일당백(一當百)'이라는 말이었지만 지금은 믿는다.

차원이 다른 무공은 그만한 힘을 준다.

흔히들 삼류무공, 일류무공 하며 무공의 우열을 가리지만 삼류와 이류, 그리고 일류 사이의 격차는 엄청나다. 양 떼 속에 뛰어든 호랑이나 다름없다.

살아남은 무인 한 명은 덤벼들 생각조차 하지 못했다.

"가라."

강자만이 할 수 있는 말이다.

독사와 무인 중 독사는 절대적인 강자이며 무인은 약자다.

한데 무인이 고개를 살래살래 흔들었다. 공포에 짓눌려 잿빛 얼굴빛을 띠면서도 검을 치켜들었다.

"죽이고 싶지 않다."

"나도… 죽고 싶지 않아."

무인들에게서 들은 첫마디다.

무인들은 벙어리라도 된 양 함구했다. 그동안 여러 차례 얼굴을 부딪친 적은 있지만 입을 열어 말을 하기는 처음이다.

"가라."

"죽고 싶지 않으니… 죽일 수밖에."

무인이 한 말은 독사가 암혼사를 이성으로 끌어올리며 깨달은 무리다. 죽지 않으려면 죽여야 한다. 파락호의 싸움은 승패만 가르면 그만인데, 무인들의 싸움은 생명을 담보로 한다.

무인이 기수식을 취했다.

전 같으면 눈여겨보았을 기수식. 하지만 지금은 쳐다볼 필요도 느끼지 않는다. 정작 중요한 것은 기수식이 아니다. 기수식에서 이어지는 초식도 아니다. 초식의 변화도 아니며, 빠름도 아니고, 강함도 아니다. 초식이 살기를 담고 몸을 베는 찰나의 각도와 빠름만 보면 그만이다.

"죽일 수 없는 자에게 검을 들고 죽이기를 바라는가."

"무인이니까."

독사는 고개를 끄덕였다.

어쩌면 동정심이 오히려 상대를 더욱 추하게 만드는지도 모르겠다. 상대가 되지 않는다고 해도 무인으로 인정하고 최선을 다해주는 것이 예의일 게다.

독사는 미끄러지듯 부드럽게 거리를 좁혀갔다.

일 장쯤 되어 보이던 두 사람의 거리는 순식간에 좁혀졌다.

파라랑……!

무인의 검이 용틀임을 했다. 검기는 하늘에 펄럭였고 살기는 천지간에 가득 찼다.

검법을 보아하니 무인은 환검(幻劍)을 수련했다. 일검만화(一劍萬花)의 궁극에는 이르지 못했지만 일검십화(一劍十花)의 경지는 능히 되어 보였다.

'일검십화이나 일검일화. 허실이 분명하게 보인다. 오직 한군데 실(實)은 중초(中招). 심장을 찔러오는 수법이다. 동귀어진을 생각하고 있군.'

허실을 파악했으니 상대하는 방법은 더욱 간단해졌다.

순간 독사는 호기가 치밀었다. 파락호 시절에는 오기라고도 생각했던 호승심이다.

무인을 이길 수 있는 수법은 간단하다. 방위나이는 순간 이동에 버금갈 만큼 빠르다. 검이 옷깃을 스치려는 찰나에 살짝 몸을 비키며 일격을 가한다면 필승이다.

'십 검을 모두 깬다!'

독사는 신형을 퉁겨냈다.

파파파팟……!

양손에서 터져 나온 장공(掌功)이 환상처럼 너울졌다.

상대는 검을 들고 있지만 아랑곳하지 않았다. 손바닥과 검이 마주칠 순간이면 번운복수(藩雲伏手)로 변한 손바닥이 검신을 때렸다. 검이 변화를 보이면 장법도 수법을 달리했다.

사형에게 전수받은 소수천라변이다.

소수천라변이야말로 환공(幻功)의 대표적인 무공이지 않은가. 무림에는 알려지지 않은 무공일망정 자신이 처음으로 배웠던 무공 초식이지 않은가.

암혼사의 성취는 소수천라변까지 극성으로 이끌어 올렸다.

우우우웅……!

독사는 장공이 우는소리를 들었다.

청룡이 용틀임을 하듯 허공을 짓쳐가는 장공에서 기이한 울림이 새어 나왔다. 대화산에서 검명을 들은 후, 종류는 다르지만 새삼스럽게 듣게 된 장명(掌鳴)이다.

몸도 떨렸다. 사시나무 떨리듯 부들부들 떨렸다. 더불어서 극한의 고통을 이겨낸 사람만이 맛볼 수 있는 환희도 피어났다.

완벽한 소수천라변을 펼친 데 따른 기쁨이다.

탁탁탁……!

무인의 검이 퉁겨 나갔다. 장공은 정확히 검신을 쳤고, 타격을 이기지 못한 검이 주춤거렸다.

일검십화는 깨졌다. 열 개의 검초가 열 가닥의 장공에 가로막혔다. 낙엽이 떨어지듯 유유하면서도 수만 마리의 새가 날아오르듯 현란한 초식 변화에 검법이 따라오지 못했다.

소수천라변은 변화를 더해갔다. 장세도 연화장(蓮花掌)으로 바뀌었다. 오른손, 왼손… 양손을 모으면 연꽃처럼 보인다고 해서 불리게 된 장세, 연화장.

연화장은 놀라서 눈을 부릅뜬 무인의 미간을 짓눌렀다.

빠악!

무인의 머리가 뒤로 확 젖혀졌다가 탄성으로 되돌아왔다. 그러나 무인의 육신을 떠난 혼은 되돌아오지 못하고 먼먼 길을 떠났다.

'내공일초를 가미하지 않았는데…….'

독사는 멍하니 자신의 손을 내려다봤다.

소수천라변과 내공일초의 운용 기법은 판이하게 다르다. 내공일초는 진기를 장심 노궁혈에 모으는 반면 소수천라변은 열 손가락 끝에 운집한다. 내공일초는 전신진기를 모두 모아 일시에 쳐내는 반면 소수천라변은 때로는 전개하고 때로는 거둔다.

소수천라변과 내공일초는 혼용하여 사용할 수 없는 무공이다.

그런데도 소수천라변에 가격당한 무인은 내공일초에 당한 듯 단 일격에 무너졌다.

내력이 놀라울 만큼 강해졌다. 단지 단전에 모인 내단을 풀어 전신 구석구석에 집어넣은 것뿐인데, 그것만으로도 상당한 경지를 단숨에 추월해 버렸다.

놀랍기는 하지만 이해하지 못하는 바는 아니다.

일류무공과 삼류무공은 근본부터가 다르다.

굼벵이가 아무리 빨리 기어간다 한들 표범이 한 걸음 내디딘 것만 같을까.

독사는 자신이 진정한 무공의 세계에 입문했다는 사실을 자각했다.

'아! 독사……'

엽수낭랑은 자신의 눈으로 직접 보았으면서도 믿을 수 없었다.

독사에게 죽은 다섯 무인은 결코 호락호락한 자들이 아니다. 자신 같았으면 필사의 노력을 경주했어야 한다. 그래도 승패를 장담할 수 없다.

독사는 어린아이 손목 비틀듯이 가볍게 해치웠다.

해치웠다는 표현이 옳다. 그는 싸운 것이 아니라 죽였다.

그렇다고 뛰어난 초식을 선보인 것도 아니다. 마지막 무인을 죽인 수법은 감탄이 절로 새어 나올 만큼 절묘한 수공이었지만, 다른 네 명은 시기적절한 타격에 죽었다.

어찌 보면 피할 수 있었을 것 같았다. 조금만 먼저 검을 뻗었어도,

혹은 조금만 늦게 초식을 전개했다면 오히려 독사가 당했을 것 같았다.

운이 좋다고 해야 하나?

꼭 운이 좋아 이긴 것 같다.

그러나 그렇다고만 치부할 수도 없다. 다섯 무인 사이를 헤집고 돌아다닌 신법은 경이롭다 못해 말문까지 닫아걸게 만든다.

이형환위(移形換位)라는 신법인가?

아닌 것도 같고 맞는 것 같기도 하다. 분명한 것은 그녀 자신이 독사를 적으로 맞이했다면 화살보다 빠른 독사의 공격을 결코 피할 수 없었을 것이라는 점이다.

'이제는 정말 아무도 무시할 수 없어. 절정고수야, 절정고수. 어떻게 이런 일이……'

독사의 무공을 감당할 고수는 당문에서도 열 명을 넘지 않을 것이라는 생각이 얼핏 들었다.

─ 연종난처련(練從難處練), 용종역처용(用從易處用).

수련은 어려운 것으로 하되 실전에서는 쉽고 간단한 수법을 사용하라.

모든 무인이 가슴에 새기고 있는 무언(武諺), 독사는 이미 그 경지를 몸으로 녹이고 있다. 대화산 무생곡에서 보았던 풋내나던 무인이 아니다.

엽수낭랑은 독사에게 다가섰다.

"수고했어요."

엽수낭랑은 독사가 무인들을 공격하기 시작했을 때부터 독사의 의

중을 짐작해 냈다.

그는 목석처럼 감정을 드러내지 않고 있지만 마음속에서 일어나는 고통의 무게는 상당하리라.

독사가 백비의 무인들을 공격했다는 것은 한편으로는 요빙의 전낭을 포기했다는 말과도 같다.

요빙의 전낭……

돈은 단지 돈일 뿐이다. 요빙이 악착같이 벌었다고 해도 조그만 쇳조각에 지나지 않는다. 요빙의 손때가 묻은 돈일지라도 돈은 돈에 불과하다.

그럼에도 독사가 요빙의 돈에 집착하는 이유는 요빙의 전낭에 들어 있는 돈에서는 다른 돈과는 달리 요빙의 숨결이 묻어 있기 때문이다.

그는 돈을 만지는 것이 아니라 요빙을 만진다.

술에 취해 흐트러진 모습도… 맑게 웃는 모습도… 그 이면에 숨겨진 고통의 흔적도 모두 생생하게 되살아나리라.

사람들은 마음의 문제라고 말하겠지만 독사에게는 돈이 요빙의 분신처럼 여겨져서 집착하지 않을 수 없다.

그걸 포기했다.

자신이 선물한, 당문의 무가지보(無價之寶)인, 무인이라면 모두가 탐내는 노룡검도 아깝지 않게 버릴 수 있으면서도 요빙의 돈만은 가슴을 저미게 하리라.

'이제 싸움이 시작되었어, 백비를 만든 사람들과의 싸움이.'

엽수낭랑은 수고했다는 말을 해주고 싶었다.

독사가 맹수처럼 이글이글 타오르는 눈빛으로 사방을 둘러보며 말했다.

"아직… 아직 남은 사람이 있어."

'만무타배……'

엽수낭랑은 독사가 누구를 기다리는지 짐작했다.

그러나 시간이 흘러 한 시진, 두 시진이 지나도 독사가 기다리는 만무타배는 모습을 드러내지 않았다.

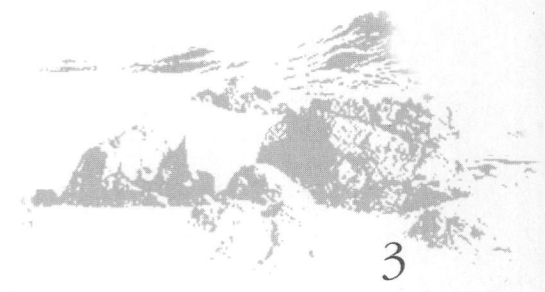

3

대의(大義)와 소의(小義)

"불길해, 불길해……."

신령이 연신 중얼거렸다.

양손으로 머리를 감싸며 생각을 쥐어짰지만 찡그러진 인상은 펴지지 않았다.

"아무 냄새도 안 나는데?"

진취가 코를 킁킁거리며 말했다.

"바람 소리밖에 들리지 않아. 주위에는 아무도 없어."

통음이 진취의 말을 받았다.

"통음 말이 맞아. 주위에는 아무도 없어."

광안이 새우 눈을 데룩데룩 굴리며 말했다.

잔심마도는 귀주사괴의 대화에 끼어들지 못했다. 하지만 나름대로 운기를 하여 주위를 살피는 노력은 게을리 하지 않았다.

거짓 정보에 속아서 독사를 쫓아 길안을 다녀오는 동안 귀주사괴의 능력에 대해서는 속속들이 알게 되었다.

신령의 예감은 칠 할 정도 믿을 수 있다.

그가 불길하다고 하면 거의 대부분 불길한 일이 벌어진다. 상황이 최악으로 치닫더라도 신령의 입에서 '괜찮다'는 말이 나오면 묘하게도 일이 풀려 나간다.

항상 그런 것은 아니다. 틀릴 때도 있고 맞을 때도 있다.

하지만 사건에 직접 부딪쳤거나 사람을 목전에 두고 내뱉는 말은 거의 들어맞는다.

신령 스스로 자신은 귀신에 씌었다고 했는데 그 말을 믿지 않을 수 없다.

다른 자들의 능력도 탁월하다.

진취는 맡지 못하는 냄새가 없고, 광안은 보지 못하는 것이 없으며, 통음은 듣지 못하는 소리가 없다.

잔심마도는 귀주사괴에게서 떨어지지 못했다.

은자 백 냥이라는 거액에 현혹되어 한가장 살수로 고용될 때만 해도 귀주사괴 정도는 손가락 사이에 낀 때만큼도 여기지 않았지만, 귀주사괴는 겪으면 겪을수록 탁월한 자들이다.

무림에서 살아남으려면 두말할 필요도 없이 무공이 강해야 한다. 무공이 약한 사람은 항시 도마 위에 올려진 생선처럼 조마조마하게 살아야 한다. 귀주사괴는 그런 무림에서 시원찮은 무공으로 십여 년이 넘게 활보했다. 우연이 아니다.

잔심마도는 귀주사괴를 볼수록 자신이 초라해지는 느낌이 들었다.

무공으로 따지면 귀주사괴 전부가 합공을 펼쳐도 상대할 수 있지만,

드넓은 중원을 배경으로 하여 이들과 싸운다면 필히 승리한다고 장담할 수 없다. 귀주사괴가 무공 이외의 능력을 동원한다면 당하지는 않더라도 이들을 잡아낼 방도 또한 없을 것 같다.

"사람은 없는 것 같은데……."

잔심마도가 광안의 말을 받아 말했다.

길안을 다녀오는 동안 수확이 있다면 잔심마도와 귀주사괴가 한 마음으로 뭉쳤다는 것이다.

귀주사괴에게는 잔심마도의 무공이 필요했고, 잔심마도에게는 귀주사괴의 특이한 능력이 필요했다.

선택권은 귀주사괴가 가졌다.

귀주사괴처럼 특이한 능력을 지닌 사람은 흔하지 않지만 무공이 높은 사람을 구하는 일은 의외로 쉽기 때문에.

귀주사괴는 제일 먼저 잔심마도의 무공을 보았다.

그의 무공은 이, 삼류고수쯤은 너끈하게 해치울 수 있지만 일류고수를 상대하기에는 역부족이다. 비록 자신들이 합공을 해도 이길 수 없는 고수이기는 해도 기왕 무공이 강한 고수를 구할 요량으로 살펴보는 것이라면 불합격이다.

귀주사괴가 잔심마도를 일행으로 받아들인 이유는 그가 지닌 견문(見聞) 때문이다.

잔심마도는 무림사(武林史)에 해박했다.

현재 무림에서 활동하는 인물들에 대해서도 손바닥 들여다보듯이 알았고 과거의 무인들도 환히 꿰뚫고 있었다.

잔심마도가 강하지도 약하지도 않은 무공으로 무림에서 버텨낼 수 있는 힘은 폭넓은 견문이다.

귀주사괴는 그의 견문을 높이 사서 기꺼이 일행으로 받아들였다.

잔심마도 역시 귀주사괴의 능력은 무림에서 활동하는 데는 하찮은 잔재주 나부랭이에 지나지 않지만, 잔심마도와 같이 사람을 추적한다거나 살해하는 것을 업으로 삼는 사람에게는 더없이 필요한 능력이다.

그렇다. 잔심마도와 귀주사괴는 서로의 이해관계가 맞아 행동을 같이하기 시작했다. 그러던 것이 이제는 마음까지 맞아 호형호제(呼兄呼弟)하기에 이르렀다.

귀주사괴(貴州四怪)가 아니라 귀주오괴(貴州五怪)라고 불러야 하나?

"불길해, 불길해……."

신령은 연신 머리를 쥐어뜯으며 고통스럽게 말했다.

잔심마도는 물론이고 행동을 함께한 지 십 년이 넘는 통음, 광안, 진취가 보기에도 신령의 행동은 불안해 보였다. 신령이 지금까지 불안하다고 말한 것 중에 가장 농도가 짙었다.

쉬익! 쉬이익!

두 사람이 표표하게 날아 내렸다.

신령의 안색이 창백하다 못해 샛노랗게 변했다.

일남일녀(一男一女), 두 사람 모두 나이는 칠순을 넘어선 것 같다. 시골 어디서나 볼 수 있는 허름한 농군 차림이며 생김생김도 농군 이상으로 보아줄 수 없다.

'무서운 고수닷!'

노인과 노파를 보는 순간 잔심마도는 손이 얼어붙었다.

자신이 지닌 무공으로는 옷깃조차 건드리지 못할 고수들이라는 걸 직감적으로 깨달았다.

"영감, 내가 말할까 아님 영감이 말할려?"

"쯧! 이런 놈들과 무슨 신이 나서 조동이를 종알거려. 그냥 할망구가 말해."

노부부의 대화에서 귀주사괴와 잔심마도는 나타난 사람들의 정체를 짐작해 냈다.

느닷없이 나타나 다짜고짜 손을 쓰고 어딘지도 모를 곳에 데려와 내팽개친 사람과 같은 일당이다.

지금도 그때 일만 생각하면 등줄기에 소름이 돋는다.

그의 무공은 무서웠다. 일초반식(一招半式)도 전개할 틈을 주지 않았다. 검이 번뜩인다 싶은 순간 예리한 검날이 가슴을 훑고 지나갔다. 한 사람만 당한 것이 아니라 귀주사괴와 잔심마도가 모두 단 일 격에 패배를 당했다.

잔심마도의 견문이 말을 했다. 그는 대번에 그의 무공을 알아봤다.

"대, 대협……."

목소리가 부들부들 떨려 나왔다. 그가 살심을 품으면 여지없이 죽은 목숨이다.

"저, 저희는… 현문과는 은원이 없는데 왜……? 대, 대협! 죽더라도 이유나 알아야 하지 않겠습니까?"

신령이 말했다.

"죽지는 않아. 죽일 생각은 없어."

신령의 말에 그가 엷은 웃음을 지으며 말했다.

"신령 말이 맞다. 죽일 생각은 없다. 우린 너희들의 도움이 필요할 뿐이야."

'내'가 아니라 '우리'라고 했다.

개인적인 일이 아니라 현문의 일이라는 뜻이다.

"대협, 도움이라면 얼마든지……."

잔심마도의 말을 신령이 끊었다.

"느낌이 좋지 않아, 이번 일은. 아주 느낌이 좋지 않아."

하지만 그의 말을 거부할 배짱은 없었다. 거부는 즉 죽음이라는 것을 피부로 절감했기에.

노부부는 귀주사괴와 잔심마도의 생각에는 아랑곳하지 않고 제 할 말만 했다.

"그럼 내가 말할 테니 영감은 저기 앉아 다리나 주무르고 계슈. 아까 보니까 달릴 때 다리가 후들거립디다."

"죽을 날이 다됐으니 몸도 삐꺽거리는 거지 뭘."

노인은 귀주사괴와 잔심마도는 거들떠보지도 않고 널찍한 바위에 앉더니 정말 다리를 주물럭거렸다.

모습만 보아서는 영락없이 촌에 사는 농군이다.

노파가 인자한 웃음을 지으며 말했다.

"여기서 북쪽으로 사오 리 정도 가면 조그만 분지가 나와. 거기 가면 꽤 많은 사람들이 모여 있을 거야. 오늘 저녁 해시(亥時)까지는 도착해야 한다. 알았느냐?"

노파는 손자에게 이야기하듯이 다정한 음성으로 말했다.

"너희 직책은 우좌(右佐)다."

잔심마도와 귀주사괴는 노부부가 떠난 후에도 멍한 표정으로 그들이 사라진 곳만 쳐다봤다.

"보지 못했어, 오는 것을."

광안이 회한 섞인 음성으로 말했다.

"나도 듣지 못했어."

통음이 신경질적으로 말했다.

"사람이 다가오면 냄새가 나기 마련인데 냄새조차 맡지 못했으니…… 빌어먹을! 이제는 은거할 때가 됐나? 우리 목숨을 노렸다면 순식간에 끝장났을 거야."

진취의 음성에도 힘은 실려 있지 않았다.

그들은 자신들이 어디에 있는지, 무엇 때문에 잡혀왔는지 아는 것이 아무것도 없었다. 무림에 나선 이후 이토록 속수무책으로 남의 일에 끼어들기도 처음이다.

진취의 말이 끝나기 무섭게 신령이 말했다.

"정신 똑바로 차려야 될 거야. 분지에 뭐가 있는지는 모르지만 우리 운명이 걸려 있어. 불길해. 피 냄새가 물씬 풍겨. 예감이 안 좋아. 안 갔으면 좋겠는데……."

하지만 모두 가지 않을 수 없다는 사실을 잘 알고 있다.

분지라고 할 것도 없는, 땅이 움푹 들어간 것에 지나지 않는 분지에는 노파가 말한 대로 상당수의 사람들이 모여들었다. 그 수는 무려 오십여 명을 훌쩍 넘어섰다.

사위가 어둑어둑해진 해시지만 아직 해가 긴 늦여름인지라 모여든 사람들의 면면을 살펴볼 정도는 되었다.

검도(劍刀)를 소지한 사람이 절반 정도에 이르고, 창이나 활을 든 사람도 많았다. 개중에는 만자탈(卍字奪)이나 낭아곤(狼牙棍), 흑피편(黑皮鞭)과 기형 병기를 들고 있는 사람도 보였다.

"불… 길해. 피 냄새가 너무 진해."

신령이 부들부들 떨었다.

"알아볼 만한 사람이 있소?"

광안이 견문 깊은 잔심마도에게 물었다.

"저자."

잔심마도가 슬며시 손을 들어 턱 한쪽이 날아가고 없는 중년인을 가리켰다.

"내 기억이 틀림없다면 저자의 별호는 삼비마룡(三臂魔龍)이야."

"삼비마룡…… 음!"

진취가 신음을 토해냈다.

귀주사괴는 무림에서 평생을 떠돌아도 삼비마룡을 만날 일이 없다. 귀주사괴가 사천성에서만 빙빙 맴도는 반면 삼비마룡은 광동성(廣東省)을 무대로 암약하는 마인이기 때문이다.

별호는 들어봤다. 천수여래(千手如來)에서 영감을 얻어 천수팔장(千手八掌)이라는 장법을 창안했으며, 한때는 호협(豪俠)으로 명성을 떨치기도 했지만 어느 날부터인가 마도로 돌아서서 살행을 자행하고 있는 인물이다. 사천성에는 별로 알려지지 않았지만 광동성에서는 꽤나 악명이 높다.

"저자들은…… 음! 산동(山東)의 홍검쌍살(紅劍雙煞) 같은데?"

잔심마도의 말을 증명이라도 하듯 그가 가리킨 두 명의 무인은 짙은 홍색의 검을 패용하고 있었다.

잔심마도는 자신이 알아볼 만한 자가 있는가 하고 부지런히 사방을 훑었다.

분지에 모인 사람들은 평범한 삶을 살아왔다고는 볼 수 없을 만큼 사납고 기세가 세다.

무인이니 당연하겠지만, 무인에게도 평탄한 삶과 그렇지 않은 삶이 있다. 좋은 가문에서 태어나 명문가에 입문하고 무공을 수련한 사람들은 얼굴에서부터 부귀가 철철 넘쳐흐른다. 반면에 하루하루 죽음의 문턱을 넘나들며 검을 갈아온 사람들은 궁색한 기가 덕지덕지 붙어 있다.

분지에 있는 무인들은 두말할 필요도 없이 후자다.

그들 중 한 명이 걸어와 말을 걸었다.

"직책은?"

초대면에서는 별호라든가 분지에 모인 이유 등을 묻는 것이 일상사인데 사내는 다짜고짜 직책부터 물었다.

광안이 노부부에게서 들은 말이 떠올리며 얼른 대답했다.

"우좌……."

사내의 태도와 말투가 즉시 공손하게 바뀌었다.

"기다리고 있었습니다. 저기 대도를 짚고 앉아 있는 분이 대좌(大佐)이십니다. 가보십시오."

"귀주사괴?"

대좌라고 불린 인물은 오십 중반의 사내로 기골이 장대했다.

보통 사람은 들어 올릴 엄두도 나지 않을 대도를 땅에 짚고 떡 버텨 앉았는데, 전신으로 연신 가공할 패기(覇氣)를 무럭무럭 피워냈다.

"네. 저희가……."

"저놈은 뭐야?"

대좌가 잔심마도를 턱 끝으로 가리키며 물었다.

"전 잔심마도라고……."

"흥! 피라미군."

일순 잔심마도의 눈가에 살기가 일렁거렸다. 하지만 발작할 수는 없었다. 아주 잠깐에 불과하지만 사내를 이겨낼 수 없다는 불안감이 마음 밑바닥에서 스멀거린 탓이다.

대좌가 멸시하는 듯한 표정을 지으며 말했다.

"내게 필요한 사람은 귀주사괴뿐이야. 잔심마도라고 했나? 넌 저쪽에 가 있어."

잔심마도의 눈썹이 꿈틀거렸다.

무림에 나온 이후 무시를 당해보지 않은 것은 아니지만 이토록 지독하게 당해보기는 처음이다.

이번에도 참았다. 참을 수밖에 없었다. 대좌라는 자가 짚고 있는 엄청난 크기의 대도를 보는 순간 한 사람이 떠올랐다. 그는 섬서성(陝西省)에서 무가(武家)로 명성을 드날리던 태무보(太武堡)를 단신으로 초토화시킨 인물이다.

그를 떠올리자 머리칼이 쭈빗 섰다.

'도왕(刀王) 갈운태(葛蘽太)!'

第二十六章

폭풍 전야(暴風前夜)의 고요

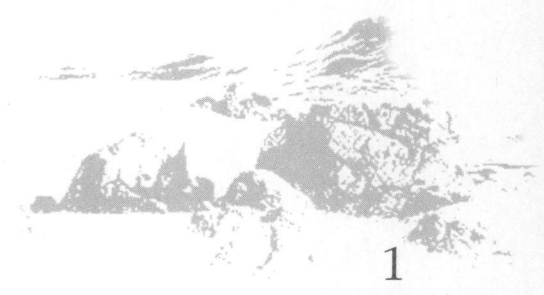

1

폭풍 전야(暴風前夜)의 고요

"타앗!"

"하하! 어딜! 어림없지. 얏!"

낭랑한 고함들이 드넓은 연무장에 울려 퍼졌다.

오백여 평이 넘어 보이는 연무장은 젊은 기재들의 움직임으로 가득 찼다. 그들은 이십여 명에 불과했지만 연무장이 온통 그들의 움직임으로 가득 찬 듯했다.

그들의 움직임은 영활했다. 새처럼 가벼웠고 바람처럼 표홀했다. 그러면서도 상대를 몰아치기 시작할 때는 폭풍우처럼 거세기 이를 데 없어 숨 돌릴 틈조차 주지 않았다.

후기지수(後起之秀).

각 문파마다 영재라 일컬어지는 제자가 있기 마련이고, 그중에서도 가장 특출해서 차기 장문인으로 지목되는 자를 후기지수라고 한다.

한데 연무장에서 수련하는 젊은 기재들의 무공을 보자면 누가 후기지수인지 구분하기가 힘들다. 세심하게 눈여겨 살펴보면 고하를 가릴 수는 있겠지만 모두가 후기지수라고 말한들 이의를 제기할 무림인은 결코 많지 않을 것 같다.

사내도 있고 여인도 있지만 한결같이 뛰어난 무공만 눈에 들어올 뿐이다.

이들이 당금 현문의 십이대 제자들이다.

석정하, 요신하와 같이 무림에 널리 알려진 자도 있고 일면식도 내비치지 않은 제자도 있지만 무공의 고하를 판가름하기는 쉽지 않을 듯싶다.

한 가지, 완벽하게 달라진 것이 있다.

무공의 수준이 독사가 현문에 입문하고자 찾아왔을 때와는 천양지차로 달라져 있다는 점이다.

세속에서 흔히 하는 말로, 사람이 죽을 때가 되면 행동이 달라진다고 한다.

죽음을 예감하면서, 평생을 살아오며 생각지도 못했던 색다른 진리를 보게 되는 순간 성품이며 행동이 전혀 다른 사람처럼 바뀐다는 말이다.

사람이 죽을 때가 되면 달라진다는 말은 무림에서도 통용된다.

평생 살수만 휘두르던 자가 마음을 고쳐 먹고 활도(活道)를 펼 경우나 자비심으로 가득 찼던 사람이 살수를 휘두를 때 죽을 때가 됐다고들 한다.

현재 연무장에서 수련에 몰두하고 있는 기재들을 보고 있노라면 죽을 때가 되지 않았나 싶을 만큼 완벽하게 바뀌어져 있다.

무공이 높아졌다고 해서 하는 말은 아니다.

현문이라면 광명정대하기 이를 데 없는 문파인데 수련하는 기재들의 안면에서는 살기밖에 읽을 수 없다.

맑은 음성을 토해내고 웃는 얼굴로 비무를 하고 있지만, 손속에는 무자비한 살수가 내포되어 있다. 비무 중 상대가 다친다고 해도 눈썹 한 올 깜빡하지 않을 냉정함이 배어 있다.

다른 경우에서 살펴보자.

몇 년 전 이들을 본 사람이 오늘 이 자리에서 이들의 무공을 지켜본다면 눈을 부릅뜰 것이다. 도저히 믿지 못하겠다는 듯 눈을 비비고 또 비빌 것이다.

십이대 제자들의 무공은 일류고수로 손색이 없을 만큼 일취월장(日就月將)했다.

짧은 시일에 이토록 무공이 급성장하는 경우는 세 가지 경우뿐이다.

기연(奇緣), 혹은 사선(死線)을 넘나든 행로, 그리고 마공 수련.

어쨌든 현문 제자들이 일상적인 수련을 통해 무공이 급성장했다고는 볼 수 없다.

쉬익! 쉭쉭쉭……!

검풍과 도풍이 난무했다. 철추(鐵鎚), 대부(大斧)를 비롯한 온갖 병기들이 허공을 갈랐다. 병장기들은 한결같이 웃고 있는 상대의 목숨을 위협했고, 기회가 생긴다면 진정으로 목숨을 끊어버릴 준비가 완벽하게 갖춰져 있다.

그들을 지켜보는 사람들.

연무장 한쪽 그늘진 나무 밑에는 현문 오천검객이 모여 있었다.

빙천검객은 의자에 앉아서, 소천검객은 땅에 털썩 주저앉아 현문 제

자들의 비무 광경을 지켜보았다.

　표정은 딱딱하게 경직되었다. 늘 잔잔한 웃음을 흘리는 소천검객조차도 오늘은 무표정한 얼굴이었다.

　파천검객은 나무 기둥에 등을 기대고 팔짱을 낀 채 연무장을 지켜보았다.

　그 역시 굳은 표정이었다.

　눈길은 제자들을 쳐다보고 있지만 표정은 차게 굳어 얼음 같은 냉기가 풀풀 피어났다. 대가 약한 사람이 옆에 있다면 분명 횡설수설 아무 말이나 지껄였을 게다.

　뇌천검객과 쾌천검객은 사정이 좀 달랐다. 연무장에 있기는 하되 호법(護法)처럼 빙천검객의 등 뒤에 시립한 채 딱딱하게 표정을 굳히고 있었다.

　뇌천검객을 노려보는 쾌천검객의 눈길은 매서웠다. 단순히 노려본다는 범위를 넘어서 살기까지 느껴졌다.

　대체로 무거운 분위기다.

　모두들 묵직한 분위기에서 벗어나려고 하지 않았다. 웃거나 농담을 하는 가벼운 행동은 있을 수 없어 보였다.

　"뇌천, 왜 그랬는가?"

　현문 문주인 빙천검객이 우울한 마음을 숨기지 않은 채 물었다.

　질문을 받은 뇌천검객은 기다렸다는 듯 즉시 대답했다.

　"독사로서는 안 되기 때문입니다."

　그의 음성은 당당했다. 대답을 하는 데 뜸도 들이지 않았고 어눌한 음성을 토해내지도 않았다.

　뇌천검객이라고 어찌 무거운 분위기를 읽지 못할까.

가타부타 말은 하지 않고 있지만, 오천검객이 바보가 아닌 다음에야 그가 이효기의 약혼녀를 죽이고, 이효기로 하여금 백비로 찾아 들어가게 유도했다는 것쯤은 이미 짐작하고 있으리라.

이효기의 존재를 아는 사람은 오천검객밖에 없다. 이효기에게 약혼녀가 있다는 사실을 아는 사람도 오천검객뿐이다.

이를테면 이 자리는 사형제들이 자신을 심문하는 자리인 셈이다.

싸늘한 표정들. 제자가 사지에 뛰어들 때까지 아무것도 몰랐던 쾌천검객의 배신감…….

아니다, 문제는 그것이 아니다. 이미 청광검을 만들기 위한 계획이 발동해 버렸다는 것이 더 큰 문제다.

뇌천검객의 대답에 빙천검객이 어처구니없다는 듯 말했다.

"독사는 청광검으로 가장 적합한 인재라고 결론 내린 적이 있네. 자네가 적극 주장했었고. 이제 와서 안 된다고 하니 혼란스럽군. 그런 생각을 갖게 된 이유를 말해 보게."

"……."

이 대목에서 뇌천검객은 입을 다물었다.

독사가 익힌 내공이 유화신공이 아니라 암혼사라는 것만 말하면 그만이다. 유화신공을 익히지 않은 자는 아무리 강해도 마단에 들어갈 수 없다. 마단에 들어가지 않고는 청광검이 될 수 없다. 무슨 말이 더 필요한가.

하지만 뇌천검객은 '암혼사'라는 말을 입 밖에 꺼내지 못했다. 암혼사는 사형제 간에도 비밀에 붙여야 하는, 현문 중에서도 뇌천 일맥에게만 전수되는 비공(秘功)이다.

꾹 다문 뇌천검객의 입은 좀처럼 떨어지지 않았고 빙천검객도 재촉하지 않았다.

'백비에 들여보내는 것이 아니었어. 그때 좀 더 강력하게 반대했어야 했어.'

후회가 치밀었지만 이미 쏘아진 화살이요 엎질러진 물이다.

독사를 백비에 들여보내고자 했을 때 왜 적극적으로 나서지 못했던가. 유화신공 대신 암혼사를 전수한 이상 이런 결과가 나오리란 것을 빤히 알면서도.

독사가 상상 이상으로 성취를 보였기 때문이다.

독사는 자신이나 막세건이 익힌 암혼사와 전혀 다른 암혼사를 체득했다. 자신의 암혼사는 환(幻), 막세건의 암혼사는 사(死)라고 단정지어 말할 수 있는 반면 독사의 암혼사는 성격을 규정할 수 없었다.

어찌 보면 내공에 갓 입문한 초심자처럼 미미한 것 같다. 하지만 암혼사가 뒷받침된 손속은 막강한 위력을 나타내 대화산에서 무인 열여섯 명을 살상했다.

독사의 암혼사는 뇌천검객조차도 고개를 갸웃거리게 만들었다.

그것 때문에 적극적으로 말리지 못했다.

사형제가 오성밖에 이르지 못한 십이천공마로 마단에 잠입할 수 있느냐 하는 고민에 빠져 있을 때, 뇌천검객은 독사가 몽환소의 독기를 무력화시킬 수 있느냐 없느냐를 저울질했다.

이겨내면 청광검이 되어도 손색없다. 이겨내지 못하면 골인이 될 터이니 청광검은 백지화된다.

손해 볼 것은 없다. 어차피 독사에게 암혼사를 전수한 목적이 제자로 거두기 위해서가 아니라 색다른 관점에서 암혼사를 관찰하고 싶었던 것이니까.

그것이 이렇게 되고 말았다.

설마 독사가 암혼사에 중독되었다가 풀려날 줄은 뇌천검객조차도 생각하지 못했다.

마단에서도 이런 경우가 없었기에 독사를 방치해 두고 관찰만 하는 것이다. 독사의 무공이 유화신공이었다면 진작 마단에 끌려갔을 것이고, 아니었다면 골인이 되는 것으로 그만인데.

독사가 유화신공만 익혔어도 아무런 고민이 없었을 것을.

한참 만에 빙천검객이 입을 뗐다.

"모두 알다시피 청광검이 발동되었네. 물릴 수 없는 외나무다리를 건너가고 말았지."

빙천검객은 뇌천검객을 더 이상 추궁하지 않았다. 대신 현 문제를 타개할 수 있는 방책 쪽으로 말을 이어나갔다.

"연유야 어찌 됐든 이효기가 백비로 들어섰네. 뇌천이 알아서 판단했으니 믿어야겠지."

"……."

모두 묵묵히 말을 들었다. 뇌천검객을 사납게 쏘아보던 쾌천검객의 눈길도 담담하게 변했다.

현문 오천검객은 역대로 실수를 추궁한 적이 없다.

이유를 캐묻기는 했지만 본인이 입을 다물면 묵과하고 지나갔다. 현문 그 누가 추궁을 해도 대답할 생각이 없으면 대답하지 않아도 된다.

오천검객만의 특권이다.

현문 오천검객은 자리에 올라서기가 어렵지 올라섰다 하면 상당한 특권을 가진다.

오천검객은 아무나 될 수 없으니, 각자의 판단을 믿는다는 취지다.

설혹 그것이 문파의 존립을 위태롭게 하는 행동이라 할지라도 오천검객은 일심(一心)으로 상대를 믿어준다.

빙천검객이 말을 이었다.

"현재 이효기가 마단에 들어갔네. 이효기가 들어간 이상 청광검 발동은 더 이상 미룰 수 없는 일이고……."

독사가 몽환소에 중독되지 않았다면 청광검은 벌써 발동되었을 것이다.

마단이 그렇듯이 현문도 독사의 상태를 관찰하는 입장이었다. 유화신공을 익힌 자가 몽환소에 중독된 예는 없었기 때문에. 그것이 지금까지 청광검 발동을 미루게 된 이유다.

"문제는 독사야. 독사가 멸혼촌에 건재해 있으면 안 되지. 청광검과 독사가 부딪칠 우려가 있어. 그래서는 안 되지. 이효기를 위한 청광검이라면 독사가 부딪쳐서는 안 돼. 또 독사를 위한 청광검이라면 이효기가 계속 마단에 있어서도 안 되고. 이제는 입장을 정리하세. 청광검의 대상을 누구로 할 것인가."

물어볼 필요도 없다. 이효기다.

몽환소에 중독되지 않은 상태에서 백비를 통과했고 마단에 끌려갔다. 두말할 필요도 없이 이효기다. 이 점에 대해서는 뇌천검객도 이의가 없다.

현문주가 뇌천검객을 다시 불렀다.

"뇌천. 한쪽은 정리해야지?"

왜 뇌천검객에게 물어보는가!

독사를 제거하라는 암중 명령이다. 이효기를 제거하기로 생각했다면 쾌천검객에게 물었을 터이다. 뇌천검객도 이효기를 투입할 때 이미 독사의 제거를 생각했을 게다.

"독사를…… 정리하겠습니다."

뇌천검객이 힘들게 말했다.

욕심 같아서는 좀 더 지켜보고 싶다. 암혼사가 어떻게 굴러가는지 끝까지 보고 싶다. 하지만 자신의 욕심 때문에 대사를 그르쳐서는 안 된다는 판단 때문에, 더 이상 시간을 끌면 안 된다는 생각 때문에 이효기를 투입시켰다.

이효기의 약혼녀를 죽일 때… 그때 이미 뇌천검객의 마음속에는 '독사의 제거' 라는 생각이 들어서 있었다.

욕심은 화를 부른다. 천고의 진리다.

암혼사에 대한 욕심은 여기까지…….

"깨끗이 처리해 주게, 마단에서 눈치 채지 않게."

"은도를 맡은 이상 뒤를 깨끗이 치워야겠죠."

뇌천검객은 독수리처럼 훨훨 나는 현문 제자들을 쳐다보며 말했다.

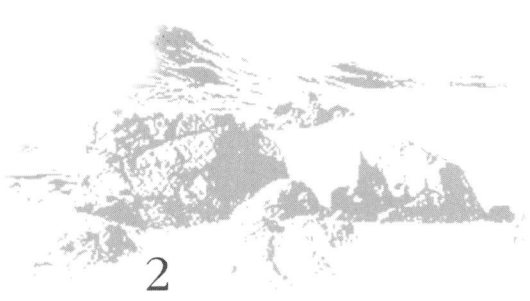

2

폭풍 전야(暴風前夜)의 고요

아침저녁으로 서늘한 바람이 부는 초가을, 붉게 물든 나뭇잎이 하늘하늘 떨어져 내렸다.

세상은 평화로웠다.

바람은 숨을 죽였고 햇볕은 따스하게 내리쬐었다.

평소에도 움직임이 거의 없던 멸혼촌은 텅 빈 마을처럼 적막에 휘감겨 깨어나지 않았다.

사삭! 사사사삭……!

움직임은 다른 곳에서부터 시작되었다.

숲 속 한 귀퉁이, 방금 떨어진 나뭇잎을 밟으며 기골이 장대한 사내가 모습을 드러냈다.

"우좌, 말해 봐."

거구의 사내는 광기로 번들거린다고 해야 옳을 눈빛으로 뒤따르는 사내들을 쏘아보며 물었다.

뒤따르는 사내들은 귀주사괴였다. 그들 중 신령이 제일 먼저 입을 열었다.

"불길합니다."

"재수없는 놈."

"아무것도 보이지 않습니다."

"동태눈이군. 앞으로 한 번만 더 광안이란 말을 입에 담으면 혓바닥을 잘라주지."

"아무 냄새도 안 나는군요."

"후후후! 여기서 저기까지가 몇 장이나 되나?"

사나운 눈빛을 접한 진취가 즉시 대답했다.

"한 삼십여 장 정도……."

"그래, 그 정도 거리는 되지. 저기까지 삼십 장이나 떨어져 있는데 냄새를 맡을 수 있다 이건가?"

"어떤 냄새는 백 장 밖에서도 맡을 수 있는 법이죠."

"말귀까지 어두운 놈들이군. 한 번만 더 말대꾸를 하면 귀를 잘라주겠어."

사내, 도왕 갈운태는 진취에게 징그러운 웃음을 던진 후 통음에게 고개를 돌렸다.

언뜻 진취의 눈가에 웃음이 일렁거렸다.

'인내…… 사람 냄새! 바보는 너야. 삼십 장 떨어진 곳에서 사람 냄새를 맡지 못한다면 통음이 아니지. 땀에 찌든 인간, 피에 물든 인간 냄새는 백 장 밖에서도 맡을 수 있고. 히히! 바보…….'

갈운태의 눈길을 받은 통음은 진취의 예가 있어서인지 쭈뼛거리며 자신없는 투로 말했다.

"아, 아무 소리도……."

"후후후! 그럴 테지. 소문난 잔치치고 먹을 것 없다더니…… 믿지는 않았지만 우좌라고 붙여주기에 혹시나 했더니 역시였어. 빛 좋은 개살구야."

갈운태는 노골적으로 귀주사괴를 멸시했다.

그것도 그럴 만했다. 통음은 신령이나 광안, 진취와는 다른 의미에서 얼굴을 붉혔다.

기가 막힌 일이다.

자신이 귀를 기울여 들을 때는 아무 소리도 들리지 않았는데, 갈운태의 물음에 대답을 한 직후 지극히 미세한 소리가 들리기 시작했다. 그리고 그 소리는 갈운태도 잡아냈다.

통음은 자신의 귀를 의심했다.

혹시 잘못 듣지 않았나 싶어 자유자재로 움직이는 귀 근육을 쫑긋 세워보았다.

역시 들린다. 지극히 미세하지만 틀림없이 인기척이 들리고 있다.

'허! 이것 참……'

뭐라고 변명의 여지가 없다.

통음은 무공으로는 초절정고수의 발 밑에도 미치지 못하지만, 청각에 있어서만은 그들 못지않다고 자부해 왔다. 수십 년 내력을 지녀 신지(神志)가 밝아진 사람만이 들을 수 있는 소리를 그는 타고난 능력 덕분에 들을 수 있다.

적어도 청각에 있어서만은 도왕 갈운태보다 한 수 위라고 자부한다.

그런 자부심이 무너졌다.

통음은 갈운태보다 먼저 듣지 못했다. 그나마 위안을 삼으라면 동시에 들었다는 것인데…… 시기가 묘하게도 갈운태에게 대답한 직후인지라 할 말이 없다.

광안의 새우눈도 부릅떠졌다. 그도 무엇인가를 본 게 틀림없다.

진취도 콧볼을 씰룩거렸다. 냄새…… 그도 맡았다.

신령의 안색은 미미하게 찌푸려졌다. 신령 역시 무엇인가 예감을 받았다.

귀주사괴는 거의 동시에 숨은 자를 찾아냈다.

"통음, 개살구도 살구냐?"

갈운태의 눈가에 광기가 진하게 배었다.

그는 통음에게 말을 건네고 있지만 온 신경은 멸혼촌에 집중시키고 있다.

도왕은 싸움을 할 줄 아는 사내다.

통음이 어떻게 대답을 해야 좋을지 몰라 머뭇거리자 갈운태가 다시 조롱해 왔다.

"말해. 개살구도 살구냐?"

"사, 살구입죠."

"크크크! 아냐, 개살구는 살구 축에 끼지 못해."

"……."

"무슨 말이냐 하면, 너희 같은 놈들은 무인 축에 끼지 못한다는 말이야. 너희 같은 놈들을 무인이라고 불러서는 안 돼. 뭐라고 불러야 되는지 알아?"

"……."

"사기꾼."

광안, 진취, 통음은 신령의 얼굴을 흘긋 쳐다보았다.

무엇인가 난감한 일이 생기면 신령의 얼굴을 보는 것이 습관처럼 굳어진 지 오래다.

지금도 난감했다. 도왕 갈운태가 싸움을 앞두고 웬 장광설을 이리 길게 늘어놓는가. 그것도 모욕적인 언사만 골라서. 언중유골(言中有骨)이라고 말속에 다른 뜻이 숨어 있는 겐가?

신령의 얼굴은 어두웠다. 미간에 짙은 내천자(川)가 드리워져 있다. 불길함 중에서도 아주 불길한… 목숨을 잃을지도 모를 악마의 숨결을 느꼈을 때만 그리는 인상이다.

'제길! 불길하다는 말만 계속하더니.'

갈운태는 귀주사괴의 속마음은 아랑곳하지 않고 연신 독설을 퍼부었다.

"무인은 삶과 죽음이 하나야. 한데 너희 놈들은 삶 따로 죽음 따로야. 하하! 너희 같은 놈들만 보면 비윗장이 뒤틀려서…… 퉤! 귀주사괴! 우좌는 내 오른팔. 오른팔이면 오른팔다운 면모를 보여봐. 저기 아무것도 없다고 했으니 너희가 제일 선봉에 서서 들어간다. 들어갓!"

불길함은 이것이었다.

상대가 누구인지도 모르고, 무공이 어느 정도인지도 모르는 상대. 그러나 매복해 있는 것만은 틀림없는 곳으로 들어가야 한다.

도왕 갈운태가 무공에 자신이 없어서 시킨 일은 아니다.

그는 능구렁이답게 귀주사괴가 싸우는 모습을 보고 적의 숫자 및 무공 정도를 가늠하려는 게다. 그에게는 오십여 명이 넘는 수하들이 있는데 재수없게도 선봉 역할을 귀주사괴가 떠맡게 된 것이다. 마을에 있는 자가 조금만 일찍 기척을 흘렸어도 이 일은 다른 자가 떠맡았을 텐데.

진취가 하얗게 질린 안색으로 말했다.

"저…… 우리 사괴는 잔심마도를 형제로 받아들였는데, 잔심마도도 같이……."

"데려가."

도왕 갈운태의 눈길은 집 같지도 않은 집, 엉성한 움막들이 옹기종 기 모여 있는 마을에 꽂혔다.

잔심마도는 태연했다.

"왜들 똥 마려운 강아지처럼 빌빌거려? 제길! 움막을 대충 헤아려 보니 오십여 명은 지냈겠는데."

그는 귀주사괴가 감지한 기척을 감지하지 못했다.

한 가지는 분명해졌다. 마을에 숨어 있는 자의 무공이 도왕의 이목 은 속이지 못하고, 잔심마도 정도는 속여넘길 수 있다는 것.

"바짝 긴장해. 여기 고수가 숨어 있어."

통음이 주의를 주었다.

그제야 잔심마도의 낯빛이 굳어지기 시작했다. 귀주사괴와 행동을 같이하면서 이들의 능력을 숱하게 경험해 본 터이기 때문에 허튼소리 라고는 생각할 수 없다. 귀주사괴가 고수라고 하면 고수인 게다. 그것 도 자신의 능력으로는 종적조차 잡아낼 수 없을 정도이니…….

차앙!

잔심마도는 애도를 꺼내 힘껏 움켜쥐었다.

"그런데… 냄새가 낯익어. 어디선가 맡아본 냄새인데……."

진취가 중얼거렸다.

마을까지는 이제 겨우 십여 장밖에 남지 않았다. 굼벵이처럼 기어가도 큰 숨 대여섯 번 쉴 사이면 도착한다.

"지금도 냄새가 나? 내 눈에는 안 보이는데."

광안이 말했다.

"아니, 나도 지금은 냄새를 맡을 수 없어. 누군지 기막힌 놈이야. 아마도 놈이 죽이려고 달려들면 아무도 상대할 수 없을걸. 도왕, 저 새끼…… 저 새끼도 기척을 놓친 게 분명해. 그러니까 달려들지 않고 우리를 먼저 보낸 거지."

진취가 연신 콧볼을 씰룩거리며 대답했다.

통음도 마찬가지였다. 분명히 인기척을 들었는데, 숲에서보다 이십여 장이나 가까이 온 지금은 아무 기척도 듣지 못하고 있다. 두 번, 세 번 확인하여 확실히 사람이 있다고 단정 내린 소리였는데.

"독사!"

신령이 급살맞은 사람처럼 몸을 부르르 떨며 신음했다.

"독사? 무슨 소리야? …아! 독사!"

광안의 새우눈이 찢어질 듯 부릅떠졌다.

"그래! 독사!"

진취도 같은 소리를 내질렀다.

통음도 확연히 깨닫는 바가 있었다.

와마고개!

한가장에 고용되어 독사라는 자를 잡으려고 했다. 와마고개에서 종적을 찾아냈고, 거의 잡을 뻔했는데…… 절벽으로 뛰어내리는 바람에 아깝게 놓쳐 버렸다.

어떻게 잊을 수 있을까. 그놈 덕분에 길안까지 헛걸음을 했는데.

독사다. 마을에 숨어 있는 자는 독사다.

솔직히 통음은 신령이나 광안, 진취의 탄성을 곧이곧대로 믿을 수 없었다. 와마고개에서 잡은 독사의 기척과 마을에서 흘러나온 기척은 워낙 다르다. 어떻게 촌무지렁이와 일류고수의 움직임을 같은 선상에 놓고 비교할 수 있을까.

하지만 믿어야 한다. 광안이 본 것은 체형, 진취가 맡은 것은 사람 냄새다.

광안은 한 번 본 사람은 백만대군 속에 숨어 있어도 찾아낼 수 있다. 진취 역시 마찬가지다. 광안이 늘 하는 말이 사람의 체형은 유일무이(唯一無二)해서 숨길 수 없다고 했다. 비슷한 것 같지만 틀림없이 다르다고. 부자지간도 다르다고. 쌍둥이도 다르다고.

진취 역시 같은 말을 입에 달고 산다. 사람마다 각기 다른 냄새를 풍기기 때문에 냄새처럼 사람을 분별하기 쉬운 것은 없단다.

통음도 같은 소리를 하곤 했다. 인간의 움직임은 쉽게 변하지 않는다. 기척을 흘리는 데도 순서가 있다. 어떤 사람은 옷소매부터 소리가 나고 어떤 사람은 바짓가랑이에서부터 소리가 난다. 소리가 나는 형태도 각기 다르다.

그런데 그가 들은 기척은 와마고개에서 들었던 독사의 기척이 분명히 아니었다. 마을에 숨은 자는 절정고수의 움직임이었고, 기척도 물 흐르듯 자연스러웠다.

'신령, 광안, 진취가 같은 말을 했다면… 틀림없이 독사다. 상대조차 되지 않던 자가 이삼 년 사이에 절정고수로 둔갑해? 미치고 환장할 노릇이군.'

신령의 신음하듯 내뱉는 말이 통음의 생각을 뒷받침했다.

"우린 독사에게 죽는다. 아주 불길해."

잔심마도가 눈치없게 끼어들었다.

"독사? 영은촌의 독사? 하하! 그놈이 여기 있다고?"

잔심마도는 곧 말을 멈췄다.

귀주사괴의 심각한 낯빛에서 심상치 않은 예감을 느꼈기 때문에.

"아! 이토록 답답할 줄이야. 머리 속이 실타래처럼 마구 엉킨 것 같아. 아무것도 안 보여."

신령이 이런 말을 하기는 처음이다. 사람을 앞에 두고 예감을 느낄 수 없다니.

"분명한 건 이대로 걸어 들어가면 틀림없이 죽는다는 건데……."

"……."

뚜벅! 뚜벅……!

말을 하는 가운데도 걸음은 떼어졌고, 이제 마을과는 겨우 삼 장여를 남겨두고 있을 뿐이다.

모두들 진기를 가득 끌어올려 만반의 준비를 갖췄다. 죽을 때는 죽더라도 반항이라도 해봐야 하지 않는가.

신령이 잔심마도를 쳐다보며 말했다.

"잔심, 우리를 잡아온 자. 현문 사람 맞지?"

"맞아."

"현문은 정대문파인데 왜 사람을 납치했을까? 이렇게 이유도 모르고 죽게 하는 게 정파 사람이 할 일인가?"

"신령, 지금 그 말은……?"

"독사에게 죽지 않는 길은 무릎을 꿇는 것뿐이야."

"뭐뭣!"

"죽지 않으려면 항복해야지."

"그럼… 현문에서 가만히 안 있을 텐데? 현문은 차후로 미루더라도 당장 도왕 갈운태가 가만있지 않을걸? 갈운태 저놈은 살인마야. 점찍어서 죽이지 못한 사람이 없어."

"나중이지."

"뭐라고?"

"갈운태에게 죽는 것은 최소한 이 장 밖의 일이야. 독사에게 죽는 것은 이 장 거리밖에 남지 않았고."

그들은 아주 잠깐 망설였으나 일 장이나 걷고 말았다. 남은 거리라야 아무리 보폭을 좁혀도 겨우 십여 보.

비렁뱅이도 머물 것 같지 않은 더럽고 초라한 움막들이 손에 잡힐 듯 가까이 다가왔다.

"독사 한 명이었지?"

통음이 광안에게 물었다.

"내가 본 건 한 명. 다른 냄새는 없었나?"

광안이 대답을 한 후 진취에게 물었다.

"지금은 냄새도 맡을 수 없는 처지에서 이런 말 하기는 뭣하지만…… 분명히 독사 냄새뿐이었어. 신령, 아직도 불길해?"

"불길해. 너무 불길해. 소름이 끼쳐. 죽음… 죽음이 보여. 이대로 가면 안 돼. 우린 죽어."

신령은 죽은 모습이 보이는 듯 부르르 치를 떨었다.

마지막으로 한 번 더 확인해 보았다. 종합해 보면 마을에 있는 사람은 독사 한 명뿐이다. 그리고 삼 년 전에는 상대도 되지 않았던 파락호에게 귀주사괴는 물론 잔심마도까지 죽는다.

신령의 예감…… 귀주사괴는 믿는다.

"항복하면? 그 다음은 어때?"

잔심마도가 바짝 타는 입술을 혀로 축이며 물었다.

"몰라, 다음은. 뿌연 연기로 가득 차서 보이지 않아. 아! 왜 이런 일이…… 이런 적은 없었는데…….'

이런 적이 있었든 없었든 결단을 내려야 할 순간이다.

"신령, 네 말대로 하자. 솔직히 독사가 우릴 죽일 수 있다고는 믿지 않지만… 별 볼일 없는 놈한테 항복하면 갈운태 저놈에게 확실히 죽겠지만…… 널 믿어."

광안이 새우 눈을 데룩거리며 말했다.

한 가지 믿는 구석은 있다.

정황이다. 독사가 그렇게 별 볼일 없는 인간이라면 도왕 갈운태까지 나설 이유가 없다. 삼비마룡만 해도 독사 정도는 충분히 요리할 수 있다.

도왕만 나선 것도 아니다. 별호만 들어도 울던 아이가 울음을 그친다는 살마(煞魔)들이 오십여 명이나 몰려왔다.

'그래, 신령을 믿어야지.'

귀주사괴, 아니, 귀주오괴는 운집한 진기를 풀었다.

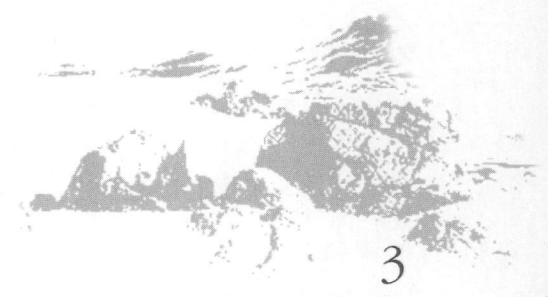

3
폭풍 전야(暴風前夜)의 고요

　'이런!'

　귀주오괴는 멍청해졌다.

　신령의 느낌은 옳았다. 광안의 눈썰미는 예리했다. 진취의 코는 냄새를 놓치지 않았다.

　그들 생각대로 상대는 독사다.

　두 평 남짓한 허름한 움막에서 팔베개를 하고 편히 누워 하늘을 올려다보고 있는 사내.

　귀주오괴가 멍청해진 것은 독사가 발산하는 기도 때문이다.

　독사는 절정고수가 아니다. 영은촌에서 봤을 때처럼 평범한 파락호에 불과하다. 그에게서는 어떠한 예기(銳氣)도 발산되지 않는다.

　'이거 이제 큰일 났군. 도왕, 저놈에게 걸리는 날에는…… 이럴 때는 줄행랑이 상책인데. 빌어먹을! 길을 알아야 줄행랑을 놓든가 말든

가 하지.'

도주는 생각도 못한다. 도왕이 그렇게 어수룩한 인물이라고는 생각지 않는다.

그러나 그런 생각도 잠시, 귀주오괴는 곧 독사의 진면모를 발견하고는 부르르 치를 떨었다.

'고수야! 도왕에 버금가는 고수! 어떻게… 어떻게 몇 년 사이에 이렇게!'

모두 같은 생각을 했다.

신령은 느낌으로, 광안은 천지자연과 절묘하게 어우러지는 몸가짐을 보고, 통음은 고요하고 가는 숨소리를 듣고, 진취는 솔내음을 맡고.

내력이 절정에 이르면 기혈이 순화되어 탁기가 사라진다. 그런 육신은 상쾌하기 이를 데 없는 냄새를 풍겨낸다. 솔내음…… 상큼한 솔내음은 기혈이 얼마나 깨끗하게 정화되어 있는지를 말해 준다.

잔심마도는 귀주사괴처럼 특이한 능력은 없었지만 무인의 본능으로 독사의 무공 정도를 감지해 냈다.

비범함을 넘어 평범함에 들어선 고수.

익히는 무공에 따라서 독사처럼 평범함에 들어서는 경우도 있고, 도왕처럼 패기가 극성에 이르는 경우도 있다. 요기(妖氣), 마기(魔氣), 살기(殺氣)…… 자기(慈氣)나 온기(溫氣)가 극성에 이르는 고수도 있다.

어느 경우든 잔심마도가 이루지 못한 경지를 넘어선 사람들이다.

"오랜만입니다."

독사도 귀주사괴와 잔심마도를 알아보았다.

"오, 오랜만이오."

귀주오괴의 대형 격인 신령이 대꾸했다.

"싸울 겁니까?"

"아, 아니오. 소협. 우, 우리는 본의 아니게 끌려와서……."

"잘못 알았군요. 여기는 방관자가 없습니다. 싸우든가 손을 잡든가 양자택일을 해야 하는 곳이죠. 저와 싸우지 않으면 저들이 죽일 겁니다."

독사는 입술 끝을 살짝 올려 옅은 웃음을 지어 보였다.

"다시 한 번 묻겠습니다. 싸울 겁니까?"

"아, 아니오."

"여기는 도주할 곳이 없습니다. 수십 년 동안 도주한 사람이 없죠. 여기 남는다면 날마다 피 냄새를 맡아야 할 겁니다. 어쩌면 평생 죽고 죽이는 일을 반복할지도. 마지막으로 묻겠습니다. 싸울 겁니까?"

"소협, 다른 사람들은 없소?"

귀주사괴와 잔심마도는 독사 혼자서 도왕을 비롯해 오십여 명이나 되는 살마들을 상대한다고는 보지 않았다. 누군가 있을 터인데…… 귀주사괴의 영통한 능력으로도 다른 사람들의 기척은 잡아내지 못했다.

"……."

독사는 대답을 하지 않고 무언의 침묵으로 대답을 재촉했다. 여전히 팔베개를 하고 누운 채.

신령이 영감을 얻으려는 듯 눈을 끔벅거렸지만 아무것도 얻지 못했는지 깊은 한숨과 함께 고개를 저었다.

"소협, 우릴 받아주겠소?"

결국 신령은 도왕에게서 등을 돌렸다.

자신들을 잡아온 현문 고수는 생각나지도 않았다. 당장 눈앞에 있는 도왕과 오십여 명에 이르는 살마들의 손아귀에서 어떻게 벗어나야 할지 막막하기만 했다.

　도왕 갈운태는 손을 들어 왼쪽 어깨를 만지작거렸다.

　아직도 어깻죽지가 얼얼한 느낌이다.

　아프지는 않다. 통증이 치밀도록 세게 얻어맞은 적도 없다. 하지만 극심한 통증이 어깻죽지를 떠나지 않는다.

　도 한 자루를 걸머지고 무림에 나선 지 사십여 년.

　그가 배운 도법은 광풍삼도절(狂風三刀折)이었으나 삼도까지 전개한 적은 딱 세 번뿐이다.

　패배는 단 한 번도 없었다.

　도왕이라는 별호가 도나 개나 꿰찰 수 있는 명예는 아니다. 그가 도왕이라는 별호를 얻게 될 때까지는 그야말로 하루에도 몇 번씩 삶과 죽음 사이를 오갔다.

　소름 끼치도록 무서운 상대는 많았다.

　어떨 때는 너무 무서워 가슴 밑바닥에서 다음에 상대하자는 유혹이 치밀기도 했다.

　그러나 내가 무서우면 상대도 무서운 법이다. 내가 겁에 질려 있을 때 상대도 겁에 질려 있다.

　오늘 죽으나 내일 죽으나 마찬가지란 심정으로 도를 들었고, 대부분은 광풍삼도절 중 일도절만으로 승부가 갈라지곤 했다.

　그는 상대를 살려둔 적이 없다.

　그의 심성이 악독해서라기보다는 광풍삼도절이 워낙 패도적이라 일단 도를 전개하면 중도에서 거둘 수가 없기 때문이다.

　혈도(血刀), 피를 봐야만 숨결이 잦아드는 악마의 도법.

그러던 그가 사십여 년 만에 패배를 맛봤다.

두 달 전의 일이다.

시골 촌부처럼 허름해 보이는 중년인에게 어처구니없게도 단 일 초식 만에 어깻죽지를 격타당했다.

촌부는 검에 내력을 싣지 않았다. 내력마저 실어서 내려쳤다면 도왕의 어깨뼈는 바스러져 형태조차 남아 있지 않았을 게다.

내력이 가미되지 않은 검으로 가볍게 대기만 했다.

하지만 패배라는 충격은 진검으로 맞은 것보다 더 큰 충격으로 다가왔다.

"누, 누구요?"

비무 전에 물었어야 할 말을 비무가 끝난 후에야 물었다.

나이로 보면 괜히 호승심에 들떠 있을 자는 아니고, 평생 심산유곡에 파묻혀 무공을 수련하다가 이제 갓 무림에 나선 풋내기인 줄 알았는데. 그래서 단 일 도에 목숨을 거두어 감히 자신에게 검을 들이댄 응징을 톡톡히 가하려고 했는데.

"허허! 현문이라고만 알아두시오."

"혀, 현문!"

언젠가는 도전하려고 했다.

현문의 묵천신공(墨天神功)이 현묘하다는 소문은 일찍부터 전해 들었다. 호광성(湖廣省)과 광동성(廣東省)을 주유하다 사천성(四川省)으로 발길을 옮긴 것도 사천 오주를 겨냥해서다.

아미파, 청성파, 당문, 무천문, 도림.

현문은 사천 오주에 거론되지도 않는다. 명문이기는 하지만 사천 오주에 비하면 한 수 뒤진다고 알려진 문파다.

그런데 당하고 말았다.

"도왕의 절공이 광풍삼도절이라는 것은 널리 알려진 사실이지. 지금 일도절밖에 펼치지 못했는데, 나머지 이도절도 펼쳐 보시겠소?"

불감청(不敢請)이언정 고소원(固所願)이다.

도왕은 도를 들어 올림과 동시에 쾌속하게 광풍삼도절을 펼쳤다.

절대 방심하지 않았다. 바보가 아닌 이상 한 번 패하고도 정신 못 차릴 리가 없다. 오십여 회에 걸친 결전에서 터득한 경험을 바탕으로 숙달될 대로 숙달되어 몸의 일부분이나 다름없는 광풍삼도절이 기세 좋게 뻗어 나갔다.

'뇌(雷)!'

전신진기를 일도에 모아 단 한 번만의 움직임을 보인다. 번개가 내리꽂히듯.

현문 고수의 신형이 술 취한 듯 비틀거렸다.

여기서 당했다. 취리팔선보(醉裏八仙步)쯤으로 감히…… 하는 생각에 내처 일도를 쳐냈다가 어깨를 짓눌렸다.

도왕의 일도가 급변했다.

내리꽂히는 극쾌도에서 파랑파랑 물결치는 환도(幻刀)로.

'전(輾)!'

둥글게 휘돌린 일도가 회전력을 가미하여 정수리를 쪼개갔다.

병장기를 들어 막는다면 그 순간부터 십팔 연타가 시작된다. 방금 전처럼 보법을 취해 피해도 그물막 같은 십팔 연타가 전신을 에워싼다.

지난 사십여 년 동안 광풍이도절을 펼친 경우는 열 손가락 안에 꼽는데.

쉬익!

현문 고수는 이번에도 취리팔선보를 펼쳤다.

무림인이라면… 어느 정도 무림에서 검을 들어본 무인이라면 한두 번쯤은 겪어본 보법. 흔한 보법은 아니지만 그렇다고 탁월한 절기라고도 할 수 없는 보법.

십팔 연타가 시작되었다. 일도를 뻗어내는 순간부터 마지막 십팔도를 거둬들이는 순간까지의 시간은 찰나. 병장기를 들어서 막든 신법을 펼쳐 피하든 십팔로(十八路)를 훑기 시작한 도광(刀光)은 제 갈 길을 간다.

물샐 틈 없는 도막(刀幕)이 현문 고수의 전신을 휘감았다.

현문 고수는 꼼짝없이 당하는 듯했다. 도광의 그물에 휘감겨 빠져나오지 못하는 듯했다.

그때 현문 고수는 순간적으로 취리팔선보를 거두고 양다리를 쭉 찢으며 주저앉았다. 오른손에 들린 목검은 단전을 찔러대며.

시기적절한 일초다. 도왕은 막 십육로에서 십칠로로 변화하는 중이었다.

어깨를 내려치는 척하다가 반회전하여 옆구리를 가격한다.

자연히 왼쪽 반신은 비게 된다. 하지만 그 허는 찰나 만에 파고들어야 하기에 없는 것과도 같다. 실제로 수많은 고수들과 접전을 벌여봤지만 찰나의 허를 파고든 자는 없었다.

삼도절까지 전개하게 만든 고수는 두 명. 그들 모두 신법을 펼쳐 물러선 경우다.

"헛!"

도왕은 헛바람을 내지르며 뒤로 일 보 물러섰다.

현문 고수의 일검은 독 오른 독사처럼 면전에서 꿈틀거렸다.

이마에서 식은땀이 흘렀다. 현문 고수가 손속에 사정을 두었기에 망정이지 그렇지 않았다면 큰 중상을 당했을 게다.

'광풍삼도절을 속속들이 알고 있어! 알지 못하면 전개하지 못하는 일초야.'

광풍삼도절의 마지막 삼도절은 '척(擲)' 이다.

광풍이도절이 끝나는 순간 일격필살의 도를 전개한다.

던질 척, 팔매질하여 부술 척.

무인이 수중에 든 병기를 던지는 것처럼 급박하고 위험한 공방이 어디 있을까. 광풍삼도절의 척은 수중에 든 도를 던지는 것이 아니라 목숨을 던지는 최후 비장의 수법이다.

이도절까지 피해냈던 두 명의 고수는 삼도절에서 목숨을 잃었다.

도왕은 삼도절을 전개하지 못했다. 전개하려면 할 수도 있었으나 현문 고수는 삼도절마저 무력화시킬 것이 자명했다. 왜? 그는 광풍삼도절을 손바닥 들여다보듯 환히 꿰고 있었으니까.

'광풍삼도절이 새어 나갔어. 이런 일은 있을 수 없어. 절대로!'

도왕은 광풍삼도절을 지키기 위해 사부를 죽였다. 광풍삼도절을 알고 있는 사제 두 명의 목숨도 빼앗았다. 어쩔 수 없었다. 아무리 위력이 막강한 무공이라도 초식이 흘러나가면 삼류무공으로 전락하고 만다. 수련한 자의 수련 여부에 따라서 위력이 천양지차로 달라지지만 가급적이면 혼자만 아는 것이 낫다.

현 무림에서 광풍삼도절을 알고 있는 사람은 자신밖에 없다고 자부한다.

"삼도절을 전개할 절호의 시기였는데 왜 전개하지 않았소?"

'역시⋯⋯.'

현문 고수는 삼도절을 전개할 시기와 틈까지 세세하게 파악하고 있다. 이런 자에게는 삼도절로는 상대할 수 없다. 사도절…… 그가 모르는 제사의 다른 초식이 필요하다.

'속도, 파괴력, 초식 운용…… 모든 게 드러났다. 후후! 질 수밖에 없지. 만반의 준비를 갖추고 나타났어.'

"내가 승리했다고 생각해도 되겠소?"

도왕은 고개를 끄덕였다.

인정하기는 싫지만 생애 최초의 패배를 이름도 모르는 촌부에게 당했다.

"그럼 약속대로 일을 해줘야겠소."

지금 생각해도 그때의 일은 큰 아픔이다.

도왕은 지금까지도 자신을 패배 속으로 몰아넣은 현문 고수의 이름을 알지 못한다. 그가 말한 대로 눈앞에 보이는 마을만 쑥대밭을 만들면…… 십수 명이 될 것이라고 했지만, 마을에 존재하는 생명이란 생명을 모두 거둬들이면 그가 당한 패배는 영원히 비밀에 붙여진다. 또한 자신을 패배시킨 현문 고수와 다시 한 번 비밀리에 싸울 수 있는 기회가 주어진다.

도왕 갈운태는 지난 두 달간 자신의 무공을 알고 있는 적을 어떻게 요리해야 하는지 고심해 왔다. 그리고 최근에 들어서 확인되지 않은 것이지만 한 가지 방도를 찾아내기는 했다.

광풍일도절 뇌에서 삼도절 척으로 바로 직결되는 초식 운용 변화를 연구해 냈다.

다시 싸움이 벌어진다면 번갯불에 콩 구워먹는 격이 된다. 누가 죽든 싸움은 순식간에 끝난다. 뇌는 단 일 초식, 척은 두말할 필요도 없이 필살 일초식.

자신의 목숨을 내걸어야 하는 위험 부담은 한층 더 높아지지만 현문 고수를 상대할 유일한 방도이며, 자신있다.

"개미새끼 한 마리 기어다니지 않는데…… 쓸어버리죠."

현문 고수에게 좌좌(左佐)로 선택받은 일수일살(一手一殺) 장위(張偉)가 말했다.

일수일살 장위도 사천성 무인이 아니다. 그는 섬서성(陝西省)을 무대로 잔혹한 살심을 뿜어내던 살귀다.

도왕도 일수일살 장위의 무명(武名)은 들어봤다.

일수가 피어날 때 한 사람의 생명이 떨어진다.

별호대로라면 굉장히 빠른 쾌공의 소유자다. 쾌공이라면 자신 역시 누구에게 뒤진다고 생각해 본 적이 없지만.

도왕 갈운태가 분지에 모인 무인들의 면면을 살펴본 결과 사천 무인은 없었다. 고작해야 무공이 변변치 않은 귀주사괴 정도랄까? 정작 병기를 들고 싸워야 하는 사람들은 모두 타 지방 사람들이다.

특이한 점은 이들이 취하는 행동이다.

대체로 이런 자들이 한 자리에 모이면 서로들 무공을 견주지 못해서 안달이 난다. 일수일살만 하더라도 자신과 싸우고 싶어서 몸이 근질거릴 것이고, 도왕 자신도 일수일살 정도라면 한 번 싸워볼 만한 상대라고 생각한다.

무공을 견준다는 것은 목숨을 거는 도박이지만 무림인들에게는 머릿골이 저려 울리는 쾌감도 동시에 가져다 준다. 싸우기 직전의 긴박감, 싸우고 난 후의 승리감은 겪어보지 않은 사람은 정녕 이해하지 못한다.

그런데 사납기 이를 데 없는 자들이 순한 양처럼 고분고분해졌다.

그것은 아마도 이들 역시 이곳에 온 것이 자의가 아니며, 자신이 그랬듯 현문 고수란 자에게 패배한 적이 있을지도 모른다.

그렇게만 생각할 수도 없다.

홍검쌍살 같은 위인들은 명예를 생각하지 않는다. 명예는 지나가는 똥개도 안 물어가는 지저분한 것이라고 생각한다. 다섯 번, 여섯 번 패배를 당하더라도 종내 목숨을 취하면 이기는 것이라고 생각한다.

도왕과는 가치관이 다르다.

그런 자들까지 고분고분해진 것으로 보아서는 단순히 패배의 아픔 뿐이라고는 생각할 수 없다. 그것이 무엇이든 이들이 이곳으로 와서 자신의 말을 듣게끔 만든 것이 틀림없겠지만.

일수일살 장위가 허름한 움막촌을 노려보며 말했다.

"귀주사괴는 글러먹은 것 같고…… 요절 낼 때 같이 낼까요?"

"장위, 진심으로 한 말인가! 아니면 날 떠보려고 하는 말인가!"

도왕은 투지가 풀풀 피어나는 음성으로 꾹 내질렀다.

일순 일수일살 장위의 안색이 하얗게 탈색되는 듯했다. 하지만 곧 본래의 얼굴색으로 돌아왔다. 아마도 장위는 분노하거나 흥분하면 얼굴색이 탈색되는 특징을 지닌 듯하다.

"대좌. 좋은 말이지. 대좌. 대좌가 아니라 도왕이었다면 한판 겨뤄봤을 텐데."

"후후후! 건방진 놈!"

"나중에 봅시다. 우선은 대좌로 모시죠."

"그래, 나중에 보지. 넌 좌좌일 뿐이니까. 좌좌, 네가 들어가 볼래?

귀주사괴 꼴이나 나지 않았으면 좋겠군."

일수일살의 안색이 다시 하얗게 변했다가 제 색깔로 돌아왔다.

이번에는 본래의 얼굴색으로 돌아오는 데 시간이 지체된 것으로 보아 분노가 심했던 것 같다.

"대좌의 명령이라면."

도왕은 고개를 돌려 버렸다. 지금은 일수일살과 티격태격할 때가 아니다.

'빌어먹을! 도대체 몇 놈이나 있는 거야!'

도왕 갈운태에게 허름한 움막촌은 함정이 도사린 죽음의 마을로만 비쳐졌다. 자신의 무공으로도 기척조차 감지하지 못하는 고수들이 우글거린다면 공격해 봤자 필패가 뻔한데……

그는 좀처럼 공격 명령을 내리지 못했다.

第二十七章
원한없는 살인

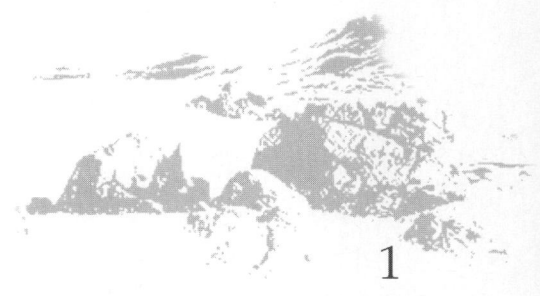

1

원인없는 살인

폭풍을 예감했음인지 달빛마저 검은 구름 속에 숨어버렸다.

세상은 칠흑같이 어두웠다.

원래 밤만 되면 횃불 한 점 찾을 수 없는 멸혼촌이지만 오늘은 유독 어두웠다.

스윽! 쓰… 으윽……!

삼비마룡은 소리를 최대한 죽이는 데 온 신경을 곤두세웠다.

시간은 구애받지 않았다. 날이 밝기까지는 서너 시진이나 남아 있다. 돼지우리보다도 못한 움막들을 뒤지고 물러서기에는 충분한 시간이다.

'기분 나쁜 곳이야.'

삼비마룡은 인상을 찡그렸다.

공동묘지에 가면 단지 죽은 시신을 묻어놨을 뿐인데 이상하게도 시기(屍氣)가 느껴진다.

지금이 꼭 그랬다. 아주 기분 나쁜 장소에 몸을 담근 것처럼 끈적끈적한 숨결이 목덜미를 간질인다.

마을에 사람이 있는 것은 분명하다.

귀주사괴가 마을에 아무도 없다고 말했을 때 삼비마룡은 기척을 감지해 냈다. 대좌인 도왕이 감지해 냈고 좌좌인 일수일살도 느낌을 받았다.

귀주사괴를 믿지는 않았지만 특이한 능력을 지닌 자들이라고 해서 혹시나 하는 마음이 있었는데…… 역시 무림에서 믿을 수 있는 것은 자신의 무공뿐이다.

귀주사괴는 자신들의 말을 행동으로 부정했다.

마을에 아무도 없다고 자신있게 말한 사람들이 마을로 들어서자마자 누군가와 이야기하는 듯하더니 움막 안으로 기어들어 가버렸다.

움막촌에 사람이 있다는 증거다.

삼비마룡이 조심을 거듭하는 것은 사람이 있기는 있는데 종적을 잡아낼 수 없다는 점 때문이다.

그의 기척을 잡아낸 것도 잠깐, 곧 기척은 연기처럼 사라져 버렸다. 그리고 그 후에는 아무리 노력해도 기척은커녕 느낌조차 잡히지 않았다.

도왕도 마찬가지인 듯싶다. 웬만해서는 공격 명령을 내리고도 남았을 사람이 두 번, 세 번 돌다리도 두들겨 가며 건너는 심정으로 탐색을 명했으니.

땅에 바짝 엎드린 채 질판공(蛭瓣功)을 펼쳤다.

그에게 배당된 무인 다섯 명도 제각기 소리를 죽이려고 안간힘을 썼다.

쥐 죽은 듯 고요 속에 파묻혀 있는 움막들 하나하나가 모두 날카로운 창이 되어 폐부를 찔러왔다.

이윽고 마을 입구에 있는 첫 번째 움막에 도착했다.

초라하기 그지없어서 바람만 조금 세게 불어도 단숨에 휘말려 올라갈 것 같다.

삼비마룡이 손짓을 하자 무인이 마른침을 꿀꺽 삼키고는 조심스럽게 움막 문을 살며시 열어젖혔다.

달빛 한 점 없는 밤인지라 어둠에는 이미 익숙해져 있다. 그러나 바깥과 안은 또 다른 법. 무인이 움막 안을 살피는 데는 찰나간의 시간적 여유가 필요했다.

숨 막힐 듯한 긴장이 흘렀다.

삼비마룡은 검을 뽑아 들고 언제든지 마주쳐 나갈 만반의 준비를 갖췄다. 움막 안에 고수가 숨어 있다면… 문을 열어젖힌 무인은 십중팔구 죽는다.

죽음은 없었다. 무인이 가늘게 내쉰 안도의 한숨 소리가 천둥 소리보다 크게 들렸다.

'휴우!'

삼비마룡도 긴장이 풀렸다.

정녕코 무림에 나선 이후 이토록 긴장해 보기는 처음이다. 아니다. 처음 싸움을 벌일 때 피가 마르는 긴장을 경험해 보았다. 그때 이후 정말 오랜만이다.

움막은 대로를 중심으로 좌우측에 나란히 지어져 있다.

삼비마룡은 좌측에 두 명, 우측에 세 명을 배치했다. 한 명은 문을 열어젖혀 안을 살피고 남은 자는 뒤에서 호법을 서게 했다.

기실 문을 연 자는 죽는다.

삼비마룡이 기척조차 감지하지 못한 무인이라면 이들쯤 죽이는 것은 일도 아니다. 또 죽이지 않을 요량이라면 숨소리조차 숨겨가며 숨어 있을 까닭이 없다. 자신들이 이들을 죽이러 왔듯이 이들 또한 살수에 인정이 담겨 있지 않으리라.

삼비마룡은 두 명이 죽는 틈을 타서 뒤로 물러설 계획이다.

지금은 싸우러 온 것이 아니라 어느 정도의 고수가 얼마나 숨어 있는지 파악하기 위해서 온 것뿐이다. 괜히 잘난 척 나서서 개죽음을 당할 필요는 없다.

좌측으로 기어가던 무인은 우측 무인의 경험이 있어서인지 비교적 가볍게 움막 문을 밀쳤다.

안은 비었다.

움막 안에서는 퀴퀴한 냄새만이 진동할 뿐 사람 그림자는 눈을 씻고 찾아봐도 보이지 않았다.

그렇게 나아가기를 무려 십여 채.

좌우측으로 나뉘어져 있으니 거의 절반은 훑은 셈이다.

'이 움막은 한 명 드러누우면 꽉 들어찬다. 쪼그리고 앉아 있다 치면 두 명, 세 명까지도 가능할지 모르지. 그러나 그렇게 붙어 있어서는 공격이 용이하지 않을 것이고…… 한 명이야. 움막에 한 명씩 들어 있어. 보자, 그럼 남은 것은 삼십여 채니까…… 머리 숫자는 우리보다 적고, 이제 무공이 얼마나 심후한가만 파악하면 되나?'

무공이라면 이쪽도 자신있다.

행동을 같이하게 된 오십여 명은 한결같이 사나운 들개들이다. 온실에서 얌전히 자란 화초는 단 한 명도 없고, 모두들 죽음과 삶을 넘나든 싸움꾼들이다.

도왕이 대좌다. 그런가? 일수일살이 좌좌란다. 그런가?

현문 고수가 내정해 준 것이 그래서일 뿐 마음속으로부터 굴복한 것은 아니다. 마음속으로는 내가 제일이라는 자부심을 가지고 있다. 개중에 진검을 맞대면 자신보다 강한 자가 있겠지만, 부딪치기 전부터 주눅 들 필요는 없다.

오십여 명 중에는 승부를 점칠 수 없는 사나운 들개들이 무려 십여 명이나 된다.

중원 천지 그 누구에게도, 구파일방(九派一幫) 장문인(掌門人) 앞에서도 검을 들이댈 수 있는 늑대들.

삼비마룡이 습관적으로 손을 들어 좌측 움막을 가리켰다.

좌측에서 기어가던 무인이 살며시 움막 문을 밀쳤다.

'제길!'

삼비마룡은 땅에 대고 있던 왼손을 힘껏 밀며 퉁기듯 일어섰다. 이미 뽑혀져 있던 검은 예리한 한광을 토해내며 어둠 속을 파고들었다.

쒜엑!

흙부스러기가 비산했다.

움막 벽이 일검에 베어져 나가며 횡한 공간을 드러냈다.

"엇!"

삼비마룡은 계속해서 짓쳐 나가려다 우뚝 멈춰 섰다.

귀신이 곡할 노릇!

움막은 텅 비어 있었다. 안에는 개미새끼 한 마리 기어다니지 않았다.

'무척 빠르다! 이게 인간의 신법인가!'

등골에 찬바람이 스몄다.

움막 문을 밀치던 무인은 잠자듯 조용하게 죽었다.

비명도 흘리지 않았다. 안을 들여다보는 듯, 어둠에 눈을 익히는 듯 조용히 엎드려 안을 살펴봤다.

그는 움직이지 않았다.

상대는 아무도 느끼지 못하는 사이에 지력(指力)을 퉁겨 무인을 살해했다. 그리고 바람처럼 사라져 버렸다. 움직일 곳도 없는 곳에서. 흙벽을 제거하지 않고는 밖으로 뛰쳐나갈 곳이 전혀 없는 꽉 막힌 곳에서.

'사, 상대가 안 돼! 이건 인간의 무공이 아냐!'

삼비마룡은 서둘러 죽은 무인의 시신을 들쳐 메고 몸을 뺐다.

"물러간다. 암습에 주의해!"

도왕, 일수일사, 홍검쌍살…….

내로라하는 고수들이 입을 다문 채 말을 잊었다.

삼비마룡이 허튼소리를 할 자는 아니다. 무엇보다 삼비마룡과 그에게 떠맡겨진 무인들이 움막을 뒤지는 동안 뒤에 남은 사람들은 눈에 불을 켜고 일거수일투족을 지켜보았다.

삼비마룡이 몸을 일으켜 움막을 베어가는 모습은 전광석화(電光石火)보다 빨랐다.

팔이 세 개 있는 것처럼 검초가 빠르다는 삼비마룡이다.

그 찰나에 한 명을 죽이고 사라졌다면…….

문제는 그것으로 끝이 아니다. 무공에 일가를 이뤘다고 자부심을 가진 무인들이 상대의 수법조차 파악해 내지 못하고 있다.

죽은 무인, 그가 어떤 수법에 죽었는지 도무지 짐작할 수 없다.

소리가 일절 들리지 않았다. 뼈마디를 가격하지 않고 혈도를 짚었다는 소리다. 허공을 가르는 소리도 없었다. 병장기를 사용하지 않았다. 장법도 아니고 권법도 아니다.

지법이다. 지법은 소리없이 살수를 전개할 수 있다.

무인은 움막 문을 밀치는 순간 살해당했다. 노출된 곳은 얼굴뿐. 그런데 도무지 얼굴에서 타격당한 부위를 찾아낼 수 없다. 뼈가 함몰된 곳도 없고 혈도가 눌린 곳도 없다.

'음공(陰功)이닷! 절정에 이른 음공! 이런 정도라면…… 제길! 자신이 서지 않아.'

말은 하지 않았지만 한결같이 같은 생각을 했다.

숫자가 문제가 아니다. 상대가 숨어서 암격을 펼친다면 한 명, 두 명 속절없이 죽어갈 수밖에 없다.

"낮에 싸우는 것이……."

"낮에……."

도왕과 일수일살은 거의 동시에 말을 했다.

일수일살이 입을 다물자 도왕이 명령을 내렸다.

"음공 고수를 상대로 밤에 싸우는 것은 자살 행위지. 겁날 것은 없지만 애꿎게 죽음을 부를 필요는 없어. 낮에 싸운다. 오늘 밤은 뭉쳐서들 지내도록 해. 언제든지 암격에 대처할 수 있도록 긴장을 풀지 말고."

도왕은 말을 하는 내내 인상을 잔뜩 찡그렸다.

심산유곡에 숨어 있는 마을이다. 대체로 이런 마을은 비밀 무인 집단의 거주지일 가능성이 농후하다. 정도무인들에게 쫓겨 무림에서 밀려난 마도나 사도 집단쯤으로 짐작할 수 있다.

처음부터 쉽지는 않으리라 생각했지만 그리 힘들지도 않으리라 생각했던 게 사실이다.

지금은 너무 어렵게 느껴진다. 마을에 무공의 깊이를 알 수 없는 고수가 숨어 있으니.

*   *   *

독사는 당진도의 움막에서 그가 남겨놓은 뼛조각을 만지작거렸다.

당진도가 고통을 참아가며 새겨놓은 글씨를 손가락으로 만지작거리며 읽고 또 읽었다.

"자네에게 잠시 시간을 벌어주고 싶었던 모양일세. 쯧!"

지천도가 내민 뼛조각에는 아직도 당진도의 살점과 피가 묻어나는 듯했다.

뼛조각을 하도 만져 만무타배와 당진도가 나눴던 대화를 글자 한 자 틀리지 않고 외울 정도였다.

'이것이 은혜인가……'

살아생전에 누군가에게 도움을 받은 일이 있다면 영은촌 훈장 형빈협에게 거둬진 것이 유일하다. 삼태의 왕각도 그를 현문에 입문시키고자 팔 벗고 나서줬으니 도움을 받았다고 할 수 있다.

엽수낭랑에게도 생명의 구함을 받았다.

그가 세상 사람들로부터 도움을 받은 일은 손가락으로 헤아릴 수 있을 정도로 적다.

죽은 당진도와는 깊은 교분을 나눴다고도 할 수 있고 아니라고도 할 수 있다. 군이 말하자면 무덤덤한 관계였다는 편이 옳다.

당진도에게 유화신공을 전수해 주기는 했지만 의협심에서 행한 행동이 아니라 불쌍하다는 동정심에서 발로한 행동이다.

당진도는 독사에게는 필요도 없는 약간의 시간을 벌어주고자 목숨을 바쳤다.

은혜인가……!

덕분에 독사는 만무타배의 심중을 약간이나마 짐작했다.

우선 그는 엽수낭랑을 보는 즉시 죽일 것이다. 엽수낭랑은 독사가 생각하기에도 골인들의 요건에서 벗어났다.

골인들이 출행하여 죽인 무인들도 궁금하다.

그들은 누구이며, 어디서 나타난 자들인가.

당진도 말처럼 만무타배가 나선다면 단숨에 죽일 수 있는 자들인데 왜 골인들을 이용하는가.

생각할수록 머리 속만 복잡했다.

그러던 차 사방에서 개미 기어가는 소리가 들렸다.

'오고 있군. 음……! 너무 많아…….'

예상은 했지만 상당히 많은 사람이 몰려들고 있다.

'아마도… 오늘은 피바람이 불겠군. 정말 많은 사람을 죽여야 할지도 모르겠어.'

제일 먼저 독사 앞에 나타난 사람은 뜻밖에도 귀주사괴와 잔심마도였다. 그들이 독사를 알고 있듯 독사도 죽는 날까지 잊을 수 없는 사람들이다.

그런데 웬일인가? 자신을 죽이고자 따라붙던 사람들인데 적의가 치밀지 않는다. 오히려 반갑기까지 하다. 마치 오랜만에 만난 친구처럼.

영은촌을 무대로 티격태격한 사람들이라서 그런가?

귀주사괴가 싸우지 않고 힘을 함께하겠다는 말을 했을 때는 기쁘게 받아들였다.

당시 귀주사괴가 자신을 추적하며 보여준 능력은 경이로웠다.

다른 사람은 몰라도 독사에게는 '세상에 이런 사람들도 있구나' 하는 충격을 안겨주었다.

보지 못하는 것이 없고, 듣지 못하는 것이 없으며, 맡지 못하는 냄새가 없다. 또한 행과 불행을 미리 예감할 수 있는 점쟁이까지 있다.

재미있는 사람들이다.

독사는 그들을 받아들였다. 그리고 그들에게서 멸혼촌 밖에 몰려든 사람들이 다른 곳도 아니고 독사에게는 잊을 수 없는 현문 고수들에게 잡혀온 사람들이란 사실을 들었다.

충격이다.

그럼 지금까지 골인들이 출행하여 죽인 사람들도 현문에서 잡아온 사람들이란 말이 된다.

현문…….

기억 한 귀퉁이로 밀어 넣었던 문파의 이름이 새롭게 부각되었다.

최소한 현문은 백비와 연관이 있는 것만은 틀림없다.

"이 밑에 조그만 연공실이 있소. 그곳에 들어가서 숨죽이고 계시오. 내가 죽으면 닷새 동안은 나오지 마시오. 그 시간이면 저들도 물러날 터."

독사가 당진도의 움막에 틀어박혀 있었던 것은 그의 움막에 지하 연공실이 구축되어 있기 때문이다.

당진도는 독뿐만이 아니라 기관진학의 달인이기도 했다.

당문 사람이니 어느 정도는 숙달했다고 판단해야 되지만, 특히 당진도는 후기지수로 떠오를 만큼 탁월한 지혜를 지닌 사람이었다.

몽환소, 그리고 사활근맥단의 저주를 풀기 위한 노력은 지하 연공실을 만들게 했고, 연공실은 독과 약을 비축하는 창고 역할도 했다.

사아악……!

독사가 침상 대용으로 사용하는 나무판자 한 귀퉁이를 누르자 나무 침상이 스르르 밀려나며 텅 빈 공간이 나타났다.

귀주사괴와 잔심마도가 지하 연공실로 숨어든 후에도 도왕 무리는 짓쳐오지 않았다.

사실 독사는 그들과 싸울 의사가 없었다.

그가 노리는 사람은 만무타배와 백비를 만든 인물들이지 현문에서 잡아온 고수들이 아니다.

묘하게도 텅 빈 마을이 공성계(空城計) 역할을 했다.

귀주사괴 말을 빌리면 일순간 잡았다가 놓친 기적 때문에 망설이고 있다 하니 쉽게 공격해 오지는 않을 것 같다.

'다행이야. 저들과 싸울 이유가 없어.'

사삭! 사사삭……!

가면(假眠) 상태에 빠져 있던 독사는 귀를 자극하는 소리에 깨어났다.

예전에 영은촌에서 읽었던 병서(兵書)에 이런 말이 있다.

싸움에서 이기려면 상대가 예상하지 못한 방향으로 움직여야 한다. 누구나 예상할 수 있는 곳으로 움직이는 것은 함정에 빠져들 공산이 크다.

한밤에 침투하여 상황을 정찰하는 행위는 누구나 생각할 수 있다.

'귀주사괴를 우좌로 삼은 데는 이유가 있어. 머리. 귀주사괴의 능력이 아니라 머리를 활용하라는 배려였어. 도왕, 큰 실수를 했군.'

귀주사괴를 이곳까지 밀어 넣은 현문 고수는 누구일까? 현문 고수라면 어느 정도 알고 있고, 잔심마도까지 그리 쉽게 제압할 정도라면 아무래도 오천검객인 것 같은데…… 오천검객 중 누구일까? 그리고 왜? 무엇 때문에? 그것보다… 백비는 어떻게 알고? 멸혼촌에 골인이 있다는 것을 알고 있다는 말인데, 명문정파임을 자처하면서 지금까지 가만히 있는 이유는 무엇인가?

독사는 생각을 접었다.

당장 집중해야 할 것은 다가오는 군웅을 어떻게 처리하느냐는 것이다.

'놀라운 무공이야! 꿈도 꾸지 못할 절공(絶功)! 숨도 못 쉬게 만들어야 해.'

피부에 젖어드는 느낌은 여섯 명이 다가오고 있다고 말한다.

다섯 명은 그가 죽였던 만무타배 수하 정도의 무공이고 한 명은 거의 기척을 흘리지 않고 있으니 상당히 뛰어난 고수다.

손속을 맞부딪친다면 필승할 자신이 있다.

무공에 대한 자부심…… 스스로 억제해야 된다, 겸손해야 된다고 생각하면서도 상대를 대할 때마다 불현듯 일어나는 자부심은 어쩌지 못한다.

'내 무공 정도로는 안 돼. 눈에 보이는 무공은 투지를 일으키지. 눈에 보이지 않는 무공으로…….'

스륵!

침입자 여섯 명이 움막을 뒤지기 시작했다.

독사는 움막 천장에 달라붙었다. 박쥐가 동굴 천장에 달라붙듯 당진도가 새로 만들어놓은 지붕에 몸을 밀착시켰다.

스륵! 스르륵……!

침입자는 바깥쪽부터 움막을 뒤져 가며 다가왔다.

이윽고 숨결조차 느낄 수 있을 만큼 가까이 다가온 후 드디어 당진도의 움막 문을 밀쳤다. 그때,

스윽……!

독사의 오른손이 쾌속하게 움직였다가 제자리로 돌아왔다.

그가 전개한 지법은 어천지공, 노린 부위는 백회혈(百會穴).

기사회생(起死回生) 일지공(一指功)이라는 어천지공이지만 각 혈도를 누르는 힘이나 순서가 조금만 어긋나도 즉사한다는 데 착안하여 전개한 수법이다.

백회혈은 사 푼의 힘으로 오 호(五呼) 동안 눌러야 한다.

독사는 칠 푼의 힘으로 반 호 동안 눌렀다가 힘을 빼서 사 푼의 힘으로 반 호, 다시 팔 푼의 힘으로 반 호를 눌렀다.

처음 칠 푼의 힘이 들어간 무인의 머리는 큰 충격을 받았다. 마치 쇠망치로 머리를 얻어맞은 충격을 느꼈으리라. 힘을 뺀 사 푼의 어천지공은 고통을 완화시켰다. 입 밖으로 튀어나오려던 비명이 안으로 잦아들게 만드는 역할을 한다. 하지만 머리 속은 극심하게 충격을 받아 마비 상태로 전환되었다.

마지막으로 처음보다 더욱 강력했던 팔 푼 공력의 어천지공은 무인의 생명을 앗아갔다.

그렇게 무인은 비명도 지르지 못하고 죽었다.

쒜에엑……!

검이 날아왔다.

이것 역시 예상했다. 침입한 자들의 무공이 엇비슷하다면 뒤도 안 돌아보고 꽁무니를 뺏겠지만, 고수가 섞여 있다면 반드시 반격을 가해온다.

파아악……!

흙먼지가 피어오를 때 독사는 무너지는 흙벽을 발로 차서 움막 밖으로 나뒹굴었다. 그의 양손은 무너진 지붕을 단단히 움켜쥐고 있었다. 땅을 방바닥 삼아, 지붕을 이불 삼아.

대낮이라면 혹 모를까, 달빛 한 점 스며들지 않는 칠흑 야밤에 숨소리마저 완벽하게 차단한 독사의 모습을 발견해 내기란 하늘의 별 따기다.

독사는 침입자들이 물러간 후에도 한참 동안 움직이지 않았다.

운공할 필요도 없이 피어나는 암혼사의 진기는 공기의 파랑을 읽어왔다.

세상이 고요하다.

움직이는 사람이 없고 흘러나는 냄새도 없다. 아니, 있다. 맑고 청량한 자연의 공기만은 쉼없이 흘러가고 흘러온다.

독사는 지붕에서 손을 놓자마자 당진도의 움막 안으로 뒹굴어 들어갔다.

사사삭……!

연공실 입구인 나무 침상이 소리없이 열렸다 닫히는 소리가 들린 후 독사의 모습은 홀연히 사라졌다.

2

원한없는 살인

골인들은 불철주야 유화신공 수련에 몰두했다.

물구나무를 서고 운공하는 특이한 신공.

독사는 골인들이 마음 놓고 유화신공을 수련할 수 있는 환경을 만들고야 말았다. 독사는 건드리지 말아야 한 자들을 건드렸다. 다섯 무인을 죽인 것은 분명히 잘못된 일이다. 그들을 죽임으로써 만사가 형통된다면 모르겠거니와 단지 척후병을 죽인 것에 지나지 않는다면.

그들 뒤에는 막강한 힘이 도사리고 있다. 당장 만무타배가 있다.

만무타배가 누구인가. 섭혼살호, 당진도, 지천도…… 내로라하는 고수들로부터 예전 내력을 지니고 있었어도 상대할 수 있을지 의문이라는 소리를 토해내게 만든 절정고수다.

더욱이 그는 하수인에 지나지 않는다.

백비를 만든 인물.

그가 누구인지는 짐작조차 못하고 있다.

백비를 만든 사람이 개인인지, 조그만 집단인지, 아니면 거대한 문파인지…… 모든 것이 오리무중(五里霧中)이다. 분명한 것은 지금까지 그들을 건드려서 살아남은 사람이 없었다는 거다.

정성사가 실종되었고 최자범이 백치가 되었다.

몽환소에 중독되지 않은 사람들이었고, 상당한 무공을 지닌 사람들이었는데도 그 모양이 되고 말았다.

독사의 무공은 정확히 파악할 수 없지만 정성사나 최자범보다 훨씬 뛰어나다고는 볼 수 없을 것 같다. 그가 선보인 무공이래야 출행에 나가 무인 몇몇을 죽인 것에 불과하지 않은가.

그런 점을 익히 알고 있던 당진도는 자진하여 목숨을 던짐으로써 독사를 보호하려고 했다. 그러나 독사는 뜻밖에 돌출 행동을 함으로써 스스로 백척간두에 올라서 버렸다.

이미 당진도의 죽음은 아무런 가치도 없게 되었다.

골인들은 싸움에 가담하지 않았다.

이 싸움은 독사와 백비의 싸움일 뿐 그들과는 하등 상관이 없다. 골인들은 지금처럼 숨죽이며 사태를 지켜보면 된다. 더군다나 사활근맥단의 저주에서 벗어날 수 있는 유화신공까지 알고 있으니 조심스럽게 시간만 벌면 된다.

그들은 빙굴로 물러섰다.

다른 때 같으면 빙굴에서 거주한다는 생각은 꿈도 꾸지 못했으련만, 엽수낭랑이 무저지갱을 발견했기에 큰 어려움이 없었다.

당진도가 막았고 엽수낭랑이 더 크게 뚫어놓은 담벽을 단단하게 막았다. 무저지갱에서 불어오는 한기가 단 한 올도 스며들지 않도록 단단하게 틀어막았다.

그전에 빙굴에 세워졌던 골인들의 시신을 무저지갱에 던진 것은 물론이다. 시신을 욕되게 하는 행위라서 께름칙한 생각이 들었지만 당장 산 사람이라도 살아야겠기에 어쩔 수 없었다.

빙굴은 예전처럼 한기가 몰아치지 않았다. 눅눅한 습기가 옥에 티였지만 움막에서 생활하는 것보다는 훨씬 넓고 아늑했다.

무공을 빨리 회복한 신검서생 기송이 자진해서 망을 보았다. 이미 몽환소의 저주에서 벗어난 엽수낭랑도 기송과 함께 망보는 역할을 자청했다.

동혈에 남은 골인들은 꺼려야 할 눈초리도, 간섭할 사람도 없다.

그들은 촌각을 아껴가며 유화신공 수련에 몰두했다.

독사가 생각해서 이런 환경을 만들었는지, 아니면 어쩌다 이렇게 되었는지는 모르겠지만 골인들에게는 천금같이 귀중한 시간이요 기회였다.

"소저, 싸움이 어떻게 될 것 같소?"

신검서생이 심심파적으로 물었다.

망을 본다는 것은 지겨운 일이다. 누가 나타날 때까지는 텅 빈 허공만 노려보아야 하는 고단한 일이다. 빙굴로 들어서기 위해서는 툭 트인 십여 장의 공터를 지나쳐야 하기 때문에 마음이 더욱 풀렸다.

"독사는 쉽게 당하지 않아요."

엽수낭랑의 음성에는 확고한 자신감이 담겨 있었다.

독사가 신비막측한 자라는 것은 알지만 무림에 몸담은 사람치고 싸움에 자신을 가지는 사람은 없다. 물론 '내가 제일 강해' 하는 정도의 자부심은 가지고 있지만 언젠가 임자를 만나면 톡톡히 당할 것이란 생각들을 늘 지니고 산다.

엽수낭랑도 무림인이다. 무림에 대해서 알 만큼, 아니, 누구보다도 많이 알고 겸손이라든가 자중하는 겸허도 지니고 있다.

그런데 독사에 대한 믿음만은 확고하다.

어디서 이런 자신감이 나오는 것일까.

신검서생은 한 여인의 믿음을 완벽하게 쟁취한 독사가 부러웠다.

"결과론이지만 소저가 백비에 들어선 일은 잘한 것 같소."

"그래요?"

"그렇소."

"고마워요."

"하하하!"

신검서생은 엽수낭랑을 포기했다.

독사를 보기 전까지는 절대 포기할 수 없었던 여인. 백비까지 따라 들어설 정도로 마음을 잡아끌던 여인.

독사와 엽수낭랑의 관계는 미묘하다. 겉모습은 연인인 것도 같고 아닌 것도 같지만 속 모습은 완전한 연인이다. 너무도 공고하게 굳어져 있어서 뚫고 들어갈 틈이 없다.

엽수낭랑은 독사라는 사람의 무공을 확신하는 것이 아니라 인간 자체를 확신하고 있다.

"그러나저러나 유화신공은 대단한 무공이오."

"그래요."

신검서생에게 유화신공의 매력 중 가장 뛰어난 것이 뭐냐고 물어보면 두말할 필요도 없이 내공 두 가지를 동시에 일으키는 효과라고 대답할 것이다.

유화신공은 절반의 노력으로 두 배는 뛰어난 내공을 성취하게 해주는 속성 내공법이다.

"백비가 원하는 무공을 주지는 않았지만 기연을 안겨준 것만은 분명하오. 하하! 소저를 따라 백비에 들어오길 잘했소. 이런 기연을 얻을 줄이야."

엽수낭랑의 눈길은 멀리 멸혼촌에 가 있었다.

독사는 무엇을 하고 있을까? 싸움은 시작되었나? 오랫동안 만무타배가 나타나지 않았는데… 그는 나타났나? 섭혼살호나 지천도의 말을 빌리면 당장 무림에 나가도 초절정고수로 불리기에 손색없는 고수라던데…….

"무인이라면 누구나 기연을 원하고 있소. 노력없이 뛰어난 무공을 얻을 수 있으니 원하지 않을 사람이 어디 있소? 그러나 기연이란 것이 앞뜰에서 만년삼왕(萬年蔘王)을 구하는 것만큼이나 어려우니……."

신검서생은 중도에서 말을 멈췄다. 그래도 엽수낭랑은 자신이 말을 멈춘 것조차 모르고 있다. 그녀는 오래전부터 자신의 말에 귀를 기울이지 않았다.

'독사…….'

독사가 어려운 싸움을 시작했다는 것은 그도 알고 있다.

지천도가 말한 적이 있다.

"내 무공은 도림에서도 알아주는 편이었지. 젊었을 때는 가히 적수가 없다고 자신한 적도 있었고. 하지만 만무타배를 만난 다음에는 생각이 달라졌네. 하늘 위에 하늘이 있는 법이야."

신검서생을 비롯해 모두들 독사의 무공이 어느 정도인지 정확히 아는 사람이 없다.

군이 말하자면 뛰어난 싸움꾼 정도로 인식하고 있는 실정이다.

출행에서 뛰어난 무공을 선보였고 멸혼촌을 감시하는 자들도 순식간에 해치웠다지만, 그 정도로는 만무타배의 적수가 되지 못한다는 것이 골인들의 일반적인 생각들이기도 하다.

"소저."

"……"

"소저!"

"예? 아! 예, 왜요?"

"싸움을 거들고 싶으면 내려가시오. 여기는 나 혼자 지켜도 상관없을 것 같소. 싸우자는 것도 아니고 누가 오나 감시하는 것뿐이니."

"아뇨."

"……?"

"독사가 원하지 않아요."

"그래도 이렇게 마음 졸일 바에는……."

"아녜요. 독사는 무림을 알아야 해요."

엽수낭랑은 무조건 감싸 안지만은 않는다. 독사에게 무림이란 권각으로 치고 박는 것만이 능사가 아니라는 것을 알려주려고 한다. 얼마나 권모술수(權謀術數)가 난무하는지. 설혹 그러다가 일이 잘못되어도 나중에 땅을 치며 후회하는 것보다는 낫다는 판단인 것 같다.

이 싸움은 독사 혼자서 치러내야 한다.

지천도와 섭혼살호도 독사에 대한 이야기를 나눴다.

싸움은 독사가 시작했지만 결국 그 혼자만의 싸움은 아니다. 결국은 모든 골인들이 동참해야 하는 집단 대 집단의 싸움이다.

골인들은 멀리 내다보지 못하고 코앞만 보고 있다.

한시도 쉬지 않고 유화신공 수련에 몰두하는 골인들……. 그것이 자신들을 사지로 몰아넣고 있다는 사실을 왜 모른단 말인가.

지천도가 침울한 표정으로 말했다.

"유화신공을 수련하면 티가 날 걸세. 당장 사활근맥단을 복용할 필요가 없으니 그것이야 내가 받아놓기만 하면 되니 숨길 수 있다 해도……."

"만무타배 같은 능구렁이를 끝까지 속이지는 못할 거요."

"알지, 잘 알지."

유화신공을 수련한 골인들은 모두 죽었다. 골인의 모습에서 벗어나고픈 것이 골인들의 바람이라면, 그 끝에는 죽음이 도사리고 있다.

결국 골인들도 선택을 해야 한다. 당진도를 비롯하여 많은 골인들이 죽음을 받아들였듯이 목 놓고 죽음을 기다리던가, 아니면 '악' 소리라도 해보고 죽는다고 상대가 안 될 줄 번연히 알면서 맞서 싸워보던가.

"만무타배는 시간도 얼마 주지 않을 걸세."

"아무래도 예전 무공을 완전히 되찾기는 어려울 겁니다."

"자넨 싸우기로 작정한 것 같군."

"후후후! 정말로 싸워본 게 언제인지…… 이놈의 사활근맥단 진기는 영 힘을 쓰지 못하겠더라고."

섭혼살호는 진기를 되찾는 중이다. 그뿐만이 아니다. 많은 골인들이 효험을 느끼기 시작했다. 지천도 역시 한때는 익숙했던, 지금은 낯설기만 한 진기가 하단전에 맴도는 것을 감지했다.

결단의 순간은 가까이 다가오고 있다.

지천도의 고민은 싸우느냐 싸우지 않느냐 하는 지엽적인 곳에 있지 않았다. 그는 좀 더 먼 곳을 바라봤다.

당금 사천무림은 백비에 대해서 모른 척하고 있다.

이토록 처참한 일이 벌어지고 있는데도 양쪽 눈을 찔끔 감고 있다.

왜 그럴까?

복잡다단한 무림이니 한마디로 단정지을 수는 없지만 그래도 생각을 정리해 보면 이유는 한 가지뿐이다.

백비와 사천무림이 모종의 밀약을 했다는 것. 인성을 상실한 백비와 명문정파가 밀약을 할 리 만무하건만 그렇게밖에 생각이 들지 않는다.

정말 그렇다면…… 백비에 항거한 자신들은 어쩌면… 정파무림인들로부터 공격을 받을 수도 있다.

지천도는 그 점을 고민했다.

'정말 그런가? 도림이 백비와? 아냐, 그럴 리 없어. 그럼 왜 백비의 존재를 알면서도 눈 감고 있단 말인가.'

도주(刀主)가 옆에 있다면 대놓고 물어보고 싶다.

"어떻게든 결단을 내려야지요."

섭혼살호가 재촉했다.

섭혼살호를 비롯한 몇 명은 벌써 싸우기로 작심했다.

"유화신공을 수련하면 죽음을 피할 수 없으니 싸워야겠지. 강압은 하지 말게."

"그럴 작정이에요. 싸우고 싶은 자는 싸우고, 그렇지 않은 자는 알아서 하면 그만이죠. 다른 사람을 위해서 싸웁니까? 다 자기를 위해서 싸우는 거지."

섭혼살호가 자리를 털고 일어섰다.

"야! 모두 모여봐!"

우렁찬 섭혼살호의 음성이 동혈 안에 쩡쩡 울렸다.

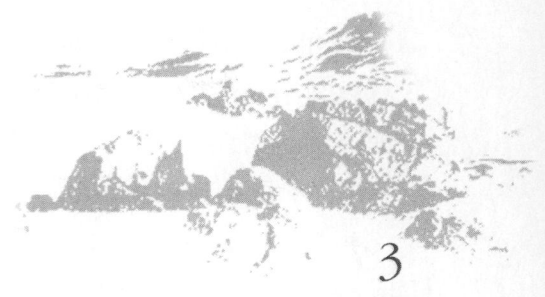

3

원한없는 살인

키 작고, 늙고, 뼈마디가 앙상하여 볼품이라고는 눈을 씻고 찾아봐
도 찾을 수 없는 노인.

만무타배, 그는 머리를 조아렸다.

오체투지(五體投地), 돌바닥에 머리를 처박고 감히 고개를 들 엄두도
내지 못했다.

사위는 깜깜했다.

횃불 하나가 일렁거렸지만, 횃불이 밝힐 수 있는 곳은 만무타배를
중심으로 십여 장밖에 되지 않았다.

"독사가 오목(五目)을 죽였다?"

어둠 속에서 카랑카랑한 쇳소리가 들려왔다.

"죽일 때 사용한 무공은?"

"그것이……."

만무타배는 쉽게 대답하지 못했다.

어떻게 말해야 할까? 시정잡배들처럼 막무가내로 주먹을 휘둘러 죽였다고 해야 할까?

"무공이 한 수 위였습니다."

"한 수 위? 크크크! 알 만하군. 그런 건 한 수 위라고 말하는 게 아냐. 열 수 위. 차원이 다른 무공이라고 하는 거야."

"네."

"사용한 초식은?"

"그게 그러니까… 아무 초식도……."

"발전이 굉장히 빠르군. 내게 말하지 않은 일이라도 있었나?"

"……."

만무타배는 대답하지 못하고 땀만 뻘뻘 흘렸다.

"크크! 그 정도로 성장하려면 수련만 가지고는 안 돼. 기연을 얻은 게 틀림없어. 무슨 일인가 있었는데 보지 못했군."

"장님이나 다름없는 이 눈을 파버리겠습니다."

만무타배는 정말 두 눈을 파낼 요량으로 손가락을 들어 올렸다.

"그럴 필요 없어. 늙어빠진 눈알을 어디다 쓰라고."

말 내용과는 달리 쇳소리는 삭막하기만 했다.

"감사합니다!"

만무타배는 큰 은혜를 입었다는 듯 더욱 깊이 조아렸다.

쇳소리가 다시 울렸다.

"독사가 오목을 죽였다면 요빙의 전낭은 포기한 셈이군. 돌아갈 때 독사 물건을 가져다 줘."

"예?"

"요빙은 독사의 조문(罩門)이야. 이렇게 간단히 포기하게 만들면 안 되지. 물건이란 수중에 지니고 있으면 애착이 가는 법. 아까운 조문을 놓칠 필요는 없어."

"네네. 그런데 저…… 현문의 움직임도 심상치 않습니다. 절사곡(切死谷)에 모여든 자들만 오십여 명이 넘습니다."

"그래?"

"현문이 본격적으로 움직이는 것 같습니다."

"그 말은 틀렸어."

"네?"

"본격적이라는 말. 현문이 정말 움직이면 멸혼촌 골인들은 살아남질 못해."

"아! 네."

"무인들 중에서 가장 강한 자는?"

"도왕 갈운태. 일수일살 장위가 눈여겨볼 자들입니다."

잠시 침묵이 이어졌다.

만무타배는 묻기 전에는 입도 뗄 수 없다는 듯 오체투지한 자세 그대로 굳어졌다.

잠시 후 어둠 속에서 쉿소리가 다시 울려 나왔다.

"도왕 갈운태… 일수일살 장위…… 강한 자들이지. 만무타배, 네가 보기에는 어떤가? 그들이 이효기를 죽일 수 있다고 생각하나?"

"네?"

만무타배는 자신이 잘못 듣지 않았나 싶어 즉시 되물었다.

주인은 독사가 아니라 이효기를 죽일 수 있겠느냐고 물어왔다.

"……."

어둠 속은 침묵으로 일관했다.

'잘못 듣지 않았어. 분명히 이효기를 거명하셨어.'

즉시 대답했다.

"이효기가 뛰어난 무인이기는 하지만 도왕에게는 한 수 아래입니다."

"지금 멸혼촌에는 누가 있나?"

무인들과 겨룰 수 있는 골인들을 묻는 게다.

"골인들은 모두 빙굴로 피신해 있고 독사 혼자 남아 있습니다."

"그럼 독사를 빼내."

"예?"

"이번에는 우리가 장난 좀 쳐보지. 독사를 빼내고 이효기를 집어넣어. 현문이 원하는 대로 해줘."

"주, 주공! 방금 그 말씀은…… 그렇게 되면 이효기가 죽게 됩니다. 이효기가 뛰어난 무인이기는 하지만 도왕 상대로는……."

"만무타배, 언제부터 내 말에 토를 달았나?"

"죄송합니다!"

만무타배는 즉시 머리를 조아렸다.

"또 할 말은?"

"없습니다."

"그래, 그럼 명을 내린다. 첫째, 멸혼촌에서 독사를 빼내고 이효기를 투입하라."

"존명!"

지금까지도 상명하복(上命下服)의 관계였지만 '명을 내린다' 는 말이 떨어진 후에는 절대적 복종만이 남았다.

"둘째, 멸혼촌 일이 끝난 후 골인들을 정리한다."

'헉!'

만무타배는 경악했다.

골인들을 정리한다는 것은 마단의 숙원이 거의 종착지에 도달했다는 것을 의미한다. 이제 골인들이 필요없으니 정리하라. 죽여라…….

"두 번째 명은 요지성녀에게도 전달해라. 유심동도 같은 날 동시에 정리한다."

"주, 주공!"

만무타배는 눈물이 왈칵 쏟아질 뻔했다.

이제 일이 끝나고 있다. 어쩌면 자신에게 말을 하지 않아서 그렇지 벌써 일이 마무리되었는지도 모른다. 죽을 때까지 숙원을 보지 못하리라 생각했는데.

"명령 중이다!"

싸늘한 쇳소리는 조금의 인정도 용납하지 않았다.

"조, 존명!"

만무타배는 즉시 머리를 조아렸지만 그의 어깨는 격동으로 떨리고 있었다.

주인의 입에서 '혹시……?' 하는 말까지 터져 나왔다.

"셋째, 멸혼촌을 정리함과 동시에 백비를 제거한다."

"……."

아무 소리도 할 수 없다. 이제 끝났다. 길고 긴 기다림은 이제 끝났다.

"넷째, 이 모든 것은 동시에 이루어져야 하며, 이후 마단은 구중심처(九重深處)로 들어간다."

구중심처……. 본의와는 다르게 마단에서는 완전 잠복을 구중심처라고 부른다. 무림인들로부터 완전히 잊혀지는 거다. 지하에 꼭꼭 숨어 머리카락조차 보이지 않는 거다. 하지만 번데기에서 나방이 나오듯이 마단이 다시 무림에 나설 때는…….

"존명!"

만무타배는 힘차게 대답했다.

태황전(太皇殿)을 물러 나온 만무타배는 잰걸음으로 뇌옥을 찾았다.

'침착해야 돼, 침착해야 돼…….'

마음속으로는 침착해야 된다고 수십 번 다짐했지만 희열에 들뜬 마음은 걷잡지 못하게 새어 나왔다.

"충(忠)!"

뇌옥을 지키던 무인 두 명이 만무타배를 보고 우렁찬 음성과 함께 황급히 반례를 취했다.

"이효기는?"

"제삼실(第三室)에 있습니다!"

만무타배는 뇌옥 구조를 환히 알았다.

지금에야 뇌옥에 들어올 일은 거의 없지만 한때는 뇌옥장을 한 적이 있다.

그는 제삼실로 갔다.

이효기는 기본이 탄탄하게 닦여 있는 무인이다. 혈도도 제압되지 않은 상태이기 때문에 행동도 자유롭다. 그는 편안한 신색으로 운공에 몰두하고 있었다.

'이제 유화신공은 필요없어.'

이효기를 뇌옥에 잡아올 때만 해도 장중보옥(掌中寶玉)처럼 다뤘다. 잡다한 무공이 일절 섞이지 않은 순수한 유화신공은 마단이 숙원을 푸는 열쇠다.

"풋! 당신이군."

이효기가 운공을 풀며 말했다.

"나갈 준비를 해."

"나…… 가?"

"널 기다리는 사람들이 있지."

단주가 말한 현문이 원하는 대로 해주라는 말은 군웅들에게 이효기를 내주라는 말이다. 즉, 군웅들이 이효기를 죽이게끔 내버려 두라는 말이다.

천요문(千滛門)의 절기, 유화신공은 마단이 숙원을 이루는 데 절대적으로 필요하다. 다른 무공과 뒤섞인 유화신공은 필요없다. 태어나면서부터 오로지 유화신공 하나만을 익힌 무인이 필요하다. 그들만이 마단의 숙원을 푸는 열쇠를 제공해 준다.

정성사, 최자범, 이효기같이 잡무공이 섞이지 않은, 순수하게 유화신공만을 익힌 무인이 걸려들기를 얼마나 학수고대했던가.

그런데 정성사는 골인들에게 유화신공을 전수하는 우(愚)를 저질렀고 최자범은 현문이 투입한 군웅들을 무참히 도륙했다.

둘의 행동은 천양지차(天壤之差)이나 마단의 입장에서 보면 난처하기는 똑같다.

정성사처럼 골인들에게 유화신공을 전수하여 자유를 주어서는 안 된다. 자유를 주게 되면 마단의 명을 받들지 않게 된다. 아니, 상황이 바뀌어 마단과는 원수지간이 된다.

골인들은 계속 변변찮은 무공으로 현문이 투입시킨 역시 변변찮은 무공을 지닌 자들과 지속적으로 싸워야 한다.

마단은 골인들의 생사에 관심없다. 현문도 그들이 투입시킨 무인들의 생사에 관심없다.

현문은 끊임없이 마단이 제자리에 그대로 있나 없나를 관찰하는 것이고 마단은 골인들을 보내 제거함으로써 아직 그 자리에 있다고 답해주는 것뿐이다.

골인들은 마단이 숙원을 이룰 때까지 제 역할을 다해줘야 한다. 골인들이 제 역할을 하는 동안은 현문이나 마단, 어느 한쪽이 힘의 균형을 무너뜨리지 않는 이상 견제는 지속된다.

정성사는 마단이 직접 제거했다. 마단고수 백 명과 목숨을 맞바꾼다 해도 생포해야 하는 인물이지만, 숙원을 이루기 위해서는 그의 유화신공이 절대적으로 필요하지만 그는 안타깝게도 포획 직전에 자진(自盡)을 하고 말았다.

최자범은 현문의 요구에 충실했다.

현문⋯⋯. 천요문의 분신인 현문이 무림군웅들을 핍박해 대거 집어넣는 데는 이유가 있다.

마단의 무공이 어느 정도인지, 숙원은 어느 정도 풀었는지 알고 싶은 게다. 그래서 힘의 균형이 무너졌다고 판단될 때는 전력을 기울여 공격해 올 것이다.

현문도 마단에서 무엇을 필요로 하는지 알고 있다.

현문이란 허울을 뒤집어쓰기 전, 천요문 시절에 제일기공으로 추앙하던 유화신공.

정성사나 최자범은 마단이 절실하게 필요로 하는 자들이다. 설마 그들을 군웅들 손에 맞아 죽게 내버려 두겠는가.

정성사나 최자범이 고수라고는 하지만 무림군웅들을 상대하지 못한다. 이효기가 도왕을 상대하지 못하듯이. 결국 그들을 살리기 위해서는 마단이 직접 나서는 수밖에 없고, 군웅들을 처리하는 과정을 지켜보며 실력을 가늠하려는 게다.

현문 목적은 정성사나 최자범의 경우 양쪽 다 실패했다.

정성사의 경우에는 무림군웅들이 몰려왔을 때, 멸혼촌에 남은 사람은 골인밖에 없었다. 결국 현문은 무림군웅들을 투입하자마자 빼내갔다.

최자범은 반대 경우다.

무림에는 칠 푼만 드러내고 삼 푼은 숨기라는 말이 있다. 최자범이 그랬다. 그는 현문이 키워냈지만, 그들의 생각보다도 훨씬 성취가 높았다.

그는 철저하게 무림군웅을 격살했다. 마단이 손을 쓸 필요도 없었다. 단 나흘 만에 사십여 명에 이르던 군웅 중 절반이 무너졌다. 나머지도 무너지는 것은 시간문제처럼 보였다.

악마, 그는 악마다.

현문은 사부에게마저 본신무공을 숨긴 최자범을 보고 경악했다. 더욱이 그가 드러낸 살심(殺心)은 현문의 명을 받고 있다고는 생각하지 못할 만큼 전율스러웠다.

현문은 고민 끝에 직접 나섰고, 최자범을 격살했다.

마단의 무공을 보는 것보다 최자범이 변심하여 마단에 귀순하는 것을 저어한 까닭이다.

격살이다. 현문은 분명히 격살했다. 그것을 마단이 구해서 살려냈을 뿐. 비록 이지가 완전히 돌아오지는 못했지만⋯⋯.

이효기는 이런저런 면을 방지하고자 일찌감치 빼왔다. 그런데 이제는 필요없게 됐다.

'많은 사람들이 기다리고 있을 거야, 널 죽일 사람들이.'

"많은 사람들이 기다리고 있다? 후후! 그렇겠지."

이효기는 자신만만했다. 너희가 날 어떻게 할 수 있느냐는 자신감이 물씬 풍겨 나왔다.

만무타배는 뇌옥에서 천무전(天武殿)으로 발길을 돌렸다.

숙원이 어느 정도 성취되었는지 자신의 눈으로 직접 봐야만 직성이 풀릴 것 같았다.

"충!"

천무전은 물샐 틈 없는 경비로 바람조차 스며들 수 없다.

십 년 전에도, 이십 년 전에도 천무전은 마단 최고의 고수들이 경비를 섰다.

이들이 합공을 펼치면 만무타배조차도 자신을 못한다.

"어딜 가십니까?"

각진 얼굴에 융통성이라고는 손톱만큼도 없어 보이는 무인이 물어왔다.

"삼층."

"출입 불가입니다."

"끌끌! 알아. 그저 둘러보자는 거지."

"출입 불가입니다."

"그놈 참⋯⋯ 알았어. 이층만 둘러보지."

"출입 불가입니다."

"그럼 일층은 괜찮겠지?"

"직삼(直三)이시니 자격이 있습니다."

무인이 물러섰다.

만무타배는 아쉬운 대로 일층으로 들어섰다.

천무전은 일층으로 들어서는 길과 이층, 삼층으로 올라가는 계단이 각기 다른 곳에 배치되어 있다.

일층에서 이층으로, 이층에서 삼층으로 절대 올라가지 못한다.

철옹성(鐵甕城)처럼 꽉 닫힌 철문을 밀치고 들어서자 수십 개에 이르는 뇌옥이 나타났다.

시설은 최상.

문 대신 철창이 가로막혀 있다 뿐이지 호화 집기들로 가득한 뇌옥이다. 뇌옥은 모두 열 칸. 뇌옥 한 칸의 크기가 중소문파 대청에 못지않을 만큼 넓다.

만무타배는 첫 번째 뇌옥에서 발길을 멈췄다.

더 들어가 볼 필요도 없었다.

첫 번째 뇌옥에는 이십 대 초반의 젊은이가 물구나무를 선 자세로 운공 중이었다.

'유화신공!'

단주가 자신있게 이효기를 군웅들에게 내주라고 한 데는 이런 이유가 있었다. 마단은 유화신공의 진기(眞氣)를 알아냈고, 젊은 영재들에게 수련시키고 있다.

이제 유화신공을 익힌 천요문도가 걸려들기만 기다리며 멍하니 있을 필요가 없다.

젊은 영재들이라는 말은 잘못되었다. 첫 번째 뇌옥에서 수련하는 젊은이는 기도가 굉장히 편안하다. 적어도 이효기에 못지않은 고수라고 확신할 수 있다. 그렇다면 유화신공을 수련한 지 십여 년은 훨씬 더 된다는 말인데…….

'그렇군. 최자범이 들어왔을 때 단주님은 유화신공의 진기를 알아내셨어. 이지를 상실한 자로부터 구결을 전해 듣는 방법은…… 그렇군. 섭혼마령술(攝魂魔靈術)! 섭혼마령술이 있었어.'

단주는 철두철미한 성격이다.

보통 사람들 같으면 유화신공의 진기를 찾아내자마자 백비를 제거하고 구중심처로 숨어들려고 했을 게다. 준비는 구중심처에 숨어서도 할 수 있을 테니까.

단주는 혹시나 하는 생각에서 아직까지 백비를 존속시켰다. 멸혼촌, 유심동 골인들도 어느 때와 다름없이 운용시켰고 이제 모두 문을 닫으라는 것은 유화신공의 진기가 충실하다는 것을 확인했기 때문이다.

'숙원을 풀 날이 가까워지고 있어.'

만무타배는 태황전에서 느꼈던 격동을 다시 느꼈다.

만무타배는 마지막으로 적창(積倉)을 찾았다.

"충!"

여기도 다른 곳과 마찬가지로 검은 무복을 입은 무인들이 삼엄한 경계를 펼치고 있었다.

"독사의 물건을 가져와."

"충!"

잠시 후 적창무인들의 수좌인 팔혼(八魂)이 독사의 물건을 가져왔다.

노룡검은 탐나는 보검이다. 팔목에 차는 소궁은 그저 그렇다. 어린 아이나 가지고 노는 장난감처럼 보인다. 그나마 정교한 문양이 있어서 그렇지 소궁 자체는 결코 탐나지 않는다.

요빙의 전낭은…… 자신 같으면 벌써 뱃속으로 들어가고도 남았다. 술로 변해서, 고기로 변해서.

전낭에 남은 돈은 삼백칠십 문.

처음 빼앗았을 때 오백마흔여덟 개가 있었으니, 독사가 자신의 명을 받고 출행한 횟수가 열여덟 번이다.

'희한한 놈……'

독사를 생각하면 희한하다는 말밖에 생각나지 않는다.

그의 무공은 결코 천요문의 무공이 아니면서도, 비인부전인 천요문의 십이천공마를 익히고 있다. 그렇다고 천요문 문도라고 생각하기에는 그의 내력이 너무 다르다.

구결까지 전해 들었지만 유화신공하고는 근본부터가 다르다.

단주는 독사를 빼내오라고 했다. 적어도 군웅들 손에 죽게 만들게는 하지 않겠다는 뜻인데…….

'단주님도 독사의 무공에 호기심을 느끼신 게야.'

독사 정도의 무공이 마단주의 눈길을 잡아당길 리는 없다.

단언하건대 숙원만 이루어지면 마단의 무공은 천상천하(天上天下) 유아독존(唯我獨尊)이다.

소림사도, 무당파도 그 어느 누구라도 마단의 무공에 굴복하게 된다. 현재 존재하는 무공들뿐만 아니라 과거의 어떤 무공도, 미래에 창안될 무공들도 마단 무공보다는 못하다.

숙원…….

숙원이 문제다. 오랜 세월 풀리지 않은 무리(武理)가 문제다. 그것만 풀면 되는데……

이제 완벽한 유화신공을 얻었지만 숙원이 풀린다는 보장은 하지 못한다. 가장 가능성있는 방법으로 근접하고 있을 뿐이다. 이번에도 풀리지 않는다면 다른 신공을 찾던가 아니면 숙원을 포기해야 한다.

단주는 그런 일을 대비해서 독사의 무공에 호기심을 느끼고 있는 게 아닐까?

'독사…… 내 제자였다면 결코 여인에게 정을 주지 못하게 했을 터. 무인에게 정인이 생기면 검이 녹슬게 되지. 정인과 검은 상극인 것을…… 요빙. 아마도 요빙이 네 발목을 잡을 거야. 큭큭! 죽은 여자가 산 사람의 발목을 잡는군.'

만무타배는 독사의 물건을 챙겼다. 그리고 이효기가 기다리는 대청으로 총총히 발걸음을 떼었다.

第二十八章
물고 물리고

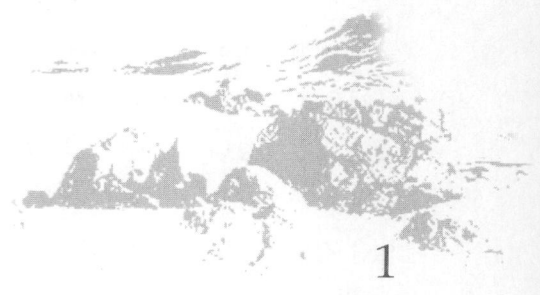

1

믈고 믈리고

　도왕 갈운태는 참을성이 많지 않다.

　대낮이 되어도 조용하기만 한 멸혼촌의 침묵은 그에게서 인내심을 빼앗았다.

　"일수일살, 좌측을 맡아. 완전히 초토화시켜 버렷!"

　일수일살이 소리없는 웃음을 흘렸다.

　진작 이렇게 했어야 한다. 괜히 귀주사괴라는 사기꾼들을 들여보내서 마음만 심란해졌다.

　일수일살은 손짓을 크게 한 다음 앞장서서 멸혼촌으로 짓쳐들어갔다.

　도왕 갈운태도 망설이지 않았다. 직속 수하로 배정된 십여 명과 삼비마룡을 이끌고 우측 움막을 향해 달려갔다.

　퍼엉!

첫 번째 움막이 산산조각나서 흩어졌다.

서둘러 공격을 가하기는 했지만 방심하지는 않았다. 고수가 있다는 것을 알고 있으니 한 걸음을 내딛는 데도 만반의 준비를 갖췄다. 움막을 부수는 일도 이십여 명이 행동을 함께했다. 일시에 부수고, 급습이 있을 경우에는 일시에 반격한다.

퍽! 퍼퍽!

두 번째 움막이 가루가 되어 비산했다.

군웅들은 사람이 머물 만한 공간을 남겨두지 않았다. 움막 안에 아무도 없다는 것을 확인한 다음에도 철저하게 짓밟아 흔적조차 남기지 않았다.

군웅들이 지나간 자리는 오목한 구덩이와 폐허만이 남았다.

그러나 그럴수록 군웅들의 긴장은 도를 더해갔다. 특히 어젯밤 무인이 죽은 움막에 가까이 다가갈수록 식은땀이 흘러내리는 것을 막지 못했다.

"저들인데. 너무 많나?"

이효기는 능글맞게 웃으며 말하는 만무타배를 살광 어린 눈으로 노려봤다.

살광이 어렸다고는 할 수 없다. 아주 잠깐 마단에 대한 증오심이 떠올라 눈길에 담았을 뿐이다. 눈에 넣어도 아프지 않을 약혼녀가 이들 손에 죽지 않았던가.

하지만 만무타배가 그런 눈길을 놓칠 리 없다.

겉으로는 이효기나 만무타배나 태연했다.

"싸움은 머릿수만 많다고 이기는 게 아니죠."

"저들은 뛰어난 무인이지. 조금쯤 겸손해지는 것도 좋아."

"후후후!"

"들어봤을지 모르지만 저들 중에는 도왕 갈운태라는 자도 있지."

"……."

이효기가 흠칫했다.

설마 도왕 같은 고수가 궁벽한 곳에서 많은 무인들과 무리 지어 움막이나 부수고 있을 줄은 상상하지도 못했다.

"도왕뿐만이 아니지. 일수일살이라고 들어봤나? 크크크! 쾌검으로 유명한 삼비마룡도 있고, 검에 피를 묻히기 전에는 거두지 않는다는 홍검쌍살도 있지."

"……!"

이효기의 표정에서 자만심이 사라졌다. 대신 긴장감이 맴돌기 시작했다.

'아직 어린애…….'

이효기는 잘못 투입된 소년이다.

정성사처럼 협의심이 짙지도 않고 최자범처럼 살기가 진하지도 않다. 나름대로 특징을 잡으라면 적당히 얌체 같고, 적당히 자만심이 있으며, 적당한 무공을 지녔다.

적당하다는 말…… 그 말처럼 무림에서 통용되지 않는 말도 없다.

무림에서는 선이든 악이든 뿌리를 뽑아야지 적당해서는 무명(武名)을 높일 생각은 아예 말아야 한다.

정성사와 최자범의 실패를 겪은 현문은 이런 아이를 만들어낼 수밖에 없었으리라.

마단의 신임을 사면서도 유화신공을 노출시키지 않을 아이로는 적당하다. 만무타배의 눈에는 얄팍하게만 보이지만, 그 얄팍하다는 점이 이효기를 쉽게 변심할 수 있는 자로 착각하게 만든다.

이효기는 셋 중 가장 쉽게 마단에 귀순할 자다. 그러나 유화신공을 얻어내기는 다른 두 명과 마찬가지로 상당히 어려울 것이 뻔하다. 이효기의 뇌리 속에는 현문은 선, 마단은 악으로 규정지어져 있으니까.

만무타배는 웃음이 새어 나오려는 것을 억지로 참고 말했다.

"저 정도면 해볼 만한가?"

"후후! 저 정도쯤이야……."

웃음이 어설프다. 억지로 쥐어짜는 웃음이니 그럴 수밖에 없다.

이효기는 마단이 보호해 주지 않으면 절대 저들의 손을 벗어나지 못한다.

"저놈들이 골치야. 골인들은 상대가 안 되고…… 하필이면 이때 독사조차도 출행 중이고. 골인들은 피신을 시켰지만 이렇게 마음 놓고 휘젓게 만들어서는 체면이 안 서지. 저들을 요리해 주어야겠어. 괜찮겠나?"

묻는 게 아니다. 거절할 수 없는 사람에게 묻는 것은 강압이다.

"저들만 죽이면……."

"마단주를 만나게 될 거야. 자네에게 꽤 호감을 가지고 있으니까."

이효기의 눈가에 경멸이 스쳐 갔다.

그는 남을 속이려면 자신부터 속여야 한다는 사실을 잊고 있다. 겉으로 속이는 것과 자신의 본마음부터 속이는 것은 확실히 차이가 난다.

현문에서 잘 가르쳤지만 아직은 부족하다. 앞으로 삼사 년 정도만 더 수련하고 들어왔다면 감쪽같이 속았을 텐데. 무공도 더 수련하고 경륜도 더 쌓은 다음에.

정성사, 최자범, 이효기······.

이들을 미끼로 하여 마단의 무공 정도를 파악하는 일은 현문이 할 일이다.

이들은 자신들이 미끼가 되었다는 사실조차도 모른다.

그럼 정작 이들은 마단에 잠입하여 무슨 일을 하느냐? 간단하다. 간세(奸細)다. 마단에 귀순하여 적당히 유화신공을 풀어주고, 대신 마단의 총단 위치며 구조, 인원 등 비밀에 가려진 모든 것을 캐낸다.

특히 총단 위치는 중요하다.

마단이 진실한 현문의 총단 위치를 모르는 것처럼 현문도 마단주가 기거하는 총단 위치를 모른다.

알았다면 벌써 싸움이 났을 것이고, 무림에서 사라지는 쪽은 마단일 가능성이 높다. 현문의 경우에는 사천무림을 총동원할 수 있는 인맥과 조종 능력이 있으니까.

현문은 잘못 계산했다.

"가보게."

"한 가지만 묻겠소. 마단주를 만나면 정말 내가 원하는 무공을 얻을 수 있소?"

'끝까지······.'

이쯤 되면 서로 알 만도 할 텐데 이효기는 끝까지 우연히 백비를 통해 들어온 것으로 가장한다. 골인들은 내버려 두고 자신만을 납치해 온 것이 몽환소에 중독되지 않았기 때문으로 알고 있는 듯이.

'삼사 년 후에 들어왔으면 큰 우환이 될 자였는데······.'

내면만 확실하게 감췄다면 마단 가입을 순순히 믿었을 게다.

"큭큭! 약속하지. 원하는 무공이 무엇이든 얻을 수 있어. 얻지 못한다면 늙은 이 목을 걸지."

스르룽……!

이효기가 검을 뽑았다.

도왕을 비롯해 군웅들이 떠난 자리에 노부부가 내려섰다.

천리검과 백단살, 독사에게 귀궁 원로라고 자신들을 소개했던 노부
부다.

"독사가 제법 머리를 쓰네그랴."

"……."

"망구, 무슨 생각을 그렇게 골똘히 해? 망구답지 않게."

"조용히 좀 해봐, 영감탱이야."

"허! 그놈의 성질머리 팔딱거리는 것 하고는……."

"영감, 이상하지 않아?"

"뭐가?"

"골인들이 한 명도 없잖아?"

"그러게 독사가 제법 머리를 쓴다고 하지 않았어."

"머리를 쓰는 건 좋은데 효기가 보이지 않으니 하는 말 아뇨."

"허허! 뭘 그리 걱정하나. 멸혼촌에서 저들을 막을 사람은 효기하고
독사밖에 없어. 한 사람으로는 역부족이지. 독사도 효기도 알고 있을
거야. 둘이 막으려고 하겠지."

"음……!"

"망구, 쓸데없는 걱정 말고 독사나 완벽하게 빼내."

"그놈이 말썽이네. 감히 나와 손속을 맞겨룰 때부터 찜찜했는데 결
국…… 그놈은 걱정 마슈. 영감이나 두 눈 똑바로 뜨고 마단 놈들이 펼

치는 무공이나 봐두슈. 헹! 일을 서로 바꿨어야 하는데."

"누가 걱정해서 하는 말인가? 그놈은 마단에 들어갈 수 없는 놈이니 하는 말이지. 뇌천인들 심정이 오죽하겠어? 부족한 줄 빤히 알면서도 효기를 들여보냈으니. 우리라도 일을 똑바로 해서 뇌천의 마음을 헤아려 줘야지 누가 헤아리나."

"영감은 그저 뇌천이라면 깜빡 죽어서……."

"똑똑한 놈이었잖아. 살이 피둥피둥 쪄서 볼품 사납게 변했지만."

노부부는 농담 삼아 이야기를 주고받았지만 얼굴 표정은 딱딱하게 경직되어 있었다.

천리검과 백단살은 자신들의 임무가 얼마나 중차대한지 너무 잘 알고 있다.

이번 일전은 무림 야사에 남을 결전이 될 것이다.

중원에 널리 알릴 수 없는 싸움이니 무림사에는 기록되지 않겠지만, 먼 후일 편하게 앉아 오늘의 싸움을 이야기할 때가 오리라.

실패는 있을 수 없다.

마단에서는 군웅들로 몰아붙이는 것이 단지 마단의 무공 정도를 파악하는 것이라고 생각하겠지만…….

"망구, 독사가 나타나면 바로 뛰어. 독사가 싸움에 휘말리게 해서는 안 돼."

백단살은 대답하지 않았다.

그들도 어제 일을 보았다, 삼비마룡이 화들짝 놀라 물러서는 것을. 그리고 무인 한 명이 소리없이 격살당한 것을.

군웅들이 어젯밤 격살당한 움막으로 다가서고 있다.

움막은 삼비마룡이 일검을 전개한 탓인지 안이 환히 들여다보였다.

안에는 아무도 없었다. 어젯밤처럼 무형의 기운만이 쓸쓸하게 맴돌았다.

일수일살이 손을 들어 가리키자 뒤따르던 무인들이 쾌속하게 신법을 전개해 다가섰다.

꽈앙! 푸드득……! 파앙……!

온갖 병기들이 일시에 몰아치자 움막은 요란한 소리와 함께 흔적도 없이 날아가 버렸다.

"엇!"

군웅들은 뒤로 두어 발자국씩 물러섰다.

그들이 무너뜨린 움막에는 지금까지는 보지 못했던 공동(空洞)이 드러났다.

나무 침상 밑으로 사람 한 명이 간신히 기어들어 갈 만한 작은 공동.

일수일살은 주먹을 오므렸다 폈다 하며 공동 가까이 다가섰다.

"횃불!"

횃불이 있을 리 없다.

무인들 중 한 명이 부서진 나무 기둥에 불을 붙여 가져왔다.

일수일살은 횃불을 받아 대담하게 공동 안을 비췄다. 급습을 받으면 꼼짝없이 당할 형국이지만 그런 것쯤은 안중에도 없다는 듯이 태연했다.

"약 냄새가 지독하군. 의원(醫院)이 옮겨온 것 같아."

일수일살 말대로 지하 공동에서는 진한 약 냄새가 풍겨 나왔다. 뒤에 멀찌감치 떨어져 있는 무인들도 확연히 맡을 수 있을 만큼 진했다.

공동 안은 들어가 볼 필요도 없었다. 그리 넓지 않았고, 약초 더미도 크지 않아 안이 환히 보였다.

"기가 막히군. 그럼 어젯밤에 일지를 날린 후 이리 숨었다는 말인데…… 그래도 빨라."

삼비마룡이 공동을 들여다보며 말했다.

무인의 죽음을 알아채고 검을 뽑아 공격하기까지 걸린 시각은 촌각에 불과하다. 그사이에 신형을 날려 공동 안으로 몸을 숨길 수 있을까?

소리없이 무인을 격살한 무공은 놀랍다. 촌각 만에 공동 안으로 몸을 숨긴 신법은 더 더욱 놀랍다.

상대는 분명히 놀라운 고수다.

군웅들 중 제일 고강하다고 정평이 난 도왕조차도 단신으로 맞서서는 승산을 장담할 수 없다.

그가 나타난다면 자존심이 상하지만 어젯밤 숙의한 대로 합공을 펼쳐야 한다.

일수일살은 들고 있던 횃불을 안으로 던져 넣었다.

마른 약초에 불길이 붙는지 매캐한 연기가 치솟기 시작했다.

안에 사람이 숨어 있다면 기어나올 수밖에 없다. 횃불로 비춰보았을 때 아무도 없었지만, 설혹 있다 해도 활활 타기 시작한 불길 속에서 버티고 있을 장사는 없다.

어젯밤 습격당했던 움막에도 아무도 없자 무인들의 긴장은 썰물처럼 풀어졌다.

너무도 조용한 마을.

어찌 보면 사람이 아예 없는 것처럼 생각되었다.

"죽고 싶은 자는 긴장을 풀어라. 쯧! 무림에서 한두 해 굴러먹은 것도 아닌데 이런 말까지 해야 되나."

무인들의 심정을 짐작한 도왕이 힐책했다.

두 가지만 잊어버리지 않으면 된다.

첫째, 아무도 없는 마을이나 무너뜨리자고 현문 고수들이 자신들을 핍박한 것은 아니라는 것. 또 하나, 어젯밤 분명히 무인 한 명이 놀라운 고수에게 격살당했다는 것. 아직도 피가 식지 않은 시신 한 구를 매장해야만 했다는 것.

무인들이 도왕의 힐책에 다시 마음을 가다듬을 즈음, 그들은 마을 저쪽에서 뚜벅뚜벅 걸어오는 무인을 보았다.

그의 손에는 검이 들려 있었다. 두 눈에서 적개심이 활활 타올랐다. 멀리서도…… 뜨거운 살심이 느껴졌다.

'고수는 고수인데…… 아직 풋내기군. 아직 스물도 안 됐을 나이인데 어느 문파가 이런 고수를 키워냈단 말인가.'

도왕은 다가오는 소년을 보며 감탄을 금치 못했다.

절도있는 걸음걸이, 빈틈없는 자세.

싸움판에서 막 배운 무공이 아니라 정통무가에서 체계있게 배운 무공이다.

소년은 향후 몇 년만 더 지나면 능히 절정고수 반열에 오를 기틀을 지녔다.

한 가지 아쉬운 점이 있다면 실전 경험이 너무 없다는 거다.

도왕 같은 실전의 대가들은 상대를 보기만 해도 진정한 싸움꾼인지 단순히 무공만 익힌 무인인지 판단해 낼 수 있다.

어떤 사람이 단신으로 오십여 명에 이르는 무인들 앞에 나섰다면 상당한 용기를 지녔거나 뛰어난 무공의 소유자라고 판단해야 옳다.

하지만 소년은 그렇지 못하다. 만용일 뿐이다.

죽음을 대수롭지 않게 여기는 신념의 소유자나 절정고수는 절대 긴장하지 않는다.

그런 사람들의 특징은 검을 들고 걸어오면서부터 싸움이 시작된다는 것이다. 걸어오는 동안 가장 강한 자를 분별해 내고, 가장 먼저 공격할 자를 선정해 놓는다. 자신의 신법을 정확히 계산하고, 병기를 쳐낼 수 있는 거리까지 다가오면 가차없이 병기부터 날린다.

멀리서도 역력히 보일 만큼 긴장하고 있다는 것은 실전 경험이 부족하다는 것. 상대를 파악하려고 하지 않고 앞만 보고 걸어온다는 것은 필승의 자신이 없다는 것.

"어젯밤 그자는 아니군."

삼비마룡도 소년의 기도를 읽었다.

"단신으로 우리와 싸우려는 것 같은데…… 하룻강아지 범 무서운 줄 모른다더니."

일수일살이 어처구니없다는 표정을 지었다.

소년의 무공은 뛰어나다. 그 점은 인정한다. 하지만 병장기를 들고 싸우는 싸움이란 일순간에 승부가 결정난다. 단순한 비무라면 몰라도 싸움이라면 상대가 되지 않는다.

그래도 방심하지는 않았다. '앗차!' 하는 순간에 싸움이 결정난다는 것은 이쪽에도 해당된다. 뛰어난 무공을 지닌 만큼 돌발적인 초식에 당할 수도 있다.

소년이 가까이 다가와 멈춰 섰다.

병기를 전개해 들어가기는 조금 먼 거리다. 신법이 빠르다는 자도 소년을 공격하기 위해서는 두 걸음 정도 소득없이 땅을 밟아야 한다.

아직 싸울 의사가 없어서 멈춰 섰다면 적당한 거리에서 멈춘 것이고, 자신의 신법을 고려하여 멈춘 것이라면… 소년을 다시 봐야 한다. 소년은 굉장히 빠르다.

"누가 도왕인가!"

"난데."

도왕이 빙글 웃으며 대답했다.

"그렇군. 그럼 일수일살은 누군가?"

일수일살이 손가락 하나를 까딱거려 보였다. 그 순간,

쒜에엑……!

한가롭게만 보이던 검이 시퍼런 한광을 토해내며 달려들었다.

도왕은 도를 꺼내지도 않은 상태, 그는 뒤로 몸을 굽혀 검광을 배 위로 흘려보냈다.

파앗!

검광은 기이한 각도로 꺾였다. 배 위로 흘러가는 듯싶더니 다시 방향을 바꿔 허벅지를 후려쳐 왔다.

"감히 애송이가!"

도왕은 고함을 빽 지름과 동시에 상체를 일으키고 좌측으로 훌쩍 물러섰다.

이효기는 재차 공격하지 않았다.

도왕의 손에는 이미 대도가 들려 시퍼런 독기를 풀풀 풍겨냈다.

이효기가 씩 웃으며 말했다.

"명불허전(名不虛傳). 도왕 이름 값을 하는군. 솔직히 이번 일초가 성공했다면 많이 실망했을 거야."

도왕은 대도를 양손으로 움켜잡았다.

풋내기가 감히 많은 군웅들 앞에서 망신을 시켰다. 그것은 몸에 상처를 입는 것보다 더욱 아팠다.

"후후후! 이름 값을 한다. 좋은 말이군. 하지만 그 정도로는 이름 값을 했다고 볼 수 없지. 진짜 이름 값이 어떤 건지 보여주지."

파앗!

도왕이 한 발을 크게 내딛는가 싶었다.

그 순간 도왕의 거대한 몸은 허공에 떠 있었다. 체구에 어울리지 않는 빠름이다.

하늘에서 바윗덩어리가 떨어져 내렸다.

도왕의 육중한 몸은 바윗덩어리로 생각해도 모자람이 없었다. 더욱이 그가 내뻗은 대도는 번갯불보다 빨라서 눈에 보이지도 않았다.

"헛!"

이효기의 얼굴에서 여유만만하던 기색이 사라지며 경악성이 튀어나왔다.

짐작은 했지만 도왕이 전개한 한 수는 그의 짐작보다도 훨씬 빠르고 거셌다.

도왕은 대도, 자신은 검.

맞받을 수 없다. 검이 아니라 철추를 들고 있다고 해도 맞받기가 부담스러울 만큼 대도의 기세는 육중했다.

훌쩍 뛰어 뒤로 물러섰다.

갑자기 불길한 예감이 머리 속을 뒤흔든다. 도왕 한 명만 상대하기도 벅찬데 주위에는 도왕에 버금가는 고수가 적어도 세 명은 더 있다.

'십이천공마!'

이효기는 유화신공을 극성으로 끌어올리고 십이천공마를 일시에 뿜어냈다.

검은 한 자루, 그러나 쏟아져 나가는 검세는 열두 개. 방향은 각기 다르나 목표는 한 점. 막강한 기세로 쏟아지는 도세를 피해 허점을 파고든다.

화산파의 매화검법(梅花劍法)이 다섯 송이의 매화를 그려낸다면 이효기는 열두 송이의 솔잎을 그려냈다.

그러나 도왕이 전개한 뇌(雷)는 이효기의 십이천공마보다 한 수 빨랐다.

까가깡! 까앙!

이효기는 도왕과 병기를 섞지 않으려고 했지만 어쩔 수 없이 부딪치고 말았다.

허공에서 불똥이 튀기며 요란한 쇳소리를 냈다.

이효기는 주춤주춤 물러섰다. 병장기가 부딪치는 충격에 손목이 시큰거렸다. 손아귀는 찢어져서 붉은 피가 흘러내렸다. 그나마 검을 놓치지 않은 것만도 천만다행이다.

유화신공은 도왕의 내력에 밀렸다. 십이천공마는 뇌보다 느렸다. 정교함은 기세를 파고들지 못했다.

'이렇게 강할 줄이야!'

사부 쾌천검객이 누누이 말했다.

넌 아직 멀었으니 검을 뽑을 때는 신중을 기하라고.

솔직히 사부님의 말씀은 귀에 들어오지 않았다. 한참 검에 자신감이 붙을 때라서인지 귀찮은 잔소리로만 들렸다. 세상에 십이천공마를 맞받을 사람은 십이천공마를 알고 있는 사부님뿐이라고 생각했다.

도왕은 호기(好機)를 잡았다.

소년은 처음부터 상대가 안 된다고 생각했다. 지금에 와서 새삼스럽게 기회 운운할 것은 없다. 좀 더 싸움을 길게 끌고 나가도 승부는 변하지 않는다.

그가 호기라고 생각한 것은 이번에 새로이 생각한 초식을 시험해 볼 기회가 생겼다는 뜻이다.

뇌에서 전을 거치지 않고 척으로 이어지는 광풍이도절.

광풍삼도절에서 전이 빠졌으니 광풍이도절이라고 해야 옳다.

'뇌!'

도왕은 똑같은 초식을 다시 한 번 펼쳤다.

허공으로 붕 떠오른 신형이 쾌속하게 쏘아져 나갔다. 양손으로 움켜잡은 대도는 쇠절구처럼 묵중한 기세를 담고 쏟아졌다.

이효기는 맞받지 못하고 뒤로 물러섰다.

'기횟! 척!'

도왕은 순순히 착지했다. 아니, 착지한다고 보이는 순간 그는 화살처럼 쏘아 나갔다. 그의 양손에 들린 대도는 신형보다 한 걸음 앞서 퉁겨졌다.

"헉!"

이효기의 입에서 기어이 다급한 비명이 새어 나왔다.

그는 무인이 생명처럼 소중한 병장기를 던질 줄은 예상치 못했다. 병기도 병기 나름이다. 가벼운 병기라면 투척이 가능하지만 대도 같은 중병(重兵)은 투척하기가 용이치 않다.

도왕은 상식을 깼다.

퍼억!

둔탁한 소리와 함께 이효기의 신형이 비틀거렸다.

대도는 정확히 복부 한가운데 틀어박혔고, 충격을 이기지 못한 신형이 연신 뒤로 밀렸다.

도왕은 애병을 버리지 않았다. 대도보다 한 발 늦게 당도했지만 그는 어느새 대도를 움켜잡고 있었다.

광풍일도식에서 삼도식으로, 삼도식에서 이도식으로, 이도식에서 일도식으로……

광풍삼도식을 개별적으로 펼칠 수도 있고 순서를 뒤바꿔 전개할 수도 있게 됐다.

도왕의 입가에 회심의 미소가 어렸다.

이효기 같은 소년을 이겨서 지어낸 미소가 아니라 초식을 한 걸음 발전시킨 데 따른 자족(自足)이다.

"이, 이런! 이런! 이런……."

이효기는 당했다는 사실을 믿지 못하겠는 듯 복부를 내려다봤다.

대도는 어김없이 틀어박혀 있었고 붉은 피는 줄줄 흘러내려 바짓가랑이를 적셨다.

'내가 왜……? 내가… 이토록 허무하게…….'

대도가 쑥 뽑혀져 나갔다.

이상하게도 몸통을 찔러올 때보다 빠져나갈 때의 고통이 더 극심했다. 가격을 당할 때는 눈앞이 노랬는데 빠져나갈 때는 뼈마디가 가닥가닥 잘라지는 느낌이다.

"크윽!"

이효기는 단말마를 끝으로 풀썩 꼬꾸라졌다.

"엇!"

"저, 저런!"

천리검과 백단살은 깜짝 놀라 헛바람을 내질렀다.

이효기가 나타날 때는 다행스럽게 생각했다. 독사가 먼저 나서지 않고 이효기가 먼저 나섰으니 얼마나 다행인가. 덕분에 백단살도 싸움 구경을 할 수 있게 됐고, 운만 좋으면 마단고수들의 무공까지 볼 수 있다.

천리검은 품속에서 목갑을 꺼내 들었다.

단지 꺼내 들기만 했을 뿐인데 손이 근질거리는 것 같다.

목갑에는 세상에서 제일 징그러운 벌레 한 마리가 들어 있다.

모양은 송충이처럼 생겼고 크기는 파리만하다. 즐겨먹는 것은 감잎이지만, 때에 따라서는 작은 곤충도 잡아먹는다.

그 밖에는 특이한 점이 전혀 없어 보이는 벌레다. 벌레에 대해서 자세히 알지 못하는 사람이라면 눈앞에 두고도 무심히 지나치리라.

"이건 자오쌍애충(子午雙愛蟲)이라는 벌레요. 수명은 일 년이지만 먹이가 없으면 닷새밖에 살지 못하오. 명심하시오. 닷새뿐이오."

당문은 독술의 명가이지만 묘한 벌레도 키울 줄은 몰랐다.

하기는 당문이 있었으니 자오쌍애충이라는 벌레도 알게 되었지, 당문이 없었다면 어떻게 알 수 있었으랴.

자오쌍애충은 말 그대로 암컷과 수컷이 한 몸에 붙어 있다.

당문은 오랜 관찰 끝에 세상에서 가장 볼품없는 벌레를 가장 귀한 물건으로 만들었다.

자오쌍애충의 몸을 양분시키면, 자오쌍애충은 떨어져 나간 반쪽을 찾아 발버둥 친다. 거리가 가까우면 발버둥도 심하고, 거리가 멀어지면 움직임도 미약해진다.

더욱이 송충이처럼 뾰족하게 튀어나온 가시는 사람 몸에 착 달라붙어 떨어지지 않는다.

그 정도의 관찰만으로도 한 가지 실험이 퍼뜩 떠올랐다.

찢겨진 반쪽을 사람 몸에 붙이고 다른 반쪽으로 찾아가면…….

실험은 성공이었다. 거리가 일 리만 벗어나지 않으면 자오쌍애충은 어김없이 꿈틀거렸다. 거리가 멀어지면 미약하게, 가까워지면 가까워질수록 생동감있게.

현재 당문은 사람을 추적하는 데 자오쌍애충을 사용하고 있다.

현문에게는 아주 귀한 선물이다.

이효기……. 그의 몸에 반쪽을 붙여놓기만 하면 수십 년 동안 비밀에 가려졌던 마단 총단이 드러나게 된다.

이것이 유화신공을 수련시켜 백비 안에 들여보낸 자들에게 걸어놓은 제삼의 안배다. 뇌천검객이 아직은 부족하다 싶으면서도 과감하게 들이밀 수 있었던 근본이다. 마단 총단만 알아내면…….

자오쌍애충이 천리검에게 전해진 것은 이번이 세 번째다.

첫 번째는 목갑을 건네받자마자 죽여 버렸다.

정성사가 죽었으니 사용할 일이 없었다.

두 번째는 더욱 기가 막히게도… 현문에서 투입시킨 사람을 현문의 손으로 처단했다.

그때도 목갑은 꺼내보지도 못했다.

이번이 세 번째. 천리검은 드디어 현문의 소망이 담긴 목갑을 꺼내는 데 성공했다. 그런데…….

"효, 효기가!"

"도왕, 저놈이!"

천리검과 백단살은 너무 어처구니없는 사태에 기가 막혀 말도 잇지 못했다.

마단이…… 마단이 나타나지 않았다.

이효기가 죽도록 방치했다.

유화신공을 익혔는데, 몽환소에 중독되지 않은 자인데.

떨크럭……!

천리검의 손에서 목갑이 떨어져 나뒹굴었다.

마단이 무슨 생각을 하고 있는지는 모르지만 계획이 실패한 것만은 틀림없다. 이효기가 죽음으로써 모든 계획이 무산됐다. 마단고수들의 무공 정도도 파악할 수 없게 되었고, 마단 총단을 알아낼 길도 막혔다.

독사에게라도 기대를 걸 수 있으면 좋으련만, 몽환소에 일단 중독되었던 독사는 마단의 눈길을 끌지 못하고 있다.

"독사! 독사 이놈이 안 보이네. 어디서 무슨 지랄을 하고 있는 거야!"

애꿎은 분풀이가 독사에게 쏟아졌다.

독사라도 있었다면 이효기가 이토록 쉽게 죽지는 않았을 것 같다는 생각을 떨치지 못했다.

독사가 싸움을 시작하면 그를 유인해 내서 싸움을 오로지 이효기에게만 맡기겠다고 생각했건만, 이제는 나타나지도 않은 독사가 원망스러웠다.

천리검은 백단살보다 생각이 깊었다.

'위험햇! 마단이 전혀 생각지 못한 일을 벌이고 있어!'

그는 황급히 백단살의 옷소매를 움켜잡고 신형을 띄웠다.

푸드덕……!

회색 비둘기가 힘찬 날갯짓으로 허공을 날아올랐다.

만무타배는 비둘기가 멀리 날아 점 하나로 작아질 때까지 푸른 하늘을 올려다봤다.

가을은 천고마비(天高馬肥)의 계절이라더니 하늘이 정말 맑고 푸르기도 하다.

전서구(傳書鳩)는 무슨 내용이 담긴 편지를 안고 하늘을 나는 것일까.

깜짝 놀랐을 게 틀림없다.

독약인 줄 알면서도 마실 수밖에 없는 사람과 천요문에서 파견한 간세인 줄 알면서도 받아들일 수밖에 없는 마단의 처지가 무엇이 다르랴.

그런 마단에서 과감하게 독약을 쏟아버렸으니 놀라도 한참 놀랐으리라.

천리검이 당황했다는 것은 무림군웅들을 철수시키지도 않고 물러섰다는 데서 알 수 있다.

덕분에 자신은 한 가지 일을 덜게 됐다.

멸혼촌 골인들의 몰살, 그 일을 군웅들에게 떠맡길 수 있게 됐다. 자신은 암암리에 골인들이 머물고 있는 빙굴로 무인들을 유인하기만 하면 된다.

그러잖아도 오랜 세월 같이 지내는 동안 정이란 놈도 들 만큼 들어서 죽이기가 찜찜했는데. 당진도를 죽일 때는 오랜 벗을 죽이는 심정까지 들어 개운치 않았는데.

'천리검도 곧 자신의 실수를 깨닫겠지만, 그때는 이미 늦었지. 도왕

이 골인들을 몰살시키고 난 후일 테니까. 그러나저러나 독사 이놈은 어디로 사라진 거야?'

싸움에서 독사를 빼내라는 단주의 엄명은 간단하게 지켜졌다.

그가 나타나지도 않았으니 지키고 자시고 할 것도 없었다.

'그럴 놈이 아닌데… 싸움을 하면 뿌리를 뽑는 놈인데……'

마단주는 독사에게 흥미를 느끼고 있다. 지금 당장은 필요없더라도 그의 종적만큼은 꾸준히 지켜보고 있어야 한다. 특히 그가 멸혼촌을 떠나는 일은 없어야 한다. 무공으로 제압하는 한이 있더라도.

멀리 초라한 움막에서 부산한 움직임이 일었다.

먼저 날아간 전서구 한 마리로도 모자랐는지 일곱 마리나 되는 회색 비둘기가 한꺼번에 날아올랐다.

비둘기가 날아간 방향은 각기 달랐다.

어떤 비둘기는 동쪽으로, 어떤 놈은 서쪽으로…….

만무타배는 부지런히 편지를 쓰고 있을 천리검과 백단살을 상상하며 피식 실소를 흘렸다.

언젠가는 서로의 가슴에 상처를 입힐 적이지만 그들도 오랜 친구처럼 익숙했다.

'천리검, 백단살…… 오늘은 바쁘겠군. 큭큭! 자, 그럼 난 멍청한 놈들을 빙굴로 유인해 볼까?'

지금쯤 백비는 무너지고 있을 게다. 여자 골인들이 거주하는 유심동에도 피바람이 불고 있으리라. 그 일이 완전히 끝나기 전에 자신도 일을 마무리 져야 한다.

골인들의 몰살을.

3

물고 물리고

확실히 귀주사괴가 일조를 해주니 한결 수월하다.

"불길해, 정말 불길해. 오늘은 싸우지 않는 게 좋겠어."

신령이 연신 고개를 살래살래 흔들었다.

독사는 도왕처럼 귀주사괴를 무시하지 않았다. 오히려 귀주사괴의 능력을 과대평가하는 편이었다. 무공을 몰랐을 때 보았던 괴상한 능력이라서 지금도 기인(奇人)들처럼 여겨졌다.

"후후! 사기(邪氣)라도 느껴집니까?"

"정말이야. 정말 불길해. 멸혼촌이라는 곳을 처음 보았을 때처럼 불길해. 이상하군. 이곳에 와서는 온통 불길한 것 천지야."

"지금까지 불길한 느낌이 얼마나 맞았습니까?"

"거의 다. 거의 다야."

"하하하!"

"웃지 말게. 정말 불길하다니까. 오늘만은 싸움을 피하는 게 좋겠어. 싸움이야 내일 해도 되지 않는가."

귀주사괴도 정성을 다해 말했다.

독사는 무서운 자다. 마음만 먹으면 자신들은 물론 잔심마도까지 단숨에 죽일 수 있는 능력을 지녔다. 그런데도 허심탄회하게 받아들였을 뿐만 아니라 자신들의 능력을 인정해 주고 있다.

나름대로는 정말 뛰어난 능력을 지녔다고 생각했지만, 무인에게 인정받기는 힘든 능력이었다.

무공을 깊이있게 수련한 무인은 눈이 밝아진다, 광안만큼이나. 귀도 밝아진다, 통음만큼이나. 코도 예민해진다, 진취만큼. 신령만큼 예감도 탁월해진다. 상대를 보는 순간 자신의 운명을 대충은 짐작할 수 있게 되니까.

평범한 사람들에게는 천신 같은 능력이지만 무인에게는 보통 이상도 이하도 아니다.

귀주사괴는 오랜만에 신이 나서 자신들의 능력을 최대한 발휘했다.

"불길한 느낌이 드는 근원지가 어딥니까? 도왕이라는 잡니까?"

"그게… 그게 이상하게도 어딘지 모르겠어. 이런 일은 처음이라니까. 정말이네. 오늘은 정말 불길해."

불행히도 신령의 충고는 먹혀들지 않았다.

편한 자세로 귀주사괴와 농담을 주고받던 독사의 눈길이 매섭게 변했다.

"빙굴로 가십시오."

"기어이 싸울 작정인가? 정말 불길하다니까."

"이곳에서 벌어진 일을 소상히 말해 주세요. 백비 사람들이 아니라 현문에서 투입한 사람들과 싸우고 있다고. 사방이 막혔어요. 적이 한 둘이 아닙니다. 움직일 때는 각별히 조심해서 움직이라고 전해주세요. 아직 만무타배가 나타나지 않은 것도 염려스러운데…… 그 점도 충분히 주의하라고 전해주시고."

"우리야 걱정 말게. 빙굴이란 곳, 가보지는 않았지만 자네 말대로라면 입구를 꽁꽁 닫아걸면 몸뚱이 하나 지키지 못하겠나. 자네가 걱정스러운데……."

"지금, 지금 가세요."

독사는 귀주사괴와 잔심마도를 쫓아내듯 보냈다.

그들의 신형이 멀리 사라진 후 독사는 안광을 빛내며 숲 속으로 파고들었다.

'나를 부르고 있어!'

숲 속에서 낯익은 모습을 발견했다.

결코 잊어버릴 수 없는 모습은 소리없이 독사를 부르는 듯 조심스럽게 모습을 보였다가는 사라지곤 했다.

숲 속에는 도왕이 있다.

행동을 극히 조심해야 한다.

싸움이라면 자신이 붙을 대로 붙었지만 오십여 명을 상대하기에는 역부족이다. 도왕이나 일수일살 같은 고수만 없다면 어떻게 해보겠는데 일 대 일로 겨뤄도 승부를 예측할 수 없는 고수가 서너 명이나 뭉쳐 있다면…… 싸우려면 급습이나 암습으로 싸워야 한다.

독사는 조심스럽게 숲을 헤치고 나아갔다. 낯익은 모습이 사라진 쪽은 똑똑히 기억해 두었다.

그렇게 근 반 각쯤 숲을 더듬어 나갔을 때 커다란 고목 밑에 앉아 있는 사람들을 발견해 냈다.

"사형! 사부님!"

독사는 반갑게 다가갔다.

낯익은 모습, 그는 독사에게 귀궁 무공을 전수해 준 막세건 사형이다. 편안한 자세로 앉아 있는 사람은 반갑기 그지없는 사부님이시다.

이런 곳에서 사부님과 사형을 만나게 될 줄은 몰랐다.

자신의 행동이 어느 정도는 사부님 귀에 들어갈 줄 짐작했다. 귀궁 원로 중 두 분이 계시니 사부님 귀에 들어가는 것도 당연하다.

할 말이 많다.

사문 무공을 허락도 득하지 않고 엽수낭랑에게 전수한 사실도 말해야 하고, 현재 멸혼촌에서 벌어지고 있는 일도 말해야 한다. 물론 기연을 얻은 일도 말해야 한다. 덕분에 암혼사의 경지가 한층 깊어진 것도.

듣고 싶은 이야기도 있다. 사제를 거두신다고 했는데 흡족하신지, 어떤 사제인지.

"피곤해 보이는구나."

사부님은 자상했다.

"일이 좀 많았습니다."

"대충 이야기는 들었다. 여기 사원로 중 이원로가 계시니."

"하하! 그 일도 말씀드릴 것 중에 하나였는데…… 사실 깜짝 놀랐습니다. 저의 궁에 원로가 계시다는 말씀은 듣지 못해서."

"그랬겠지."

독사는 마음이 탁 풀어졌다.

세상에서 가장 믿을 수 있는 사람들과 함께했는데 긴장하고 있을 까닭이 없었다.

그런데… 이상하게도 신령의 말이 뇌리에서 떠나질 않는다.

마음도 들뜨고 맥박은 빨라진다. 살갗에는 소름이 돋고 근육은 미미하게 경련을 일으킨다.

암혼사의 진기가 위험을 알리는 예고다.

사부님에게 결례가 되지 않도록 암암리에 주위를 살폈다.

진기를 운집할 필요는 없었다. 높은 차원에 오른 암혼사의 진기는 평소에도 운집한 것처럼 전신을 흐른다. 그저 주먹을 내뻗으면 진기가 터져 나가고, 팔꿈치로 가격하면 전신 진기가 팔꿈치로 운집한다.

노궁혈에만 운집시킬 수 있던 내공일초의 효험이 전신으로 퍼졌다.

주위는 평화롭기만 하다. 위험은 오히려 믿고 있는 막세건 사형과 사부님에게서 전해진다.

'긴장하고 계시는군. 하기는 무림군웅들이 그만큼 모였으니. 원로님들께 골인들 이야기를 듣고 놀라셨는지도…….'

독사는 처음으로 암혼사의 경고를 무시했다.

사부님은 품에서 노란 기름종이를 꺼내 건네주었다.

"복용해라."

"이게……?"

"귀궁 비전(秘傳) 신단(神丹)이다. 암혼사를 수련하는 데 많은 도움을 줄 거야."

"지금 말입니까?"

"허허! 그럼 언제 복용하려고 했느냐. 호법을 서줄 테니 복용하고 운기해라. 약효를 모두 받아들여야 한다."

회포를 풀 시간도 없었다. 할 말이 태산 같은데, 정말 오랜만에 만났는데 사부님은 딱딱하기만 했다. 겉으로는 부드러움을 풍기고 있지만 독사는 사부님의 내면을 읽었다.

독사는 사부님이 긴장하고 있기 때문이라고 생각했다.

오죽 급했으면 만나자마자 내력을 증진시켜 주는 환단부터 건네주 겠는가.

'저는 필요없습니다. 암혼사는 이런 단약으로 성취하는 것이 아닙니 다. 제가 지금 필요한 것은 너무도 부족한 내력을 모두 채워 넣는 일입 니다. 진기란 단전만 채우는 것이 아니라 세맥까지 모두 채워 넣어야 하는 겁니다.'

차마 입 밖으로 꺼낼 수 없는 말이다.

사부님 앞에서 수련했으면 얼마나 수련했다고 건방진 소리를 한단 말인가.

독사는 기름종이를 풀었다.

검은색 환단이 드러났고 향긋한 냄새가 콧속을 자극했다.

'영약(靈藥)이야.'

가슴이 뭉클해졌다.

세상에 누가 있어서 아무 대가도 바라지 않고 귀하기 이를 데 없는 영 약을 주겠는가. 사제 간이라는 울타리가 없었다면 꿈도 꾸지 못할 일이다.

철이 들면서부터 싸움질만 일삼던 독사에게 사제 간, 사형제 간이라 는 조그만 우물은 마셔도 마셔도 질리지 않는 감로수였다.

화웅, 대물, 쇠스랑, 돌주먹에게서 사내 간의 정을 느꼈다. 요빙과는 사랑에 흠뻑 젖었다. 사제 간의 정리는 그런 정리와는 다르면서도 한 가족이라는 울타리는 같았다.

독사가 환단을 꺼내자 막세건이 검을 뽑아 들고 등 뒤로 돌아갔다.

진한 살기가 풍겨 나왔다. 독사는 그것마저도 감사했다.

막세건 사형이 뒤를 지켜주고 사부님이 앞을 지켜주니 오십여 명이 아니라 오백여 명이 들이닥쳐도 털끝 하나 건들지 못하리라.

가부좌를 틀고 앉아 환단을 복용했다.

환단은 과연 영약이었다. 입 안에 넣자마자 사르르 녹아 뱃속으로 흘러들었다. 상큼한 기운이 물밀듯이 밀려왔다.

'필요는 없지만 조금은 도움이 될 터…….'

세맥에 깃든 진기까지 모두 휘돌려 일주천시켰다.

환단의 약효가 조금이라도 세맥을 채워주면 다행이고, 설혹 원하는 약효가 나오지 않아도 괜찮다. 사부님의 성의만 받아들이면 되는 게다.

그런데 이상한 현상이 벌어졌다.

전신을 휘돈 진기는 뱃속으로 흘러든 환단의 약성을 받아들이지 않고 밀어냈다. 잠시지만, 아주 잠깐이지만 진기가 환단의 약성을 밀어내는 바람에 독사의 정신은 내면으로만 집중되었다. 외부 환경을 완전히 차단하고 내면 움직임만을 관조하게 되었다.

진기와 약성의 싸움이 독사의 정신을 내면 세계로 빨아들인 것이다.

'왜 이런 일이……?'

그때,

쉬익!

등 뒤에서 날카로운 파공음이 터졌다.

'위험…….'

위험을 감지했을 때는 이미 늦었다.

사형 막세건의 검이 등 뒤를 뚫고 들어와 배 앞까지 삐죽 삐져 나왔다.

"컥! 사, 사형, 왜……?"

독사는 고개를 돌리려고 했지만 그것마저도 용이하지 않았다.

퍼억!

눈앞에서 별똥이 어른거렸다. 세상이 샛노랗게 변하는가 싶더니 곧 깜깜해졌다.

"그렇게 말렸는데도 고집이 말도 못하겠더군. 기어이 불길한 싸움을 하러 갔으니."

엽수낭랑은 신령의 말을 흘려듣지 않았다. 그녀는 언젠가 아버지에게서 귀주사괴에 대한 이야기를 들었다.

"세상에는 태어나면서부터 기이한 능력을 지닌 사람들이 있는 법이지. 죽은 영혼과 대화를 나누는 점쟁이도 그래서 생겨났고. 귀주사괴가 그런 사람이란다. 어쩌면 그런 능력을 지니고 태어났다는 게 고통일지도 모르지만 그들은……."

"불안하다니 얼마나 불안한데요?"

"오늘 싸워서는 안 되는 정도지. 오늘은 일진이 아주 사나워서 반드시 해를 입을 날이거든."

신령은 느낌으로 엽수낭랑이라는 여인이 독사에게 호감을 가지고 있다는 사실을 직감해 냈다. 독사에게는 좋은 인상을 받았던 터, 그에게 호감을 가진 여인이 물어오니 자세하게 대답해 주었다. 자신의 능력을 진심으로 알아주는 자에게는 혼신의 힘을 보태주게 되는 법이다.

"귀주사괴께서는 추적에 일가견있다고 들었어요. 정말 그런가요?"

"일가견이라고까지는 말하지 못하지만 대부분은 찾아냈소."

"지금은 어떤가요?"

"뭐… 가?"

"지금 추적에 나서면 독사를 찾아낼 수 있나요?"

"허! 여기도 고집불통이 있었네. 아! 방금 말하지 않았소. 멸혼촌에는 현문에서 납치해 온 무인들이 우글거린다고. 그놈들은 눈에 보이는 사람이라면 모두 죽이려 달려들 게요."

엽수낭랑은 물러서지 않았다.

"추적할 수 있다면 피할 수도 있잖아요."

"추적할 수는 있지만 피하지는 못하지. 그놈들의 무공은 우리보다 훨씬 강하거든. 피할 틈을 줘야 피하지. 추적이란 간발의 차이를 잡느냐 못 잡느냐인데 그걸로는 피하질 못하지."

무공이 약하다는 것은 행동을 제약하는 요소가 된다.

벌써 이름을 널리 알렸을 귀주사괴가 아직도 변변찮은 무인 취급을 받는 것은 모두 무공이 약한 탓이다. 무공이 약하기에 강자는 추적할 생각도 하지 못하고 강자가 쫓아오면 도주하기에 급급했다.

"그럼 알려만 줘요. 독사가 어느 방향으로 갔죠?"

"모르지. 우리가 떠나온 다음에 움직였을 테니까. 우리가 떠날 때까지는 움직이지 않았거든."

옆에서 보다 못해 신검서생이 나섰다.

"난 신검서생 기송이오."

"난 섭혼살호."

섭혼살호도 나섰다.

귀주사괴와 잔삼마도의 안색이 핼쑥해졌다. 신검서생은 청년 고수로 널리 알려져 있고, 섭혼살호는 무림에서 사라진 이름이지만 한때는 살귀로 일수일살만큼이나 악명이 높았던 자다.

섭혼살호가 신검서생을 쳐다보며 말했다.

"우리가 나서면 찾을 텐가? 정면 대결은 우리 능력으로도 안 되겠고… 쫓아오는 자가 있다면 막아주지. 어떤가? 독사를 찾을 수 있나?"

신령이 섭혼살호의 말을 듣고 눈알을 희번덕거렸다. 잠시 후 그의 입에서 긍정적인 답변이 새어 나왔다.

"광안, 주변을 샅샅이 훑어. 도왕 패거리에게 걸리면 안 되니까."

"이럴 줄 알았지. 쩝! 어쩐지 사지에서 너무 쉽게 벗어난다 했지."

신령이 광안의 말을 무시하고 다시 말했다.

"진취, 독사의 냄새를 따라갈 수 있지?"

"그런 말 하는 걸 보니 느낌이 좋은 모양이오?"

"안 좋아. 최선을 다하는 것뿐이지. 통음, 소리를 최대한 들어. 병장기 부딪치는 소리는 절대 놓치지 말고."

신검서생은 아예 빙굴 입구를 닫아버렸다.

신검서생과 엽수낭랑, 그리고 섭혼살호마저 떠나 버리면 빙굴은 무주공산(無主空山)이 된다. 누구든 달려오기만 하면 골인들은 쉽게 요절난다.

"느낌이 불길하다면, 싸움이 일어나기 전에 말리는 것이 최상책이지. 독사 고집에 말을 들을까 모르겠지만. 갑시다. 누가 앞장서는 겁니까?"

신검서생이 귀주사괴를 쳐다보며 말했다.

『대형 설서린』 제5권으로…